LE

PAR

LILIAN JACKSON BRAUN

Traduit de l'anglais
par Marie-Louise NAVARRO

10|18

INÉDIT

« Grands Détectives »
dirigé par Jean-Claude Zylberstein

Sur l'auteur

Lilian Jackson Braun, née en 1916, partage aujourd'hui sa vic entre les rives du lac Huron, dans le Michigan, et les collines de Caroline du Nord. Venue très tôt à l'écriture, elle publie durant ses études à Detroit des « *Spoems* » — poèmes sportifs consacrés au base-ball — dans un quotidien local puis dans plusieurs magazines nationaux. Elle envisage d'abord de se diriger vers l'enseignement pour finalement faire carrière dans la publicité et la communication. Elle entre ainsi en contact avec le milieu de la presse, dans lequel elle va officier pendant vingt-neuf ans, en assurant la rubrique « Décoration intérieure » pour le *Detroit Free Press.* Dans le même temps, elle vend ses premières nouvelles félines à divers magazines, dont le prestigieux *Ellery Queen's Mysteries Magazine.* En 1966, Lilian Jackson Braun écrit la première intrigue de la série policière qui met en scène Jim Qwilleran et ses chats détectives. Malgré l'engouement du public, elle interrompt la série jusqu'en 1986 où, à l'âge de soixante-dix ans, elle publie *Le Chat qui voyait rouge*, qui rencontre alors un succès retentissant. Les livres suivants ne démentiront pas ce succès.

Titre original :
The Cat Who Tailed a Thief

ISBN 2-264-02609-X

À Earl Bettinger, le mari qui...

CHAPITRE PREMIER

Ce fut un étrange hiver dans le comté de Moose, à six cents kilomètres au nord de partout. D'abord, il y eut désaccord au sujet des prévisions météo à long terme. Le météorologue local pronostiqua un hiver rigoureux, de la neige quotidienne, un vent glacial et du blizzard, en d'autres termes un hiver normal. D'un autre côté, les fermiers et les forestiers qui observaient le comportement des chenilles velues déclarèrent que l'hiver serait doux. Mauvaise nouvelle !

Personne ne voulait d'un hiver doux. Les commerçants avaient fait de gros investissements dans les souffleuses, les antigels, les raquettes, les caleçons longs. Les fermiers eux-mêmes avaient besoin d'une épaisse couche de neige pour s'assurer une bonne récolte. Les propriétaires de chiens de traîneaux et les spécialistes de pêche sur glace perdraient leur saison. Quant au premier Festival de la glace, il serait purement et simplement annulé. Sans parler de l'impensable éventualité d'un Noël vert !

Tout au long de novembre, traditionnellement mois de désastres naturels, le temps fut regrettablement beau et les autochtones maudirent les chenilles velues.

Et soudain, à la mi-décembre, la température chuta et la neige se mit à tomber tous les jours. Au centre-ville de Pickax, siège du comté, le service de la voirie édifia les murs de neige habituels de deux mètres de haut le long des trottoirs et autour des parkings. Les gens firent leurs achats de Noël en raquettes et l'on entendit résonner les clochettes des traîneaux dans la Grand-Rue. Et, surtout, les écoles fermèrent deux fois au cours du mois en raison de tempêtes de neige.

Cependant, le temps ne fut que le premier élément étrange de l'hiver. Fin décembre, il se produisit une épidémie de petits larcins qui assombrit cette période de festivités. Des objets insignifiants se mirent à disparaître des voitures et des lieux publics, poussant le journal local à faire paraître cet éditorial :

> Soyez prudents ! Fermez vos portes ! Soyez vigilants !
>
> Vous abandonnez une cassette vidéo sur le siège de votre voiture pendant que vous réglez votre plein d'essence. Vous ne la retrouvez plus.
>
> Vous oubliez vos gants au bureau de poste. Quelques minutes plus tard, ils ont disparu.
>
> Vous posez vos lunettes de soleil sur le caddie du supermarché pendant que vous choisissez des oranges. Les lunettes s'évanouissent.
>
> Qui doit-on accuser ? Des gamins malicieux ? Des lutins ? Votre mémoire défaillante ? Le moment est venu de cesser de chercher des excuses et de commencer à prendre les choses au sérieux. Dans le comté de Moose, nous avons tendance à être négligents en ce qui concerne la sécurité. Vous devez apprendre à fermer les portières des voitures, à mettre les objets de valeur dans le coffre.

> Certains prétendent que ces incidents sont mineurs et que ces petits vols sont un ennui temporaire, comme les moustiques en été. Si c'est ce que vous pensez, écoutez notre chef de la police, Andrew Brodie, qui déclare : « Une communauté qui tolère des violations mineures de la loi laisse la porte ouverte aux crimes majeurs. »

Les natifs du comté de Moose étaient une race têtue, indépendante, descendant des anciens pionniers, et il faudrait plus d'un éditorial dans le *Quelque Chose du Comté de Moose* pour changer leurs habitudes.

Jim Qwilleran n'était pas natif du comté, mais un transplanté du Pays d'En-Bas, comme on appelait ici les habitants des grandes villes du Sud. Des circonstances surprenantes l'avaient amené à Pickax (trois mille âmes), et il s'était étonnamment bien adapté à la vie provinciale.

Qwilleran était un homme grand et bien bâti d'une cinquantaine d'années, à la moustache luxuriante poivre et sel et aux cheveux grisonnant aux tempes. Si on le lui avait demandé, il se serait décrit de la façon suivante :

Journaliste en semi-retraite.

Ancien reporter criminel et auteur d'un livre sur la criminalité dans les villes.

Rédacteur d'une chronique bihebdomadaire pour le *Quelque Chose*.

Ami dévoué de Polly Duncan, directrice de la bibliothèque municipale de Pickax.

Protecteur et ami de deux chats siamois.

Personne assez agréable, ayant beaucoup d'amis.

Tout cela était vrai. Cependant, il ne se considérait pas comme l'homme le plus riche du centre-est des États-Unis et, pourtant, c'était également vrai.

Un héritage colossal, la fortune Klingenschoen, avait amené Qwilleran dans cette région retirée. Mais, il n'était pas à l'aise avec l'argent — redoutant ses pièges autant que ses responsabilités — et son premier soin avait été de confier ses milliards à des œuvres philanthropiques. Depuis plusieurs années, la Fondation Klingenschoen était dirigée à Chicago par un comité responsable, auquel s'intéressait fort peu James Mackintosh Qwilleran.

Ce n'était pas seulement ce geste généreux qui lui avait apporté l'estime du comté de Moose. Des admirateurs citaient son intéressante chronique « En direct de la plume de Qwill » ; ses aimables dispositions et son sens de l'humour ; son manque de prétention ; son écoute sympathique ; et, naturellement, sa magnifique moustache, dont la courbe élégante, conjuguée à un regard triste, lui donnait un air de mélancolie, si bien que les gens s'interrogeaient sur son passé.

En fait, il y avait bien plus sous cette moustache qu'on n'aurait pu le croire.

Le matin du 23 décembre, Qwilleran dit au revoir aux siamois et leur recommanda de bien se comporter pendant son absence. Plus on parlait intelligemment aux chats, plus ceux-ci devenaient brillants, croyait-il. Tous deux le regardaient de leurs yeux bleus. Comprenaient-ils ce qu'il disait ? Ou bien attendaient-ils qu'il s'en allât pour entamer leur sieste du matin ?

Il sortait afin de procéder à ses achats de Noël, mais tout d'abord il devait rendre sa copie au journal. Mille mots sur le Père Noël pour « la Plume de Qwill ». Ce n'était pas un sujet nouveau, mais il possédait l'art du chroniqueur : Faire du neuf avec du vieux.

L'entrée de l'immeuble du *Quelque Chose du Comté de Moose* n'était jamais décorée à l'occasion de Noël, laissant de telles frivolités aux magasins et aux restaurants. En conséquence, Qwilleran fut surpris de voir un petit arbre de Noël, posé sur un classeur dans le bureau du directeur, Arch Riker, un ami de toujours. Comme lui journaliste, il l'avait suivi à Pickax pour prendre la direction du nouveau journal. Pansu, rubicond, le cheveu rare, il était assis derrière son bureau et paraissait heureux. Non seulement il avait réalisé le rêve de sa vie : diriger son propre journal, mais il avait épousé une femme ronde et chaleureuse qui écrivait la rubrique culinaire.

— Mildred et moi vous attendons pour dîner à Noël, Polly et vous, rappela-t-il à Qwilleran.

— De la dinde, j'espère, répondit celui-ci en pensant à ses chats. Que fait cet arbre sur votre classeur ?

— C'est une idée de Wilfred, dit Riker, presque sur un ton d'excuse. Il l'a décoré avec du papier journal et aspergé de poudre d'or.

Wilfred Sugbury était secrétaire de direction — un jeune homme sérieux et tranquille qui avait surpris tout le personnel non seulement en gagnant une course cycliste, mais en s'inscrivant aux cours d'origami du collège. En sortant, Qwilleran le complimenta sur son œuvre.

— Je serais heureux d'en confectionner un pour vous, Mr. Q., dit-il.

— Il ne durerait pas cinq minutes chez moi, Wilfred. Les chats le réduiraient en confettis. Ils ne savent pas apprécier l'art. Merci quand même.

Pour se préparer à la tâche des achats de Noël, Qwilleran se rendit au *Luncheonette de Loïs*, un petit bistrot du centre-ville qui servait des plats nourrissants aux employés et aux commerçants du quartier depuis trente ans. Loïs Inchpot était une femme imposante qui dispensait ses crêpes et ses opinions avec l'autorité d'une célébrité. En fait, la ville avait récemment institué le Jour de Loïs par proclamation municipale.

Quand Qwilleran entra, elle faisait sonner sa vieille caisse enregistreuse tout en déclarant d'une voix rauque :

— Si nous avions eu un hiver doux, comme le prétendaient les chenilles velues, nous aurions eu des punaises l'été prochain. Salut, Mr. Q. ! Entrez et essayez de trouver une table qui ne soit pas poisseuse. Les clients visent mal, avec la bouteille de sirop.

— Comment va Lenny ? demanda Qwilleran.

Le fils de Loïs avait été récemment blessé lors d'une explosion.

— Ah ! ce cher garçon, dit-elle avec fierté, rien ne l'arrête ! Il suit des cours le matin à l'université et il s'est dégoté un chouette petit boulot. Il s'occupe du club-house du Village Indien. Il vous a cité comme référence, Mr. Q. J'espère que vous n'y voyez pas d'inconvénient.

— Il va devenir accro du boulot, comme sa mère !

— Ça vaut mieux que s'il tenait de son père ! Vous avez fait vos achats de Noël, Mr. Q ?

— Ne me bousculez pas, Loïs. Nous ne sommes que le 23 !

Le premier cadeau qu'il acheta fut une bouteille de scotch. Il l'emporta dans un sac en papier qu'il glissa sous sa veste pliée, en gravissant les marches du quartier général de la police à l'hôtel de ville. Il en était un fréquent visiteur et le sergent de service tourna la tête vers le bureau du fond en disant : « Il est là. » Le chef de la police était visible à travers le verre opaque de la porte, penché sur son ordinateur, qu'il détestait cordialement.

Brodie était un flic coriace qui avait horreur des intrusions extérieures dans son domaine, mais il avait appris à apprécier les renseignements et les opinions du journaliste, qui l'aidait parfois à résoudre certains cas difficiles. Dans son travail, il avait des idées démodées sur la loi et l'ordre, et des manières rébarbatives. En dehors de son travail, c'était un Écossais de génie qui jouait de la cornemuse et portait le kilt lors de cérémonies civiles.

Qwilleran posa soigneusement sa veste sur une chaise et prit place sur une autre en disant :

— J'ai vu que votre nom était encore mentionné dans le journal, Andy. Qui est votre attaché de presse ? Avez-vous l'intention de vous présenter comme maire ? Je serai heureux de faire campagne pour vous.

Avec un juron qu'il réservait habituellement à l'ordinateur, Brodie rétorqua :

— Si j'avais une grosse moustache comme la vôtre, j'aurais également ma photo dans le journal. Quelle mouche vous pique ?

— Je veux savoir si vous croyez ce que vous avez déclaré dans le journal.

— C'est un fait connu ! Laissez les voyous pisser dans la rue, et bientôt ils taguent les murs du tribunal, et après ils dealent, puis ils attaquent les banques, pour finir par assassiner des flics.

— Avez-vous des suspects pour ces vols ?

Le policier s'appuya contre le dossier de son fauteuil en se croisant les bras.

— Cela peut être les punks de Chipmunk, ou une nouvelle bande de Lockmaster, ou les gosses qui traînent autour de la décharge de George Breze. Nous enquêtons.

— Voyez-vous un plan se dessiner ? Il devrait y en avoir un, maintenant.

— Eh bien, d'abord, nous pouvons dire ce qu'ils ne font pas : ils ne volent pas des chèques de sécurité sociale dans les boîtes aux lettres, ils ne fauchent pas les autoradios, ils ne forcent pas les portes des médecins. Jusqu'ici, il ne s'agit que de petits larcins. De plus, aucun ne se ressemble et les lieux sont dispersés. Cela se produit aussi toujours après la tombée de la nuit. Ils évitent le vol à l'étalage en pleine lumière devant des vendeurs bien réveillés.

— J'ai pensé que ce pouvait être un jeu, une sorte de chasse au trésor, peut-être une initiation à quelque culte juvénile.

— Nous en avons parlé aux chefs d'établissement et au professeur Prelligate, de l'université. Ils disent qu'ils n'ont vu aucun signe d'activité suspecte.

— De toute façon, ils seraient les derniers à le savoir, murmura Qwilleran.

— Il existe une autre possibilité. J'avais prévu quelque chose de ce genre après le krach financier de Sawdust City. La ville a eu des tas de problèmes sociaux cet hiver, et il est dur de se trouver sans ressources au moment de Noël, en particulier quand vous avez des gosses.

— Mais les organisations charitables ont recueilli des fonds pour Noël et la Fondation K. soutient leurs efforts et donne un dollar pour un dollar.

— Je sais, mais certains cas passent toujours à la trappe, ou bien les gens paniquent et cherchent à s'en tirer seuls. Ils ont peut-être trouvé le secret : comment faire ses courses de Noël sans argent et en évitant la foule !

— Si les vols sont aussi éparpillés que vous le dites, quelqu'un dépense beaucoup d'essence pour circuler et voler des objets insignifiants. Ce doit être un effort de groupe.

— Toute cette affaire est extravagante, reconnut Brodie.

— Très bien. Permettez-moi d'ajouter un incident à votre liste. C'est la raison pour laquelle je suis ici.

Qwilleran fit une pause pour titiller la curiosité de son ami.

— Nous savons tous que la Vieille Église de Pierre récolte des vêtements chauds pour les familles dans le besoin. On les dépose dans un coffre qui se trouve derrière l'édifice. Chaque mercredi, les volontaires se réunissent pour trier et répartir les dons. Je leur ai dit que j'allais déposer un paquet mardi soir, ce que j'ai fait. Un sac en plastique rempli d'affaires en bon état, vestes, pull-overs, gants, etc. Mais quand ils ont ouvert le coffre, mercredi matin, le sac n'y était pas. Ils m'ont téléphoné pour me demander si je n'avais pas oublié de faire le dépôt.

— Le coffre n'a pas de serrure, bien entendu ?

— Qui songerait à une serrure dans ce coin perdu ? C'était le propos de notre éditorial. Nous incitions nos lecteurs à se montrer libéraux, maintenant nous leur conseillons de fermer leurs portes à clé.

— Si vous apercevez un type se promenant en ville avec vos nippes sur le dos, suivez-le et prenez sa photo, ricana Brodie.

— Bien sûr, je ne manquerai pas de lui demander son nom et son adresse.

— Ma vieille grand-mère écossaise pouvait suivre un voleur avec une paire de ciseaux, une ficelle et un chant de sorcière. Dommage qu'elle soit morte avant que je sois entré dans la police ! Au fait, pourquoi ne mettez-vous pas votre chat si brillant sur l'affaire ?

Le policier était la seule personne dans le pays du Nord à connaître les remarquables talents du siamois de Qwilleran. Le chat possédait réellement des dons qui le mettaient à part, et Qwilleran s'efforçait de cacher ce fait pour diverses raisons. Cependant, Brodie en avait eu vent d'une source du Pays d'En-Bas, et maintenant les deux hommes badinaient sur ce « chat si brillant » dont les sens hautement développés lui donnaient un avantage sur la plupart des humains.

— Koko n'accepte pas d'assignation, dit Qwilleran, impassible. Il mène lui-même ses propres enquêtes. En ce moment, il garde une bande de lapins de garenne sous haute surveillance.

Puis il ajouta sur un ton plus sérieux :

— Mais la nuit dernière, Andy, il a sauté sur une étagère et a fait tomber un roman russe intitulé *Le Voleur*. Était-ce une coïncidence ?

— Ce chat lit-il le russe ?

— Il s'agit d'une traduction anglaise.

Le policier grogna de façon ambiguë et changea de sujet.

— J'ai appris que vous et votre superchat n'habitez pas dans votre grange cet hiver. Pour quelle raison ?

Il y avait de la déception dans la voix. Il se rendait souvent dans cette grange, après son travail, pour boire un verre et bavarder avec Qwilleran. Sans être buveur lui-même, le journaliste tenait une cave bien garnie à la disposition de ses amis.

— Voyez-vous, Andy, expliqua-t-il, avec ses quatre étages ouverts, il est impossible de chauffer la grange de façon uniforme. Le balcon du haut se transforme en sauna, alors que le rez-de-chaussée est glacial. Les chats grimpaient au plus haut niveau pour avoir chaud, et ils étaient à moitié cuits. Ils étaient tellement assommés par la chaleur qu'ils n'arrivaient plus à marcher droit. Alors j'ai acheté un duplex au Village Indien pour la saison froide. Je pourrai le louer l'été à des vacanciers. C'est loin d'être aussi vaste que la grange, naturellement, mais c'est pratique et le chasse-neige du comté dégage la route. À propos, mon appartement a été meublé par votre talentueuse fille.

Le policier hocha la tête à ce compliment. En dépit du succès de Fran Brodie comme décoratrice d'intérieurs, son père considérait toujours que c'était là un choix de carrière frivole.

Qwilleran se leva et offrit son sac brun.

— Voici un petit cadeau de Noël, Andy. Je vous verrai après les fêtes.

Dans sa jeunesse, Qwilleran avait été frugal par nature autant que par nécessité. Élevé par une mère veuve, il avait payé ses études en travaillant comme reporter sous-payé au Pays d'En-Bas. Sa nouvelle situation financière lui avait donné accès à une vie de luxe et de largesse. Néanmoins, il pratiquait toujours certaines économies, telles que de s'acheter des voitures d'occasion, mais il aimait faire des cadeaux, offrir des friandises, envoyer des fleurs, inviter des amis à dîner et laisser de généreux pourboires.

Quand il commença finalement ses achats de Noël, le 23 décembre, sa liste était longue. Heureusement, il prenait des décisions rapides et n'avait jamais à se préoccuper du prix. Il abandonna sa voiture au parking municipal, tira la fermeture à glissière de sa veste fourrée, baissa les cache-oreilles en laine de sa casquette, enfila ses gants et se mit à arpenter le centre-ville en après-skis.

Il y avait affluence dans la Grand-Rue. Les gens se saluaient gaiement entre les hauts murs de neige. Un pâle soleil faisait briller les éclats de mica sur les façades de pierre des bâtiments abritant magasins et bureaux ornés de guirlandes. Le bruit des voix et le ronflement des véhicules étaient amortis par la neige entassée partout. Dans le comté de Moose, on ne salait pas les rues ni les routes. Pourtant, assez bizarrement, un phénomène acoustique amplifiait les éclats de musique de Noël et le tintement des grelots de traîneaux, ainsi que le son de la clochette en cuivre du Père Noël, au coin de la rue.

Tout d'abord, Qwilleran se rendit au grand magasin Lanspeak afin d'acheter un cadeau pour Polly Duncan, le premier nom figurant sur sa liste. Carol Lanspeak en personne s'occupa de lui. Elle formait avec son mari un couple remarquable. Dans le monde des affaires aussi bien que dans le domaine civique, ils étaient toujours au premier rang. Tous deux apportaient également leurs talents au club théâtral de Pickax, où ils étaient très appréciés. S'ils n'étaient pas revenus à Pickax pour reprendre l'affaire de famille, Qwilleran était persuadé qu'ils auraient fait leur chemin sur les planches.

Carol s'adressa à lui sur un ton d'affectueux reproche :

— Je savais que vous alliez venir à la dernière minute, aussi je vous ai mis de côté un ensemble à la taille de Polly, un tailleur en daim terre de Sienne. Elle a fondu, depuis son opération. Que lui ont donc fait les cardiologues ?

— Ils l'ont convaincue de marcher une heure tous les jours et d'abandonner ses plats favoris.

— Eh bien, cela lui réussit ! Et elle a écarté également les tons gris et bleus qui faisaient l'essentiel de sa garde-robe.

Qwilleran jeta un bref regard sur le tailleur et déclara :

— Je le prends.

— Il y a aussi un chemisier en soie avec un imprimé terre de Sienne sur fond blanc cassé. Polly va en raffoler.

— Polly ne s'emballe pas facilement, mais je le prends.

Polly était une charmante femme de son âge, à la voix mélodieuse, mais il y avait une main de fer dans le gant de velours qui dirigeait la bibliothèque.

— Où passez-vous le jour de Noël, tous les deux, Qwill ?

— Avec les Riker. Avez-vous de grands projets, vous et Larry ?

— Nous aurons notre fille et son ami, naturellement, et nous avons invité les Carmichael et leur hôte. Voyez-vous souvent Willard et Danielle, Qwill ?

Il répondit poliment :

— Nos routes ne semblent pas se croiser souvent.

C'étaient les Lanspeak qui l'avaient présenté au nouveau directeur de la banque et à sa voyante épouse. Les manières ouvertement aguichantes de la jeune femme, ses longs regards appuyés, sa voix rauque et sa fascination pour la moustache de Qwill mettaient celui-ci mal à l'aise.

— Je crains que Danielle ne s'adapte pas bien à la vie provinciale, dit Carol avec regret. Elle compare toujours Pickax à Detroit ou Baltimore, où il y a des centres commerciaux. Willard dit qu'elle a le mal du pays. C'est pourquoi ils ont invité le cousin de Danielle pour les fêtes.

Elle baissa la voix pour ajouter :

— Venez un instant dans mon bureau, Qwill.

Il la suivit dans la cabine vitrée, près du rayon de vêtements pour femmes.

— Asseyez-vous, dit-elle. Je suis inquiète au sujet de Danielle. Les gens tiennent des propos désagréables à son encontre, mais elle le cherche bien. Elle est si voyante ! Du moins selon les critères de Pickax : jupes trop courtes, talons trop hauts, robes trop ajustées, des tonnes de maquillage, coiffure excentrique. C'est peut-être la mode au Pays d'En-Bas, mais...

— Elle a besoin d'un mentor, coupa Qwilleran. Fran Brody ne pourrait-elle lui donner quelques conseils ? Elle est très jolie, elle a de la classe, et elle aide Danielle pour l'installation de sa maison.

— Fran a essayé, Qwill, mais en pure perte, dit Carol en haussant les épaules. On aurait pu s'attendre à ce que son mari dise quelque chose. C'est un homme intelligent, il s'intègre bien à la communauté. Willard fait partie de la chambre de commerce et du Club Booster. Il a également organisé un Club des gourmets. Cependant, quand Larry a proposé son nom comme membre du country-club, il n'y a pas eu d'écho. Aucune invitation n'a été adressée aux Carmichael. Nous savons tous pourquoi. Les manières flamboyantes de Danielle, sa façon de s'habiller et son comportement font hausser les sourcils et provoquent des critiques. On trouve sa voix vulgaire.

— C'est assez vrai, convint Qwilleran.

Il était inhabituel de voir Carol se montrer aussi critique et directe.

— Eh bien, si vous pensez à un moyen de l'aider, faites-le-moi savoir... Dois-je faire un paquet-cadeau pour le tailleur et le chemisier ?

— S'il vous plaît, je viendrai les chercher plus tard. Et pas trop de rubans et de nœuds.

Il se rendit ensuite au *Studio d'Amanda*, espérant y trouver un bibelot décoratif pour les Riker et escomptant la présence de Fran Brodie. Mais la fille du chef de la police était sortie et son acariâtre patronne la remplaçait. Amanda Goodwinter était une femme d'affaires avisée et un membre éternel du conseil municipal, toujours réélue, en raison de son nom. Les Goodwinter avaient fondé la ville de Pickax au milieu des années 1800.

Comme d'habitude, l'accueil d'Amanda fut brusque.

— Si vous cherchez une tasse de café gratuite, vous tombez mal. Le percolateur est en panne.

Ses cheveux gris ébouriffés, ses vêtements informes étaient considérés comme « intéressants et singuliers » par sa loyale clientèle. Ses ennemis politiques l'appelaient « Lady en loques ». Pour la taquiner Qwilleran déclara qu'il cherchait une babiole à offrir.

— Il n'y a pas de babioles chez moi, siffla-t-elle.

— Sémantique ! Sémantique ! Parlons alors d'un bibelot pour Arch et Mildred Riker.

Elle renifla et haussa les épaules avant de suggérer une cafetière en céramique couverte de grappes de raisin, de pommes et de poires.

— N'est-ce pas un peu criard ? protesta Qwilleran.

— Criard ! Que dites-vous là ? grogna Amanda. C'est une majolique, peinte à la main. Elle est ancienne et vaut très cher. Les Riker vont adorer.

— Je la prends, dit Qwilleran, sachant que Mildred était collectionneuse et qu'Arch apprécierait. Et faites-moi un paquet, ajouta-t-il, sans exagérer les fioritures.

— Je n'exagère jamais.

Pour les autres cadeaux de sa liste, il s'adressa à *Sip 'n' Nibble*[1], une boutique récente. Ils se chargeaient de préparer des corbeilles de vins ou de fro-

1. *Sip* : siroter ; *nibble* : grignoter. *(N.d.T.)*

mages et les livraient la veille de Noël n'importe où dans le comté.

Une impulsion le poussa à se rendre au magasin d'articles pour hommes afin d'acheter une cravate voyante pour Riker, connu pour ses goûts conservateurs. Il en choisit une bleu vif avec pour motifs d'énormes ballons de base-ball soulignés de rouge. Il espéra que cela ferait rire.

Enfin, il s'arrêta à la banque afin d'y déposer un chèque. L'entrée de la célèbre moustache provoqua diverses réactions chaleureuses. Clients et employés le saluèrent d'un sourire.

— Joyeux Noël, Mr. Q. !

— Déjà prêt pour le Père Noël, Mr. Q. ?

— Avez-vous terminé vos achats, Mr. Q. ?

Il répondit par des saluts courtois et prit place dans la file d'attente.

Une femme à cheveux gris s'effaça en disant :

— Si vous êtes pressé, Mr. Q., vous pouvez passer.

— Non, non, merci infiniment, j'ai toujours tout mon temps, derrière une jolie femme.

Ce petit remue-ménage attira l'attention d'un homme qui sortit de son bureau. Il s'approcha, la main tendue :

— Qwill ! Vous êtes exactement l'homme que je désirais voir ! Entrez donc !

Le nouveau directeur possédait les manières suaves, le costume élégant et la coupe de cheveux d'un nouveau venu du Pays d'En-Bas. Qwilleran le suivit et nota quelques changements : une secrétaire plus jeune, un mobilier plus moderne, des tableaux sur les murs.

— Asseyez-vous, dit Carmichael. J'ai appris que vous viviez au Village Indien, maintenant.

— Seulement pour l'hiver. La grange est difficile à

chauffer par temps froid. Et vous, avez-vous emménagé dans votre nouvelle maison ?

— Non, nous campons toujours au Village. Danielle a commandé des tas de choses pour la maison, mais il faut un temps fou pour être livré. C'est cher en diable, aussi, mais peu importe. Ma chère petite femme aime dépenser de l'argent et tout ce qui lui fait plaisir me rend heureux... Dites-moi, êtes-vous libre pour dîner ? Il y a longtemps que je souhaite vous inviter.

Qwilleran hésita :

— Eh bien... c'est un peu précipité, voyez-vous...

Willard était parfait, décida-t-il, mais les yeux en boules de loto de Danielle le gênaient vraiment.

Le banquier poursuivit :

— Je suis célibataire, ce soir. Danielle emmène son cousin au *Otto's Tasty Eats*, un restaurant assez médiocre, à mon avis. Alors je lui ai dit que j'avais du travail. Son cousin passe les fêtes avec nous.

— Eh bien... dans ce cas... je pourrai peut-être me libérer. Où aimeriez-vous aller ?

— Où pourrions-nous manger des pâtés ? Je n'y ai jamais goûté et je ne sais même pas exactement ce que c'est.

— Il s'agit de la spécialité du comté de Moose, qui remonte à l'époque minière, répondit Qwilleran. C'est un énorme mélange de viande et de pommes de terre, parfait pour un pique-nique mais peu satisfaisant pour un dîner civilisé. Du genre étouffe-chrétien. Êtes-vous jamais allé à l'*Onoosh's Café* ?

— Non. Danielle n'aime pas la cuisine méditerranéenne. Mais quand j'habitais Detroit, je fréquentais assidûment le quartier grec pour le chiche-kebab, le *taramasalata* et le *saganaki*... Quel régal !

— À la bonne heure ! dit Qwilleran. Retrouvons-nous au *Onoosh's* dès que vous serez libre. Je dois rentrer chez moi... pour donner à manger aux chats.

Il désirait se changer et savait que s'il l'avait dit, Willard aurait répondu : « Venez comme vous êtes, je retirerai ma cravate. »

Aller chez lui pour nourrir les chats était une excuse imparable.

CHAPITRE II

Qwilleran retourna au Village Indien dans son quatre-quatre, véhicule conseillé à la campagne en hiver. Ayant échangé sa voiture de tourisme pour une fourgonnette, il s'en était félicité en diverses occasions, telles que les visites chez le vétérinaire avec le panier des chats. Elle était presque neuve — avec seulement quarante-cinq mille kilomètres au compteur — et Scott Gippel avait procédé à une révision complète.

Le Village Indien se trouvait sur Ittibittiwassee Road, bien au-delà des limites de la ville de Pickax. On pouvait discuter pour savoir si le paysage était plus beau sous sa parure verdoyante estivale, ou dans son clair-obscur hivernal, quand les arbres dénudés se détachaient sur une couverture blanche. Le long de la route se trouvaient la mine abandonnée de Buckshot et son puits fantomatique entouré de chaînes avec un écriteau portant la mention « ATTENTION : DANGER ! ». Juste après venait le pont enjambant la rivière Ittibittiwassee, qui tournait et suivait ensuite la grand-route jusqu'au Village Indien et au-delà.

Géographiquement et politiquement, le Village dépendait de la ville de Suffix. Psychologiquement, c'était un monde à part, représentant une adresse élégante pour divers résidents importants. Dès l'entrée, la grille donnait une impression d'exclusivité, démentie par le fait qu'elle était toujours ouverte, conférant ainsi à l'endroit un aspect accueillant. Les immeubles étaient rustiques, mélange de bois et de béton, en harmonie avec les espaces boisés, été comme hiver, à commencer par la maison du gardien et le club-house. Les appartements étaient répartis en petits immeubles situés sur Woodland Trail. Les duplex, en groupes de quatre unités contiguës, s'étendaient le long de River Lane, près de l'eau qui cascadait sur les rochers ou formait des mares. Même en hiver, le murmure du ruisseau s'entendait sous la couche de neige ou de glace.

Comme Qwilleran approchait de son propre duplex dans le bâtiment 5, il se mit à penser à ses compagnons félins. L'accueilleraient-ils avec excitation — ce qui signifierait qu'ils avaient faim ? Seraient-ils profondément endormis sur le divan, enroulés en une seule boule de fourrure ? Auraient-ils décroché le téléphone de son socle, ou brisé une lampe au cours d'une de leurs courses folles ?

Avant d'ouvrir sa porte, il alla déposer l'épicerie qu'il avait rapportée pour Polly. Il avait une clé de son appartement situé à l'autre extrémité du bâtiment. Tandis qu'il déverrouillait la porte, il se mit à parler au chat de garde, Bootsie, lui expliquant qu'il était là pour des motifs légitimes et qu'il allait seulement ranger les denrées périssables dans le réfrigérateur et se retirer.

Ses propres siamois étaient assis près de la fenêtre surplombant les bords de la rivière. Ils écoutaient le murmure de l'eau sous la neige et la glace. Le soleil d'hiver se reflétait sur le paysage blanc qu'il transformait en réflecteur géant illuminant leur fourrure soyeuse et accentuant leurs marques brunes.

— Salut, les gars, dit Qwilleran, quoi de neuf ? Que s'est-il passé d'extraordinaire ici ? Quel est le compte des lapins, aujourd'hui ?

Avec langueur, les deux chats se levèrent, firent le gros dos, étirèrent leurs deux pattes avant et une patte arrière. Le mâle était Kao K'o Kung (Koko en abrégé) — le chat « brillant » de Brodie. Il était mince et musclé avec des vibrisses impressionnantes et des yeux bleus intenses qui avaient accès à des secrets cosmiques. Yom Yom, la femelle, était délicate et outrageusement affectueuse. Ses grands yeux bleus étaient teintés de violet. Étant siamois, tous deux étaient dotés de cordes vocales remarquables. Koko miaulait dans un baryton profond et Yom Yom s'exprimait dans un soprano parfois si aigu qu'il vous glaçait le sang dans les veines.

Qwilleran rangea les cadeaux qu'il avait rapportés, lut hâtivement le courrier qu'il avait ramassé chez le gardien, donna quelques coups de téléphone, nourrit les deux chats et se changea. Il mit une veste en tweed sur un pantalon de flanelle et un pull-over à col roulé. Polly lui avait dit que les cols roulés lui seyaient particulièrement, leur simplicité mettant en valeur sa superbe moustache. Il était mi-satisfait, mi-contrarié par l'intérêt que tout le monde portait à son ornement facial unique. Fran Brodie l'appelait « une moustache Second Empire », comme s'il s'agissait d'un meuble.

Ce que personne ne connaissait, naturellement, c'était sa signification fonctionnelle pour son propriétaire. Chaque fois que Qwilleran suspectait quelque chose de louche, il ressentait un picotement sur sa lèvre supérieure. L'expérience lui avait appris à ne pas négliger ces signaux. Parfois il frottait sa moustache, l'aplatissait avec son poing, ou la lissait avec son doigt, selon la nature du signal.

Polly, qui ignorait tout de ce phénomène, demandait :

— Quelque chose vous tracasse-t-il, mon ami ?

— Navré, ce n'est qu'une mauvaise habitude, répondait-il.

Mais il suivait ses conseils pour les pull-overs à col roulé.

Ce soir-là, Qwilleran jeta un dernier regard dans le grand miroir de l'entrée, dit au revoir aux deux chats étonnés et partit en voiture pour l'*Onoosh's Mediterranean Café*, au centre de Pickax.

Onoosh Dolmathakia et son associé étaient venus du Pays d'En-Bas pour ouvrir un restaurant et celui-ci avait reçu une excellente critique dans les pages du *Quelque Chose du Comté de Moose* et du *Lockmaster Ledger* du comté voisin. Selon la publicité, l'atmosphère était exotique. De petites lampes à pétrole en cuivre étaient posées sur les tables. Des posters méditerranéens décoraient les murs et des lustres ornés de franges pendaient du plafond. Dans la cuisine, Onoosh en personne enseignait à des femmes du coin les secrets de la fabrication des feuilles de vigne et du persil haché à la main pour le taboulé. Le reporter qui l'avait interviewée pour le *Quelque Chose* disait qu'elle parlait avec un fascinant accent du Proche-Orient qui s'accordait parfaitement avec son teint olivâtre, ses yeux noirs et sa luxuriante chevelure brune. Son associé avait un accent du Middle-West américain, étant un blond natif du Kansas.

Qwilleran n'avait pas essayé le restaurant avant de le suggérer au banquier. Quand il arriva, il se sentit transporté de l'autre côté du globe par l'arôme des étranges épices et le son nasillard de la musique orientale. Deux serveurs se pressaient autour des clients, portant des chemises brodées de fermiers européens mais ressemblant davantage à des étudiants de l'université voisine.

Assis à une table où il dégustait un Rob Roy, Carmichael agita la main.

— Dure journée, dit-il, j'avais besoin d'un remontant. Vous êtes mon invité, ce soir. Que désirez-vous boire ?

Qwilleran commanda son habituelle eau de Squunk on the rocks en expliquant que c'était une eau minérale locale ayant la réputation d'être une véritable source de jouvence.

— Ce doit être vrai, dit Carmichael, car vous avez l'air particulièrement en forme. Quel goût cela a-t-il ?

— Pour vous dire la vérité, Willard, ce serait meilleur avec une goutte de quelque chose, mais j'ai supprimé toutes les petites gouttes.

— Appelez-moi Will, dit le banquier. Je devrais supprimer l'alcool, moi aussi. J'ai abandonné le tabac il y a deux ans, mais voulez-vous entendre quelque chose de stupide ? Je ne voyage jamais sans emporter deux paquets de cigarettes dans mes bagages comme porte-bonheur.

— Si ça marche, ne vous excusez pas.

— Eh bien, je n'ai jamais eu d'accident d'avion et je n'ai jamais perdu mes bagages !

— Comment se porte votre charmante épouse ?

C'était une question polie qui ne reflétait pas du tout l'opinion de Qwilleran.

— Oh ! elle est totalement absorbée par la décoration de notre nouvelle maison, et Fran Brodie l'a réellement prise en main. C'est parfait pour moi. Tout pour que la paix règne dans le ménage !

— Sage attitude, approuva Qwilleran avec l'air de quelqu'un qui connaît la question.

— Avez-vous jamais été marié, Qwill ?

— Une fois. Point final. Je crois que vous avez acheté la maison des Fitch ?

— Je le crains. Celle qui ressemble à un abri de mine abandonnée. Il n'est pas étonnant qu'elle ait été sur le marché depuis trois ans. Elle est laide comme le péché, mais Danielle aime tout ce qui est moderne et *différent*, alors j'ai cédé.

« Elle est trop gâtée, pensa Qwilleran. Sa bouche ne cesse de faire la moue et sa voix semble faite pour se plaindre. »

— Depuis combien de temps êtes-vous marié ? questionna-t-il.

— Pas tout à fait un an. Ma première femme est morte il y a trois ans et je vivais seul dans une grande maison. Puis je suis allé à Baltimore pour affaires et j'ai rencontré Danielle dans un club où elle était chanteuse. Ce fut le coup de foudre, laissez-moi vous le dire. Elle n'a pas beaucoup de voix, mais elle est si belle ! Alors je l'ai ramenée dans le Michigan.

— Qu'est-ce qui vous a poussé à venir vous installer ici ?

— C'est toute une histoire. Je désirais m'éloigner de la vie agitée, de la pollution et de la violence des villes. J'avais été attaqué deux fois et ma voiture m'avait été volée une fois, ce qui est un peu fort de café. Finalement, je me suis fait rouler par un fast-food et ç'a été la goutte qui a fait déborder le vase. J'étais prêt pour River City, Iowa !

— Volé par un restaurant ? s'étonna Qwilleran.

— Exactement ! C'était un dimanche, et Danielle était allée à Baltimore en visite. Le soir, je suis sorti pour manger un hamburger et des frites et j'ai oublié mon portefeuille à la maison. Alors je me suis arrêté pour prendre de l'argent à un distributeur. Quand j'ai commandé mon hamburger, j'ai payé avec un billet de vingt dollars et on m'a rendu la monnaie sur cinq dollars. J'ai signalé l'erreur. La caissière a appelé le directeur. Il a sorti le contenu du tiroir-caisse pour le vérifier et est revenu avant d'avoir eu le temps de compter jusqu'à trois en déclarant que le contenu de la caisse prouvait que j'avais payé avec un billet de cinq dollars. Tout ce que j'avais sur moi ce soir-là était le billet de vingt dollars que je venais de retirer du distributeur, mais comment pouvais-je le prouver ?

Willard s'interrompit pour boire.

— Ne vous arrêtez pas là. Qu'avez-vous fait ?

— Rien dont je puisse être fier. J'ai traité le directeur de voleur et je lui ai envoyé mon plateau à la tête. J'espère que mon café était brûlant. Voilà toute l'histoire. Le lendemain, j'ai décidé de changer de ville.

— Vous êtes tranquille, ici, nous n'avons pas de fast-food !

— Cela m'a surpris, dit le banquier. Il y a de l'argent à gagner dans ce comté en construisant un centre commercial et en introduisant des fast-foods... Mais je parle trop, commandons les hors-d'œuvre.

Il choisit de l'*hommos* et demanda que le *pita* soit servi tiède. Qwilleran commanda un *baba ghanouj* et dit au serveur :

— Voulez-vous demander à Onoosh si elle peut me préparer des boulettes de viande dans des petits kimonos verts ?

Moins d'une minute plus tard, elle sortit de la cuisine avec son tablier blanc et sa toque de chef.

— Mr. Qwill ! s'écria-t-elle. J'étais sûre que c'était vous !

Il s'était levé et elle lui jeta les bras autour du cou.

Un sourire radieux illuminait son visage ingrat, et sa toque tomba. C'était une scène émouvante et — à la manière de Pickax — les autres clients applaudirent.

— Seulement une vieille amie, expliqua Qwilleran quand elle fut retournée dans la cuisine.

— Croyez-vous qu'un restaurant méditerranéen va réussir dans une ville comme celle-ci ? demanda le banquier.

— Je l'espère. C'est financé par la Fondation Klingenschoen comme faisant partie du programme d'amélioration du centre-ville. Et Polly Duncan m'a dit que la cuisine orientale était bonne pour la santé.

— J'ai rencontré Polly Duncan, c'est une femme charmante, dit Willard avec une note d'envie. Vous êtes un homme verni. Elle est séduisante, intelligente et a une voix particulièrement mélodieuse.

— C'est précisément sa voix qui m'a séduit en premier, dit Qwilleran. Douce, légère, basse, pour citer Shakespeare. Et c'est la première fois de ma vie que j'ai une amie qui partage mes goûts littéraires. C'est fort agréable. Le jazz était la limite de mes connaissances musicales, mais Polly m'a initié à la musique de chambre et à l'opéra.

Il s'interrompit en riant, puis ajouta :

— Mais elle ne m'a pas converti à l'observation des oiseaux et je ne l'ai pas convaincue de l'attrait du base-ball... ou de Louis Armstrong !

— J'ai cru comprendre que vous habitiez deux duplex séparés au Village. N'avez-vous jamais songé...

— Non, coupa Qwilleran, nous aimons notre indépendance. De plus, nos chats sont incompatibles.

— Pendant que j'en suis aux questions indiscrètes... La Fondation Klingenschoen semble avoir déversé des millions dans le comté de Moose, écoles, centres médicaux, environnement, etc. Quelle est la source de cette richesse ?

Qwilleran expliqua avec simplicité :

— La famille K. a fait fortune ici durant les années fastes du comté, dans le commerce hôtelier, pourrait-on dire. La seconde génération a fait des investissements judicieux. La famille est éteinte maintenant et tout l'argent est allé à la Fondation.

— Je vois, dit le banquier en regardant Qwilleran d'un air de doute. Ma question suivante sera : est-il exact que vous soyez la Fondation K. ?

— Non. Je ne suis qu'un innocent spectateur.

Comment un journaliste pourrait-il expliquer à un banquier que l'argent était moins intéressant que le défi des reportages, des exclusivités, des gros titres en première page ?

Ils passèrent la commande du dîner. Les deux hommes choisirent de la soupe de lentilles, du taboulé, suivi par du chiche-kebab pour Will et par des feuilles de vigne pour Qwill.

La conversation s'orienta sur le Club des gourmets qui était en pleine organisation.

— Faire la cuisine est ma plus grande distraction, dit le banquier. Il est reposant de rentrer à la maison après une journée dans un environnement glacé et de se mettre à remuer les casseroles et les poêles. Danielle déteste ça, la pauvre chérie... Elle me harcèle pour que je me laisse pousser une moustache comme la vôtre. Elle prétend que c'est sexy. Mais ce n'est pas exactement l'image de la banque... Avez-vous jamais assisté au Mardi gras de La Nouvelle-Orléans ? Elle insiste pour que je fasse des réservations, mais je préférerais une croisière.

En tant que journaliste, écouter était un des points forts de Qwilleran et il se trouva en train d'exercer sa profession. Willard semblait avoir besoin d'une oreille compréhensive et sympathique. Il expliqua :

— Quand nous nous installerons dans notre maison, nous voulons un couple de siamois comme les vôtres — du moins si je peux convaincre Danielle. Le Village n'accepte pas les animaux domestiques dans les appartements.

— Je le sais. C'est pour cette raison que j'ai acheté un duplex.

— Je parie que vos chats regrettent la grange.

— Ils s'adaptent à tout.

— Est-ce un couple ?

— Non, juste deux amis.

— J'ai deux grands fils en Californie, expliqua Willard, mais j'aimerais fonder une seconde famille. À mon âge, je pourrais engendrer de beaux enfants. Mais Danielle n'est pas très pressée, ajouta-t-il avec un haussement d'épaules résigné.

La conversation ralentit après les entrées. De temps à autre, Willard posait une question.

— Avez-vous jamais été acteur ? Vous possédez une bonne voix.

— J'ai joué quelques pièces classiques au collège.

— Fran Brodie voudrait que Danielle se joigne au club théâtral. Fran est une jolie femme. Pourquoi n'est-elle pas mariée ?

— Qui sait ?

— Amanda Goodwinter est un drôle de numéro !

— Elle aboie plus qu'elle ne mord. Ses électeurs l'adorent.

— Et que dire de ce George Breze ? Que savez-vous de lui ?

— Il porte toujours une casquette rouge et personne ne sait s'il y a quelque chose dessous, dit Qwilleran. Il y a deux ans, il a eu le toupet de se présenter comme maire. On l'appelle Vieille Baudruche. Il n'a récolté que deux voix.

— Il semble gagner de l'argent, dit le banquier, mais il me paraît être un drôle de personnage, et il vient juste de prendre un appartement au Village !

— Ainsi va le voisinage !

— Les appartements ne sont pas très bien construits. Qu'en est-il des duplex ?

— La même chose. Je dis aux chats de ne pas trop sauter sur leurs pattes.

Après un silence, Willard reprit :

— J'aimerais avoir votre opinion, Qwill, sur une idée à laquelle le cousin de Danielle et moi avons réfléchi. Nous pensons que ces vieilles maisons de Pleasant Street pourraient et devraient être restaurées pour des raisons économiques et pour l'embellissement de la ville.

— Le cousin de votre femme s'intéresse-t-il à la préservation des beaux sites ? demanda Qwilleran.

— Il est conseiller en restauration au Pays d'En-Bas et il est stupéfait des possibilités qui s'offrent ici. Connaissez-vous la demeure Duncan dans Pleasant Street ?

— Très bien ! Lynette Duncan est la belle-sœur de Polly. Elle a récemment hérité de la maison, une relique intacte du XIXe siècle.

— Exact. Nous avons rencontré Lynette à une réception au Village et elle nous a invités à un brunch. Son mobilier victorien est fabuleux. En fait, toute la rue est un pur produit des années 1880. Le cousin de Danielle appelle ça du gothique charpentier.

— Ici, on la surnomme Gingerbread Alley [1] !

---

1. L'allée Gingerbread, *Gingerbread* désignant le pain d'épice, et ce qui est clinquant, de mauvais goût. (*N.d.T.*)

Will Carmichael posa son couteau et sa fourchette avant de revenir à son sujet :

— L'étonnant est que les propriétaires n'aient pas modernisé leurs maisons avec du vinyle et des baies vitrées. Telle qu'elle est, Pleasant Street pourrait devenir une Mecque pour la préservation des sites, avec des maisons qui seraient des musées vivants, où l'on trouverait chambre et petit déjeuner. Il y a de l'argent à tirer de ce genre d'affaires, aujourd'hui. Ma banque investirait volontiers dans une telle opération. Qu'en pensez-vous ?

— Cela me paraît une grande entreprise, déclara Qwilleran. Que fait exactement un conseiller en restauration, et comment s'appelle ce cousin ?

— Carter Lee James. Vous avez peut-être entendu parler de lui ou vu certaines de ses réalisations dans des magazines. Il évalue les possibilités, supervise la restauration et aide à faire classer les propriétés par l'office des Monuments historiques. Il connaît les techniques, les sources et — le plus important — il sait *ce qu'il ne faut pas faire*. Pouvez-vous imaginer Pleasant Street avec une plaque de bronze sur toutes les maisons ? Ce serait une attraction unique — non pour des hordes de touristes, mais pour des admirateurs sérieux du XIXe siècle américain.

Ils commandèrent un gâteau aux noix et aux épices, et du café turc. Le banquier continua :

— Lynette possède une fortune en meubles anciens dans sa maison, dont elle a hérité, a-t-elle dit.

Qwilleran, dont les préférences allaient au moderne, se rappela le mobilier massif, les boiseries foncées, les rideaux de velours, les lourds cadres dorés et les tables juponnées de Lynette. Polly avait passé sa convalescence chez sa belle-sœur après son opération. Il essaya de trouver quelque chose d'original à dire :

— Lynette est la dernière des Duncan en ligne directe. Elle porte un nom hautement respecté ici. Les Duncan étaient de riches marchands au temps du grand boom industriel et ils prospérèrent sans exploiter les mineurs.

— C'est tout à leur honneur, apprécia Willard en regardant pensivement sa tasse de café. J'imagine qu'elle ne doit pas avoir besoin de travailler... et cependant elle m'a dit qu'elle avait un emploi à plein temps.

— Lynette aime s'occuper. Elle est également très active dans le bénévolat. Le travail bénévole est très prisé à Pickax, vous devriez en parler à Danielle.

Avec une grimace pleine d'humour, son mari répondit :

— Si cela signifie aller visiter des malades, je ne crois pas que ma chère femme soit très qualifiée.

Pendant un moment, il s'occupa de régler l'addition avec sa carte de crédit, puis il reprit :

— Il faudra que nous nous voyions pendant les fêtes. J'aimerais que vous rencontriez Carter Lee. Vous serez impressionné, c'est un garçon sympathique. Il a fait les beaux-arts et est diplômé d'architecture... Jouez-vous au bridge ?

— Non, mais Lynette m'a parlé du club de bridge du Village et de la grande jarre en verre.

Il s'agissait d'une jarre d'apothicaire d'environ trente-cinq centimètres de haut avec une large embouchure et un col étroit. Au cours des parties de cartes du Village, chaque joueur jetait un billet de dix dollars dans la jarre et frottait le bord pour se porter chance. Avec quelque raison, Qwilleran pensait que les joueurs de bridge rivalisaient avec les supporters, les athlètes sportifs, les acteurs et les marins en matière de superstition. À l'honneur des bridgeurs du Village Indien, les gagnants ajoutaient leurs gains dans la jarre, et quand celle-ci était pleine, la somme totale était versée au Centre pour la jeunesse du comté de Moose. Il remarqua à l'intention de Willard :

— J'espère que vous contribuez généreusement à remplir la jarre.

— Jusqu'ici j'ai eu de la chance, reconnut-il. Lynette gagne constamment. Et Carter Lee est assez bon joueur... Mais Danielle devrait rester à la maison et regarder la télévision.

Il était temps de se retirer. Qwilleran avait vraiment pris plaisir à la conversation et au dîner. Il remercia son hôte et ajouta :

— Ce sera mon tour de vous inviter... la prochaine fois que vous serez célibataire.

Cette clause restrictive fut prononcée d'un ton naturel, mais il espéra que le message serait compris et enregistré.

Les deux hommes retournèrent chez eux. Chemin faisant, Qwilleran se souvint des remarques sur la « chère épouse » et craignit que le mariage ne dure guère. Il avait été trop rapide. Fâcheux... Willard était un homme intéressant, bien qu'un peu fouineur. Il était certainement enthousiasmé par le projet de Pleasant Street... La situation avec le country-club était regrettable. Sans aucun doute Willard jouait au golf. Mais le Club des gourmets était une bonne initiative.

Qwilleran regarda l'heure et brancha la radio locale WPKX. Il entendit d'abord des résultats de basket-ball. Ensuite Wetherby Goode commença sa rubrique météorologique avec ses habituelles fadaises :

« Bottes-bottes-bottes-bottes glissant encore sur la neige... »

Il avait toujours une parodie de chanson d'enfant ou une citation littéraire pour chaque occasion. Certains de ses auditeurs, comme Lynette Duncan, le trouvaient éminemment spirituel, d'autres pensaient qu'il ferait mieux de s'étendre davantage sur la météo et réduire les citations.

Après les prédictions de Wetherby — toujours plus de neige — vint le bulletin d'information :

« Un incident fâcheux vient juste de se produire au Village Indien. Une somme d'argent estimée à deux mille dollars a été volée dans le bureau du club-house. Cette somme avait été récoltée dans une grande jarre en verre par les membres du club de bridge, pour en faire donation au Centre pour la jeunesse du comté de Moose. La police enquête. »

Qwilleran frotta sa moustache et éteignit le poste de radio en réfléchissant. Brodie avait raison : la situation s'aggravait... L'éditorialiste avait raison : il était temps de fermer les portes à clé !

CHAPITRE III

Le 24 décembre, Qwilleran se rendit en ville à midi pour une célébration avec le personnel du *Quelque Chose du Comté de Moose*. L'après-midi était chômé, mais d'abord il y avait la fête du bureau, avec des sandwiches au jambon du *Luncheonette de Loïs*, un gâteau de la *Boulangerie écossaise*, du café, et les primes annuelles. Arch Riker était radieux et il tendit les enveloppes avec un « ho-ho-ho ».

— Nous voilà bien loin des folles réceptions du Pays d'En-Bas, dit Qwilleran. Il n'y avait que de l'alcool... et pas de primes.

— Ne m'en parlez pas ! protesta Riker. J'essaie d'oublier ma première fête au *Daily Fluxion* depuis vingt-cinq ans. Rosie et moi venions juste de nous marier et toute la famille Riker célébrait le réveillon de Noël chez nous, avec un dîner à la fortune du pot et moi déguisé en Père Noël distribuant les cadeaux. Du moins tels étaient les projets. Je devais travailler toute la journée, mais on racontait que chaque service offrait à boire, il suffisait d'apporter son verre. La tournée commença à cinq heures. Éditorial, Sports, Femmes, labo photo — terrible ! —, Publicité... tous les services y sont passés ! On trinquait à qui mieux mieux et j'oubliai complètement ma femme et ma famille ! Quand finalement quelqu'un me ramena à la maison en taxi, je m'écroulai et me réveillai le lendemain matin. Bon sang ! je l'ai payé cher !

— Vous n'avez pas été le seul à connaître cette mésaventure, répondit Qwilleran, c'est pour cela que les fêtes furent interdites sur les lieux de travail. Il n'y a rien de tel qu'un bon procès pour ramener les gens à la raison.

Hixie Rice, directrice du service de la promotion et résidente du Village Indien, attira Qwilleran à l'écart.

— Avez-vous entendu parler du vol ? demanda-t-elle.

— Les Pirates de Pickax ont à nouveau frappé ! Quand a-t-on vu l'argent pour la dernière fois ?

— La veille au soir. Nous avons célébré Noël, et tout le monde s'est montré spécialement généreux. Nous avons porté la jarre dans le bureau du directeur, comme d'habitude, caché dans un sac à provisions.

— Mais tous les joueurs savaient que la jarre était là, n'est-ce pas ? Quelqu'un attendait qu'elle soit pleine. Qui sont les joueurs ?

— Pour la plupart des résidents du Village, mais quelques invités viennent parfois de Pickax en voiture. Assez ironiquement, le sac à provisions a également disparu. Ils ont dû s'en servir pour emporter l'argent. Il devait y avoir au moins deux mille dollars... Avez-vous une idée, Qwill ?

— Oui. Allons chercher quelques sandwiches avant que ces vautours du journal ne les aient tous mangés.

Après l'esprit de camaraderie de la réunion, Qwilleran n'avait guère envie de se retrouver en ville où les derniers acheteurs se pressaient de plus en plus vite et où les chanteurs de cantiques criaient de plus en plus fort. Il acheta quelques cadeaux supplémentaires : un parfum pour Polly, une écharpe pour Mildred, quelques boîtes de pâté de dinde fumée et des sardines de gourmet pour les chats qu'il connaissait.

La première boîte fut pour le chat à poils longs du bouquiniste. Ce dernier fut très touché et affirma que c'était la première fois que Winston recevait un cadeau de Noël. Eddington Smith était un charmant vieil homme qui adorait les livres, mais non pour leur contenu. Il les aimait pour leurs titres, les reliures, les illustrations, la qualité du papier et leur provenance. Il dormait, préparait ses repas et réparait les livres dans son arrière-boutique.

Timidement, il déclara à Qwilleran :

— Je sais ce que le Père Noël va vous apporter.

— Ne me le dites pas, je préfère les surprises.

— C'est un auteur que vous aimez beaucoup.

— Tant mieux.

— Je peux vous donner ses initiales.

— S'il vous plaît, Eddington, pas de piste ! Faites-moi plutôt voir ce que vous avez reçu dernièrement.

Il ne sortait jamais de la boutique sans rien acheter.

Le bouquiniste farfouilla parmi des cartons ouverts jusqu'à ce qu'il ait trouvé une boîte provenant des biens d'un professeur de littérature celtique, qui avait passé ses dernières années à Lockmaster ; l'endroit lui rappelait l'Écosse.

— Superbes reliures, dit Eddington. La plupart sont imprimés sur papier indien. Certains sont très anciens mais la reliure est bien conservée... En voici un publié en 1899.

Qwilleran le regarda. Il était intitulé *Ossian et la littérature ossianique*, d'un certain I. Diot.

— Je le prends, déclara-t-il, en se disant qu'il allait l'offrir à Arch Riker pour plaisanter.

En quittant la boutique, il lança :

— Joyeux Noël, Edd ! Lorsque je mourrai, je vous laisserai tous mes vieux livres !

— Je partirai avant vous, répondit aussitôt le vieil homme, et je vous laisserai tout mon magasin. C'est écrit dans mon testament.

Il mentionna son achat à Polly Duncan, ce soir-là. Ils s'étaient retrouvés chez elle pour leur traditionnel réveillon de Noël ensemble.

— J'ai acheté un livre sur Ossian chez Eddington, aujourd'hui. L'auteur est quelqu'un du nom de I. Diot. N'y a-t-il pas eu un scandale concernant Ossian, au temps de Samuel Johnson ?

— Oui, et une véritable controverse, dit-elle. Un poète du XVIIIe siècle prétendait avoir trouvé les poèmes d'Ossian datant du IIIe siècle. Le Dr Johnson affirma que c'était une supercherie.

Après avoir servi un souper à basses calories, Polly offrit à Qwilleran le choix entre une tarte au potiron ou un gâteau aux fruits accompagné de yaourt glacé.

— Y a-t-il une loi qui interdise que l'on prenne les deux ? demanda-t-il.

— Qwill, mon ami, je savais que vous diriez cela... À propos, Lynette me taquine parce que je vous appelle « mon ami ». Elle prétend que cela fait vieux jeu.

— Vous êtes la seule personne, de toute ma vie, qui m'ait jamais appelé ainsi et cela me plaît. Vous pouvez le répéter à votre belle-sœur. Pour quelqu'un qui n'a pas eu d'histoire d'amour depuis vingt ans, elle peut difficilement se poser en experte sur les appellations affectueuses.

Ils écoutèrent des chants de Noël par des sonneurs de cloches suisses et des chœurs français. Il lut le récit de Dickens sur le dîner de Noël des Cratchit[1]. Elle lut *Les Prisonniers de la neige* de Whittier. Dans l'ensemble, ce fut une agréable soirée, non troublée par l'hostilité de Bootsie — ce gros mâle siamois qui considérait Qwilleran comme un rival dans l'affection de Polly avait été séquestré au sous-sol. Cette réunion était peut-être poignante, en raison de la récente maladie de Polly, qui leur avait fait craindre de ne plus passer d'autres Noëls ensemble. La soirée paisible se termina quand les coups à la porte du sous-sol devinrent intolérables.

Le matin de Noël, le téléphone de Qwilleran sonna fréquemment. Ses amis le remerciaient pour leur colis de Noël. L'un de ces appels vint de la voix rieuse d'une grand-mère à cheveux gris, Celia Robinson. Elle était sa voisine quand il vivait dans la grange ; elle lui fournissait des boulettes de viande et des macaronis au fromage ainsi que d'autres plats préparés qu'il pouvait conserver dans son congélateur.

— Joyeux Noël, Chef ! Merci pour les friandises. Voyou vous remercie pour les sardines de gourmet. Il adresse ses vœux à Koko et à Yom Yom. Passent-ils un bon Noël ?

— Ils ont eu quelques-unes de vos boulettes et s'en lèchent encore les babines.

Cette demi-plaisanterie provoqua une cascade de rires joyeux.

— Devinez quoi, Chef ? (Elle l'appelait ainsi pour des raisons connues d'eux seuls.) Mon petit-fils est là pour les vacances !

1. Dans *Chant de Noël. (N.d.T.)*

— Clayton ?

Il connaissait l'existence de ce jeune garçon de quatorze ans, fort en science et en maths, qui vivait dans une ferme de l'Illinois.

— Je suis allée le chercher à l'aéroport hier après-midi. Mr. O'Dell est venu dîner à la maison, nous avons ouvert nos cadeaux et passé du bon temps. Ensuite nous avons éclairé la cour et construit un gros bonhomme de neige. Ce matin, Clayton est allé en raquettes jusqu'à votre grange pour tout contrôler. Aucun dommage. Ce soir, nous allons souper avec la famille de Virginia Alstock, ses enfants ont à peu près le même âge que Clayton.

Pendant qu'elle parlait, Qwilleran réfléchit. Il n'avait jamais rencontré ce brillant jeune collégien qui l'avait aidé à résoudre le meurtre d'Euphonia Gage en Floride et il se sentait tenu de montrer une certaine forme d'hospitalité, bien qu'il ne fût pas très porté à fréquenter des adolescents.

— Votre petit-fils aimerait-il venir en reportage avec moi pour le journal ?

— Oh ! Chef, il sera enchanté ! Il est sorti pour le moment, mais je le lui dirai dès son retour. Il va être ravi. Cela pourrait changer sa vie. Il pourrait décider de devenir journaliste !

— Dites-lui de s'en tenir à la cybernétique, cela paie mieux. A-t-il un appareil photo ?

— Oui, son père lui en a justement offert un pour Noël. Il a aussi le petit magnétophone qu'il a utilisé en Floride.

— Parfait. Il pourra passer pour mon photographe. Dites-lui d'acheter une pellicule, je la lui rembourserai. Je vais préparer cette interview et je vous rappellerai.

— Dois-je lui couper les cheveux ? demanda Celia.

— Ce n'est pas nécessaire, dit Qwilleran, les photographes ne sont pas supposés être très civilisés.

Le rire joyeux résonnait toujours quand il raccrocha.

Puis Polly l'appela pour discuter de la façon de s'habiller pour aller chez les Riker.

— Arch portera sa vieille chemise en laine rouge, dit Qwilleran, aussi je suggère que nous y allions en pull-over.

L'équipe de la bibliothèque avait offert à Polly un pull-over blanc brodé de cardinaux rouges et de houx vert, plus gai que ses vêtements habituels, mais Polly elle-même était plus gaie depuis son opération. Quant à Qwilleran, il avait un nouveau pull-over, commandé à Chicago, qui ressemblait à une couverture orientale. Le dernier chic pour un homme que ses pairs du Pays d'En-Bas avaient l'habitude de traiter d'aimable rustaud.

— Je viendrai vous chercher à une heure, dit-il, couvrez-vous bien, et nous irons à pied. Il n'y a pas de vent.

— Savez-vous qui vient juste d'aménager à côté de chez vous, Qwill ?

— Un gros homme conduisant une grande camionnette.

— Wetherby Goode !

— Non ! Qu'ai-je fait pour mériter ce clown comme voisin ?

— Est-ce que je ne détecte pas là une jalousie intermédias ? plaisanta-t-elle. La plupart des auditeurs de la radio le trouvent divertissant. Il ne s'en tient pas uniquement à la pression barométrique. Un jour de grand vent, il a chanté *Vive le vent ! Vive le vent d'hi-*

ver ! Après une tempête de neige, il a cité un vers de *La Ballade du vieux marin*. Un de ses auditeurs le lui avait envoyé : « La glace était ici, la glace était là, la glace était partout. » Les gens craignent qu'il ne se trouve à court de citations.

— Eh bien, si vous devez vous amuser avec les prévisions météorologiques, je suppose que c'est un jeu comme un autre, reconnut Qwilleran. Qui habite à côté de chez vous ?

— Les sœurs Cavendish, professeurs en retraite, très tranquilles.

À une heure ils partirent pour le duplex des Riker dans le bâtiment 2, emmitouflés dans des vestes matelassées, des écharpes, des bonnets de laine, et portant des gants et des bottes. Ils marchèrent main dans la main, comme ils l'avaient fait lors des premières sorties de Polly après son opération. C'était maintenant devenu une agréable habitude. Ce geste romantique avait aussi de quoi alimenter les bavardages locaux.

Polly avait une écharpe rouge de deux mètres de long, qui lui enveloppait la tête, le menton et couvrait ses oreilles.

— Un cadeau de Lynette, précisa-t-elle.

— Que lui avez-vous offert ?

— Des savonnettes parfumées à la violette avec l'huile de bain et l'eau de Cologne assorties. Lynette ne porte que du parfum à la violette.

— Je me suis toujours demandé quel était cet arôme qui planait sur Pleasant Street. Je pensais qu'il s'agissait de la cire des meubles.

— Oh ! Qwill ! Vous êtes méchant. La violette sent très bon. Pour simplifier mes achats de Noël, j'ai envoyé le même assortiment à ma sœur de Cincinnati et elle m'a téléphoné ce matin pour me dire combien elle l'aimait.

— Les gens à qui vous faites des cadeaux vous téléphonent-ils jamais pour vous dire qu'ils n'aiment pas ce que vous leur avez offert ?

— Maintenant, vous devenez le journaliste cynique !

En arrivant à destination, ils furent accueillis par un comité de trois : l'hôte radieux, dans sa vieille chemise en laine rouge, la jolie et accorte hôtesse avec son tablier de cuisinière, et leur chat dans son habituel smoking avec sa chemise et ses guêtres blanches. Toulouse avait l'air parfaitement satisfait de son sort, comme un chat de gouttière qui a trouvé sa maison chez la chroniqueuse culinaire du journal local. Les deux femmes se congratulèrent en se disant l'une à l'autre qu'elles étaient magnifiques. Les deux hommes, amis depuis l'enfance, n'eurent qu'à se regarder pour exprimer ce qui devait être dit.

Il y avait un sapin dans le living-room, décoré de la même manière que celui de leur mariage au Noël précédent : guirlandes blanches et boules blanches. Les cadeaux déposés au pied de l'arbre comprenaient ceux envoyés par Polly et Qwilleran. L'atmosphère était empreinte de l'odeur de pignons de pin, de dinde rôtie et de cidre chaud aux épices. Mildred retira son tablier et se joignit aux autres autour d'une table basse garnie de hors-d'œuvre froids et chauds. Polly remarqua :

— Je me sens toujours rassurée quand je viens dîner ici. Mildred ne s'affole pas dans la cuisine et n'attend d'aide de personne. Tout est toujours parfait !

Tandis que les quatre amis dégustaient ces premiers plats, ils conversèrent à bâtons rompus :

À propos du vol : Une affaire intérieure. Quelqu'un

de l'extérieur n'aurait pu agir sans complicité intérieure.

À propos de Lynette : Brusquement, elle paraît dix ans de moins !... Est-elle amoureuse ?... Il y a vingt ans qu'elle n'a pas eu de rendez-vous galants... Peut-être est-ce Wetherby Goode. Elle le trouve mignon.

À propos de George Breze : Que fait-il au Village Indien ?... Sa maison de Sandpit Road est à vendre... Sa femme l'a quitté. Pourquoi a-t-elle attendu si longtemps pour le faire ?

À propos des Carmichael : Une grande différence d'âge... Il s'intègre parfaitement à la communauté, mais pas elle... Quelqu'un devrait lui parler de sa garde-robe.

— Elle a une bouche qui fait constamment la moue, dit Polly. Est-ce naturel ?

— C'est ce que l'on appelle une bouche de poisson, en chirurgie esthétique, dit Mildred.

— Ma femme sait tout ! dit Arch.

Toulouse entra dans la pièce d'un pas solennel et alla se frotter contre les chevilles de la cuisinière, pour lui rappeler que la dinde était cuite. Mildred la servit accompagnée de riz brun et d'une farce aux marrons, des patates douces avec une sauce à l'orange, des brocolis avec une sauce aux graines de sésame et deux sortes de canneberges.

— Je me sens tenue d'en servir deux, dit-elle, ou bien la dinde aurait été sèche et la farce spongieuse, selon le dicton.

— C'est absurde, dit son mari, mais je ne discute pas.

Qwilleran affirma qu'il n'avait jamais été superstitieux :

— Gamin, je passais délibérément sous les échelles et marchais sur les fissures des trottoirs.

— Et regardez le résultat, dit Riker, le gars le plus chanceux du centre nord-est des États-Unis !

— Au temps des pionniers, raconta Mildred, siffler dans les mines, tuer un pivert dans la forêt ou faire tomber un couteau sur le pont d'un bateau de pêche portaient malheur.

— Aujourd'hui, la superstition est considérée moitié comme une plaisanterie et moitié comme un espoir, dit Polly. Lynette porte toujours la bague de sa grand-mère pour jouer au bridge et elle gagne presque tout le temps.

— Tout marche si vous y croyez, dit Qwilleran. Avec la bague au doigt, elle s'attend à gagner. Une attitude positive qui lui permet de penser clairement et de faire les bons coups.

— Les *bons appels*, le corrigea Arch. Vous pensez aux échecs.

Avec un clin d'œil à l'adresse des autres, Mildred déclara :

— Arch met toujours sa chaussure droite avant la gauche.

— Cela n'a rien à voir avec la superstition, mais tout avec l'efficacité, expliqua-t-il. C'est le résultat de l'étude d'une vie entière.

— Tu ne m'avais jamais dit ça, fit-elle innocemment. Mais si par hasard tu mets ta chaussure gauche en premier, tu la retires et tu recommences...

— Et voilà : Big Brother en personne !

— Oh ! je me mets au régime après les fêtes, soupira Mildred.

— N'est-ce pas surprenant qu'il y ait autant de superstitions ayant trait aux pieds ? remarqua Polly. Comme de glisser un penny dans votre chaussure pour vous porter chance ou de mettre des chaussettes dépareillées pour passer un examen. Bootsie lèche sa patte trois fois — ni plus, ni moins — avant de se mettre à manger.

— Quelqu'un pourra-t-il me dire pourquoi Koko mange toujours avec son derrière tourné vers le nord ? demanda Qwilleran. Et peu importe où il se trouve, il sait où est le nord. Quant à Yom Yom, elle s'approche toujours de son assiette par la gauche. Si quelque chose l'en empêche, elle vomit.

Arch grogna :

— Cette conversation devient trop profonde pour moi. Prenons le dessert.

Après le traditionnel plum-pudding et le café, on se tourna vers les paquets. Ceux-ci ne furent pas ouverts tous ensemble, mais un par un, chacun partageant le suspens.

Le premier — des Riker à Qwilleran — était un curieux paquet d'environ un mètre de long.

— Une petite échelle ? supposa-t-il. Un jeu de croquet ?

Il s'agissait d'une paire de raquettes.

— Superbe ! s'exclama-t-il. Il y a de la neige partout et on ne peut vraiment pas circuler sans raquettes. Voilà de quoi me donner de l'exercice cet hiver !

Et il était sincère.

Polly fut enchantée par son tailleur en daim et son chemisier en soie. Les Riker s'exclamèrent à l'unisson devant la cafetière en majolique. Quand Arch découvrit sa cravate de base-ball, il éclata de rire tandis que les yeux de Mildred pétillaient de malice.

— C'était supposé être une plaisanterie, mais je ne m'attendais pas à ce que ce fût aussi drôle ! s'étonna Qwilleran.

Il comprit mieux l'hilarité de ses amis quand il découvrit une boîte étroite venant d'Arch et contenant la même cravate à son intention !

Le plus gros paquet encore sous l'arbre — le cadeau de Polly à Qwilleran — était une collection de livres reliés en cuir : les œuvres complètes d'Herman Melville, datant de 1924, en excellent état. Il s'y trouvait des romans que Qwilleran — grand admirateur de Melville — n'avait jamais pu se procurer. Il fouilla dans la boîte avec délectation, annonçant les titres les uns après les autres et s'arrêtant pour lire certains passages.

— Très bien, dit Arch, vous avez tout l'hiver pour lire ces livres. Finissons d'ouvrir les derniers cadeaux.

Pour Qwilleran il y avait aussi, venant de Polly, un enregistrement de l'opéra *Adrienne Lecouvreur* chanté par Renalta Tebaldi... Toulouse offrait à Koko et à Yom Yom un bon d'achat à la poissonnerie Toodle... Arch offrait à Mildred un collier de trois rangs de perles d'onyx avec au centre un lapis-lazuli veiné d'or.

Le dernier cadeau sous l'arbre était destiné à Qwilleran de la part de Bootsie.

— C'est une bombe, déclara-t-il.

Après l'avoir déballé avec un soin exagéré, il s'exclama :

— Je ne peux que citer le poète : « Je suis stupéfait et ne sais que dire. » C'est un sporran !

— Eh bien, je ne l'aurais jamais deviné, dit Arch. J'ai cru que c'était un truc pour nettoyer le pare-brise.

— Pour votre information, Arch, un sporran est une bourse en fourrure portée avec un kilt par les Écossais dans les Highlands. Il sert à contenir de l'argent, des clés, des cigarettes, un briquet, des cartes de crédit et même un sandwich.

Il se tourna vers Polly :

— Comment Bootsie a-t-il appris que j'avais acheté un kilt ?

— C'est le secret de Polichinelle en ville, mon ami !

— Eh bien, nous serons deux maintenant à la maison à porter un sporran. Yom Yom a un sporran à sa taille sous son ventre. Il flotte de gauche à droite et de droite à gauche quand elle trotte, mais il est en véritable fourrure. Celui-ci peut être lavé à la machine.

Lorsque le crépuscule tomba et que les réverbères s'allumèrent le long de River Lane, il neigeait, et Arch conduisit Polly et Qwill chez eux en voiture avec leurs cadeaux de Noël et un paquet contenant de la dinde pour les chats. Qwilleran en hacha une partie avant d'aller boire un thé à la menthe chez Polly et de commenter leur journée.

— C'est à Carol que vous devez le choix de votre tailleur.

— C'est Mildred qui a confectionné votre sporran, Qwill.

— Les raquettes sont assez décoratives pour être exposées contre le mur quand je ne les porterai pas, répliqua Qwill.

— Saviez-vous qu'Adrienne Lecouvreur a été le dernier rôle de la Tebaldi avant qu'elle prenne sa retraite ? demanda Polly. Eddington a cherché une année entière avant de découvrir les œuvres complètes de Melville. Cette collection a été trouvée à Boston.

La neige avait cessé de tomber quand Qwilleran retourna finalement chez lui et il fut surpris de voir des empreintes de pas dans l'allée qui menait à sa porte. C'étaient des pas de femme. Il n'y avait pas de traces de pneus, par conséquent elle devait vivre au Village et être venue à pied. Quelle femme au Village viendrait lui rendre visite sans d'abord téléphoner ou être invitée ? Pas Hixie ni Fran. Certainement pas Amanda Goodwinter.

En ouvrant la porte tempête, il trouva un cadeau posé sur le seuil, enveloppé du traditionnel papier imprimé de lierre, de la forme et de la taille d'une boîte de chocolats d'un kilo. Il se sentit tenu de citer Lewis Carroll : « De plus en plus curieux... » Il porta le paquet à l'intérieur, espérant que ce n'étaient pas des chocolats.

Les siamois, qui sommeillaient sur le divan, levèrent la tête avec un regard plein d'espoir.

— Devinez ! leur dit-il en déchirant le papier.

C'était un livre avec une reliure originale. Le dos était en cuir et la couverture en tissu ornée d'un dessin de style Jacques Ier rouge et vert, aux motifs de feuilles et de fleurs. Le titre en lettres dorées sur le dos indiquait : *Histoire de vieilles femmes*.

— Hé ! s'écria-t-il, faisant sursauter les chats.

Arnold Bennett était un de ses auteurs favoris et cet ouvrage était considéré comme l'une de ses meilleures œuvres. De toute évidence, il s'agissait d'une édition spéciale du roman écrit en 1907, avec un papier épais d'excellente qualité et des gravures sur bois. Un billet était joint à l'envoi.

> Qwill — Vous avez mentionné Bennett dans votre chronique la semaine dernière et j'ai pensé que vous aimeriez avoir ce livre précieux appartenant à la collection de mon père.
>
> Votre admiratrice n° 1
> Sarah

Qwilleran était abasourdi. Sarah Plensdorf était chef de service au *Quelque Chose* — une femme d'un certain âge, assez timide. Elle vivait seule au Village, entourée de trésors provenant de sa famille.

Le livre à la main, il se laissa tomber dans son fauteuil préféré, posa les pieds sur l'ottomane. Koko et Yom Yom arrivèrent en courant. La lecture à haute voix était une distraction qu'ils prenaient ensemble, en famille.

Bennett avait été journaliste et ses romans étaient écrits dans un style sans fioritures avec des descriptions détaillées. En lisant, Qwilleran dramatisait le texte, accentuant les effets : le chant du coucou dans la campagne anglaise, les clochettes de la voiture à cheval en ville, les ronflements de Mr. Povey, endormi sur le sofa, la bouche ouverte (il avait pris un calmant contre le mal de dents). Quand l'espiègle Sophie se pencha sur la bouche ouverte avec une pince pour extraire le chicot, Mr. Povey poussa un cri, Qwilleran hurla, Yom Yom protesta en miaulant. Mais où était Koko ?

On entendait une sorte de grommellement dans l'entrée, où Qwilleran avait empilé les cadeaux de Noël. Koko s'efforçait d'ouvrir le carton contenant les œuvres de Melville.

Était-il attiré par les reliures en cuir ? Détectait-il une odeur de poisson sur ces vieux livres de Boston ? Pouvait-il sentir que cette boîte contenait un roman sur une baleine ? C'était un chat brillant. Mais était-il brillant à ce point ?

Koko possédait réellement un don étonnant de perception extrasensorielle. Il pouvait dire l'heure, lire dans les pensées de Qwilleran et mettre des idées dans la tête de celui-ci. Tous les chats le font plus ou moins à l'heure des repas, mais Koko appliquait ce don à des questions de bien et de mal. Il sentait les méfaits et il pouvait identifier certains malfaiteurs d'une façon parfois assez oblique. Dans les romans de Melville, il était question de bien et de mal à un large degré. Kao K'o Kung recevait-il le message ?

Était-ce une coïncidence s'il avait délogé *Le Voleur* d'une étagère, alors que Pickax souffrait d'une épidémie de larcins — certains finalement assez graves ?

Essayer de répondre à de telles questions pouvait rendre fou, décréta Qwilleran. Il y avait cependant un indice, qu'il avait découvert. Les chats normaux ont vingt-quatre vibrisses de chaque côté, sourcils inclus. Koko en avait trente !

CHAPITRE IV

Entre Noël et le Jour de l'an, Qwilleran emmena le petit-fils de Celia Robinson en reportage. Il avait prévu d'interviewer un aubergiste de Trawnto Beach, mais un radiesthésiste de Pickax semblait plus susceptible d'intéresser un futur savant. De plus, ce radiesthésiste vivait près de là et Qwilleran pourrait éviter de conduire plus de cent kilomètres en compagnie d'un jeune garçon précoce de quatorze ans. Bien entendu, l'été aurait été plus approprié à ce genre de reportage, mais l'interview pouvait avoir lieu pendant la visite de Clayton et être mise de côté. Au printemps, Qwilleran pourrait revenir pour avoir une démonstration de cet art mystérieux.

En arrivant au parking de Celia, il trouva Clayton armé d'une souffleuse en train d'asperger sa grand-mère de flocons blancs, tandis qu'elle rétorquait en le bombardant de boules de neige. Ils se brossèrent en s'approchant de la voiture de Qwilleran et Celia fit les présentations :

— Mr. Qwilleran, voici mon célèbre petit-fils... Clayton, voici l'illustre Mr. Q. Je l'appelle Chef.

— Salut, Chef ! dit le jeune garçon en tendant la main.

Son étreinte avait la vigueur d'un adolescent qui attend impatiemment d'entrer au MIT[1].

— Salut, Doc ! répondit Qwilleran, se référant à son rôle dans l'enquête menée en Floride.

Il l'observa et vit un jeune garçon en bonne santé, élevé à la campagne, avec un visage intelligent, des cheveux récemment coupés et une voix plus grave que celle qu'il avait entendue sur le magnétophone l'année précédente.

— As-tu ton appareil photo ? Alors, allons-y !

— Où allons-nous ? demanda Clayton tandis qu'ils tournaient dans Park Circle.

— Nous nous rendons à Pleasant Street pour interviewer Gil MacMurchie. Ses ancêtres sont venus d'Écosse au temps de Rob Roy. As-tu entendu parler de Rob Roy ? Sir Walter Scott a écrit un roman portant ce titre.

— J'ai vu le film, dit Clayton. Il portait une jupe.

— Il portait un kilt, vêtement traditionnel des Écossais pour traverser les marais par temps pluvieux et aussi pour distinguer les clans. Au cours de la rébellion jacobite, les clans perdirent leurs noms et leurs terres. Rob Roy avait été le chef du clan MacGregor, mais il changea son nom en Campbell. « Roy » est une référence à sa chevelure rousse.

— Comment savez-vous tout cela ?

— Je lis. Aimes-tu lire, Doc ?

— Ouais. Beaucoup. En ce moment, je bouquine *Comment je vois le monde* d'Einstein.

— Je suis heureux que tu n'attendes pas la sortie du film... Mr. MacMurchie est un artisan en retraite, mais il est encore actif comme radiesthésiste. Connais-tu quelque chose sur la radiesthésie ? Les

1. MIT : Massachusetts Institute of Technology. (*N.d.T.)*

scientifiques appellent cela de la divination. Les radiesthésistes sont également connus sous le nom de sourciers.

— Bien sûr, j'en ai entendu parler ! Quand notre puits s'est retrouvé à sec, mon père a fait appel au sourcier. Il a fait le tour de notre ferme avec une baguette de coudrier et a trouvé une source souterraine. Je ne sais pas comment cela marche.

— Personne ne le sait exactement, mais il y a de nombreuses hypothèses. Les géologues prétendent que ce sont des contes de bonnes femmes.

— Qu'est-ce que ça veut dire ?

— Folklore... superstition. Cependant, les gens qui font appel aux sourciers affirment que ça marche, en dépit des controverses.

Pleasant Street était un vieux quartier de maisons victoriennes ornées d'une quantité de décorations en bois chantourné autour des fenêtres, des porches, de la bordure des toits et des greniers. Ces grandes résidences avaient été construites par des familles ayant réussi, comme les MacMurchie et les Duncan à l'époque florissante du comté de Moose.

— Cette rue ressemble à Disneyland, dit Clayton. Elle n'a pas l'air vraie !

— Il n'existe peut-être pas d'autres rues aux États-Unis avec autant de fioritures en bois chantourné et en aussi bon état. Il y a un vague projet de restauration de toutes les maisons afin de faire classer la rue par les Monuments historiques.

Qwilleran se gara devant une maison à deux tons de gris. Le trottoir et l'escalier avaient récemment été balayés et l'on voyait encore les marques du balai dans la neige. En gravissant les marches, Clayton demanda :

— Quel genre de photos dois-je prendre ?

— Des gros plans sur Mr. MacMurchie et sa baguette de sourcier, plus tout ce qui te semblera intéressant. S'il y a de bons clichés, le journal pourra en retenir et t'en attribuer le crédit.

Clayton n'avait jamais vu de heurtoir au milieu d'une porte et en prit une photographie. Il n'avait jamais entendu non plus le bruit nasillard qu'il produisait.

— Rappelle-toi, Doc, dit Qwilleran, je pose les questions et tu prends les clichés, mais agis avec discrétion.

— Enregistrez-vous l'entretien ?

— S'il m'y autorise. Telle est la politique du journal. Mais, de toute façon, je prends des notes. Lorsque j'étais plus jeune, je pouvais mémoriser une interview tout entière et elle aurait pu être publiée texto sans erreur. Mais c'était surtout pour épater les copains.

L'homme qui répondit au coup de sonnette était un Écossais au visage buriné dont les cheveux roux avaient blanchi avec l'âge.

— Entrez, entrez, Qwill ! dit-il avec cordialité.

— Gil, voici mon photographe, Clayton Robinson.

— Salut, mon garçon. Venez directement dans la cuisine. Il y a des gens de la banque qui travaillent dans les pièces de devant. Tout mon attirail de sourcier est sur la table de la cuisine.

Un long vestibule s'étendait jusqu'au fond de la maison, comme chez les Duncan. L'ameublement de Lynette était entièrement victorien, alors qu'ici le goût des générations successives était représenté : William Morris, Art déco, suédois moderne, rustique français, méditerranéen.

Tandis que le trio traversait le hall, Qwilleran remarqua de vieilles armes exposées dans une vitrine, un chien endormi sur le tapis de l'escalier, un homme et une femme examinant un des salons et prenant des notes.

— Pardonnez ce désordre, s'excusa leur guide quand ils arrivèrent dans la cuisine. Ma femme est morte l'année dernière, et je ne vaux rien pour l'entretien d'une maison. Je vais m'installer dans un complexe immobilier de retraités, et je vends la maison et la plus grande partie de ce qu'elle contient. Willard Carmichael, le directeur de la banque, dit que j'obtiendrais davantage si je la faisais classer monument historique. Il m'a envoyé aujourd'hui cet expert du Pays d'En-Bas pour évaluer ce qui doit être fait et le coût de l'opération... Asseyez-vous... Voulez-vous que je vous explique la nature de cet équipement ou préférez-vous poser des questions ?

— Bavardons d'abord un peu, suggéra Qwilleran en posant son magnétophone sur la table. Depuis quand êtes-vous sourcier, Gil ? Je mets cet appareil en marche, si vous n'y voyez pas d'inconvénient.

— Depuis que j'étais gosse et que mon grand-père m'a montré comment me servir d'une baguette de coudrier. Il trouvait des sources pour les gens, ainsi que des mines de fer et de cuivre. Quand il y a une période de sécheresse, certains puits peuvent s'assécher. Lorsque l'on construit une maison, il faut savoir s'il y a de l'eau à proximité et en quelle quantité.

— En tenant compte des nouvelles technologies, l'art du sourcier a-t-il encore de l'avenir ? demanda Qwilleran.

— Bien sûr ! Mon petit-fils pratique cet art depuis l'âge de douze ans. C'est un don, voyez-vous, et vous le transmettez, même s'il peut parfois sauter une génération. Mon père n'a jamais trouvé d'eau de toute sa vie. Mon fils non plus. Mais mon petit-fils a le don.

De temps à autre, on entendait le cliquetis de

l'appareil photo et on voyait briller un éclat de lumière.

— Fait-on souvent appel à vous ?

— Cela dépend. Je suis plombier. Ma femme et moi avons tenu une boutique de quincaillerie pendant des années, mais, si quelqu'un me le demandait, j'allais toujours chercher l'eau. Je le fais encore.

— Obtenez-vous toujours de bons résultats ?

— S'il y a de l'eau, bon sang, je la trouve ! De toute façon, je ne fais pas payer mes services, et j'ai rencontré beaucoup d'amis. Naturellement, je me suis fait également des ennemis. Il y a une entreprise de forage à Mooseville qui me déteste cordialement. Ils creusent un ou deux puits, pas d'eau ! On m'appelle ; j'arrive avec ma petite baguette et je trouve de l'eau ! dit MacMurchie en riant. Il y a aussi une vieille grincheuse à Kennebeck qui prétend que c'est l'œuvre du diable, mais attendez que son puits s'assèche et vous verrez à qui elle fera appel !

Le sourcier se frappa le genou en riant de bon cœur.

— Si elle s'adresse à moi, j'irai avec un masque de carnaval à cornes !

— Qu'en pensent les scientifiques ? Les géologues ?

— Oh ! ceux-là, juste parce qu'ils ne peuvent trouver d'explication, ils prétendent que c'est de la superstition. Et vous, Qwill, quelle est votre opinion, honnêtement ?

— Je la réserve jusqu'au printemps prochain quand vous m'aurez fait une démonstration. En attendant, expliquez-moi ce que sont ces gadgets, dit-il en désignant un curieux assortiment sur la table de la cuisine.

— Très bien. Voici la fameuse baguette fourchue, qui remonte à des centaines d'années. Elle peut être en chêne, en érable, en coudrier, en n'importe quel bois. Mais elle doit être fraîche, avec de la sève à l'intérieur... Vous la tenez devant vous, la tige relevée, les deux branches entre vos mains, les paumes en l'air, comme ça.

L'appareil photo cliqueta.

— Vous parcourez le terrain. Vous marchez en vous concentrant, vous allez et venez. Soudain la baguette frémit et la tige se baisse vers le sol. Il y a une source d'eau sous vos pieds.

— Surprenant ! dit Qwilleran. À quelle profondeur ?

— Cela peut varier, six, dix, vingt mètres. Si je dis que l'eau est là, il faut creuser. Mon grand-père est allé parfois jusqu'à vingt-cinq mètres. Il remontait la boue à pleins seaux.

Qwilleran entendit des voix dans la pièce voisine, le bourdonnement d'une voix d'homme et le rire strident d'une femme. Il regarda Clayton, tourna la tête dans cette direction et le jeune garçon sortit discrètement de la cuisine.

— Existe-t-il des femmes exerçant cet art ?

— Parfois. Pas ici.

— Expliquez-moi ce que sont ces autres objets ?

— Tous servent à trouver de l'eau, mais l'issue repose sur le sourcier. Rien ne marche si vous vous promenez seulement sur le terrain, ou si vous ne vous sentez pas bien, ou si vous pensez que tout ça n'est que de la foutaise.

MacMurchie leva brusquement les yeux pour regarder au-dessus de l'épaule de Qwilleran et dit :

— Oui, Mr. James, désirez-vous me voir ?

— Nous allons partir maintenant, dit une voix grave et agréable. Nous reviendrons demain pour évaluer le haut. Je pense que vous avez une mine d'or, ici. Ne vous dérangez pas, nous connaissons le chemin.

Qwilleran avait le dos tourné et ne voyait aucune raison de bouger.

— Sympathique garçon, dit le sourcier quand les pas se furent éloignés.

Un rire de femme parvint jusqu'à eux. Qwilleran se leva et éteignit son magnétophone.

— Cet entretien a été très enrichissant. J'attends la démonstration sur le terrain au printemps avec impatience... Où est passé mon photographe ? Clayton ! Nous partons !

— Je suis dans la salle à manger, répondit le jeune garçon. J'ai trouvé un ami.

Il était assis par terre, jambes croisées, et tenait un schnauzer noir contre sa poitrine. Le chien le regardait avec adoration.

— C'est Cody, dit MacMurchie. Je peux te la donner, si tu la veux. Elle est très douce. On n'accepte pas les animaux domestiques, dans la maison de retraite. Elle était à ma femme.

— Je vis dans une ferme, répondit Clayton, elle y serait heureuse. Pourrais-je l'emmener en avion, Chef ?

— Mieux vaut en parler d'abord à ta grand-mère.

Pendant que Clayton prenait une série de clichés de Cody, les deux hommes retournèrent vers la porte d'entrée et Qwilleran posa quelques questions sur les armes exposées sur la table de la vitrine.

— Ce sont des poignards écossais, plus longs que des dagues et plus courts que des épées.

Il ouvrit la vitrine et sortit un poignard de son fourreau.

— Vous voyez ces sillons dans la lame ? C'est pour le sang. Ces Highlanders pensaient à tout.

Il y avait aussi deux épingles en argent de sept ou huit centimètres de diamètre ornées de pierres aussi grosses qu'un jaune d'œuf — une sorte de quartz de couleur fumée.

— Ces broches servent à fixer le plaid sur l'épaule. Les pierres sont des cairngorms, que l'on ne trouve que dans les monts Cairngorm en Écosse. Navré de le dire, mais je vais devoir me débarrasser de tout cela. Il n'y a pas assez de place dans la maison de retraite. Je ne garderai que le poignard orné d'un lion en argent. C'était un cadeau de ma femme.

— Combien voulez-vous pour le reste ? demanda Qwilleran.

MacMurchie leva les yeux vers le plafond.

— Eh bien... laissez-moi réfléchir... quatre poignards avec des manches en cuivre et leur fourreau en cuir... deux broches en argent... Vous pouvez avoir le tout pour mille dollars et j'ajoute la table dans le marché.

— Je n'aurai pas besoin de la table, mais je vais réfléchir pour le reste et je vous donnerai une réponse.

— Allez-vous assister à la Nuit écossaise à la loge ?

— J'ai été invité et j'ai acheté un kilt, mais jusqu'ici je n'ai pas osé le porter.

— Mettez-le pour la Nuit Écossaise, Qwill. Il y aura trente ou quarante types en kilt, ce soir-là, et vous vous sentirez à l'aise. Je vous prêterai un couteau à glisser dans votre chaussette. Il faut porter un couteau dans votre chaussette, c'est la coutume.

— N'est-ce pas considéré comme une arme ?

— Eh bien, Andy Brodie en porte un pour la Nuit Écossaise et il n'a jamais été arrêté. En entrant, vous le montrez au portier. C'est tout. Attendez une seconde.

MacMurchie disparut et revint avec un couteau à manche en corne de cerf dans son étui.

— Je vous le prête, Qwill. Cela porte bonheur, de mettre quelque chose que l'on vous a prêté.

Qwilleran accepta en disant que c'était un fort beau couteau.

— Cela s'appelle un *dubb*, mais on prononce *thoob*.

Ils se saluèrent. Qwilleran dit à Cody qu'elle était une brave chienne, puis il partit avec le jeune photographe.

— C'était cool, dit Clayton.

— Que dirais-tu si on s'arrêtait à *La Fontaine à Soda du Temps Jadis* pour manger une double crème glacée ?

Ce nouvel établissement faisait partie du plan de rénovation sponsorisé par le Fonds K. C'était une petite boutique claire, avec des murs et un plafond blanc vanille. Il y avait des petites tables rondes et un long bar en marbre chocolat. Les clients s'asseyaient sur des chaises « en crème glacée » ou sur des tabourets tournants. On y trouvait toutes sortes de crèmes glacées, y compris le banana split. Ce fut le choix de Clayton tandis que Qwilleran commandait deux boules de glace au café. Chaque spécialité était servie dans de la vaisselle à l'ancienne en verre épais.

— As-tu fini la pellicule ? demanda Qwilleran.

— Non. Il me reste quelques clichés. Je m'en vais demain, mais je vous enverrai les photos. Je n'ai pas envie de partir. Je m'amuse bien, avec Grandma.

— As-tu aperçu les gens qui venaient de la banque ?

— Ouais. Il était O.K., mais elle était bizarre.

— En quel sens ?

— Je ne sais pas. Juste bizarre. Sa voix... on dirait une sorte d'appareil électronique.

« Une description convenable de la voix de Danielle Carmichael », pensa Qwilleran.

— Que faisaient-ils ?

— Ils se promenaient en prenant des mesures et en parlant. Elle prenait note de ce qu'il disait. J'ai mis mon magnétophone en route. Voulez-vous que je vous envoie une transcription quand je serai rentré chez moi ?

— Bonne idée ! As-tu été content de tes vacances ?

— Ouais, j'me suis bien amusé et j'ai bien mangé. Grandma s'est souvenue de tous mes plats favoris. Croyez-vous qu'elle va épouser Mr. O'Dell ?

— Je n'en sais rien. Ils ont beaucoup de points communs. Tous deux aiment aider les gens. Ils feraient peut-être un couple heureux.

Pendant un moment, Clayton parut perdu dans ses réflexions tout en démêlant les complexités du banana split.

Qwilleran le questionna alors sur sa vie à la ferme. C'était un élevage de volailles. Il n'y avait pas de bétail, juste des chiens de garde et des chats dans la grange, et aucun animal domestique. La belle-mère de Clayton n'acceptait pas d'animaux dans la maison.

— J'aimerais venir vivre ici avec Grandma et aller au lycée de Pickax. C'est cool, dit Clayton. Ma belle-mère s'en soucierait peu, mais mon père ne voudra pas.

Quand ils entrèrent dans le parking de Celia, Clayton déclara :

— Merci beaucoup, Chef, c'était cool.

Lorsque Qwilleran arriva chez lui, il remarqua les traces d'un lourd véhicule et de grandes empreintes de pas dans la neige récemment tombée autour de son duplex, mais il n'en fut pas alarmé. Cela signifiait que des meubles attendus depuis longtemps avaient été livrés. Fran Brodie, qui connaissait ses goûts, avait pu lui fournir l'essentiel, mais le reste avait dû être commandé. Elle avait acheté des meubles campagnards en pin, presque contemporains dans leur simplicité, et les avait cirés pour leur donner une couleur miel. Un intérieur clair était une bonne idée pour un bâtiment niché dans les bois. Les murs étaient blanc cassé et toutes les boiseries, couleur miel.

Le duplex de Qwilleran comprenait un living-room haut de plafond avec de grandes fenêtres surplombant la rivière. À l'opposé se trouvait une mezzanine avec deux chambres, et, au-dessous, la cuisine et une alcôve salle à manger. Il utiliserait l'alcôve comme bureau, et il avait besoin d'une table assez large pour contenir sa machine à écrire, une lampe, du papier, des livres, des dossiers et deux chats inquisiteurs.

Ce jour-là, dès qu'il ouvrit la porte, Koko lui annonça que quelque chose avait été ajouté en miaulant et en courant vers l'alcôve. La table était en effet très grande et avait du caractère. On pouvait s'imaginer qu'une famille entière y avait pris ses repas, que du pain y avait été coupé, des tomates y avaient été mises en conserve, des enfants lavés, des draps repassés, des lettres écrites durant la guerre contre le Mexique. Il y avait aussi un grand buffet en pin avec des étagères.

Qwilleran s'empressa de remplir les étagères avec les livres récemment achetés ou apportés de la grange. Une étagère fut réservée aux œuvres de Melville, du tome un au tome douze, par ordre chronologique : *Taïpi, Omoo, Mardi, Redburn, La Vareuse blanche, Moby Dick, Pierre, Israël Potter, Contes, Le Grand Escroc, Billy Budd*, et *Weeds and Wildings*, un recueil de poèmes. Il n'arrivait pas à croire à sa chance.

Koko, lui aussi, était impressionné. Au cours de la soirée, quand arriva l'heure de lire *Histoire de vieilles femmes*, un seul chat se présenta. Koko était installé sur l'étagère des livres reliés en cuir. Était-il devenu critique littéraire ? Prétendait-il que Melville était un meilleur écrivain que Bennett ?

CHAPITRE V

Au cours du dernier jour de l'année, il neigea comme d'habitude, et on annonçait des vents très forts. Wetherby Goode conseilla à ceux qui célébraient la nouvelle année d'éviter autant que possible les routes. Puis il ajouta en guise de citation du jour : « Je vous souhaite bon vent. »

Au Village Indien, les voisins avaient l'habitude de faire la fête entre eux et il y avait de nombreuses réceptions. Pour qui aimait la convivialité, une réunion tardive rassemblait tous ceux qui le désiraient au club-house pour un souper léger, avec du champagne à minuit, sans chapeaux de papier ni serpentins. Plus tôt, Qwilleran, Polly et deux autres couples dîneraient avec les Exbridge.

Don Exbridge, le X des Entreprises XYZ, était le promoteur responsable du Village Indien. Avec sa nouvelle femme, il habitait dans le bâtiment 1. Ils avaient réuni deux appartements, réputés pour leur luxe, avec des robinets en or, et Qwilleran se demandait si les fenêtres des Exbridge vibraient quand le vent soufflait, comme elles le faisaient dans le bâtiment 5. Il se demandait également si le sol tremblait comme un trampoline et si les Exbridge entendaient la plomberie des voisins. Il nourrissait un fantasme récurrent : le Fonds K. achèterait le Village Indien — le seul ensemble haut de gamme du comté — et démolirait tout pour reconstruire convenablement.

Les Exbridge se montrèrent des hôtes charmants. Ils avaient un cuisinier et un maître d'hôtel, en plus de leurs robinets en or. Qwilleran garda l'oreille à l'écoute des fenêtres, mais il n'y eut aucune vibration même quand le vent secoua furieusement les arbres. Quant aux sols, il s'agissait de parquets cirés sur lesquels étaient jetés des tapis orientaux — et non d'un sol couvert d'une moquette d'un mur à l'autre. La plomberie se montrait discrète.

La conversation roula sur le vol de l'argent du club de bridge. Le nouveau directeur du club-house, Lenny Inchpot, avait été interrogé par la police. La jarre contenant l'argent était gardée dans un placard de son bureau. Des membres de l'association du club-house et l'équipe de maintenance des bâtiments avaient également été interrogés. Tous convinrent qu'il y avait beaucoup de circulation. Les locaux étaient à la disposition de tous les membres. On y servait des repas, il y avait des conférences, des cours, des expositions artistiques. On y trouvait également une salle de télévision et une salle de gymnastique. N'importe qui pouvait entrer et sortir, regarder un feuilleton, ou soulever des haltères. Il existait même un bar ouvert à certaines heures. Fermer les portes et distribuer des clés aux membres serait la première disposition à prendre.

Quand l'heure arriva de célébrer le Nouvel An, des dizaines de résidents convergèrent vers le club-house. Le hall principal ressemblait à un chalet de ski, avec un plafond en bois, des poutres apparentes et une haute cheminée. Les fenêtres donnaient sur les bois éclairés, paysage enchanté dans le blanc hivernal. Des plantes vertes et des fougères, en plastique donc parfaites, avaient été poussées dans les coins. En lettres d'argent on pouvait lire au-dessus de la cheminée : HEUREUSE NOUVELLE ANNÉE.

La tenue étant optionnelle, elle allait du jean au smoking. Polly portait son ensemble en daim, que tout le monde admira, et Qwilleran était en costume et cravate. Lui et Arch avaient pensé mettre leurs cravates de base-ball, mais les femmes avaient protesté. Cela n'aurait pas amusé les Exbridge. Amanda Goodwinter était là dans sa robe du soir vieille de trente ans. Elle considérait ces réunions comme une abomination, mais elle y assistait néanmoins pour des raisons à la fois commerciales et politiques. Un homme corpulent semblait boudiné dans son costume croisé sur les revers duquel on pouvait lire : « Frappez-moi ! Je suis le gars de la météo ! »

Carmichael et son hôte étaient en smoking. Danielle était plus spectaculaire que jamais avec une robe du soir très courte et très décolletée, ce qui conduisit Arch à remarquer :

— On pourrait penser qu'un banquier a les moyens d'offrir quelque chose de plus long à sa femme !

— Heureusement, elle a de jolies jambes, répondit Qwilleran, mais à côté d'elle Lynette a l'air d'une gardienne de prison.

Vêtue d'une robe chemisier en taffetas bleu marine et portant les bijoux de sa grand-mère, Lynette avait dîné avec les Carmichael. Elle raconta que Willard avait préparé un délicieux bœuf Wellington, que le cousin de Danielle était adorable, que sa voix grave lui donnait la chair de poule, que même son nom était romantique : Carter Lee James. Toutes les femmes parlaient de lui, conclut-elle.

Durant plusieurs années, Qwilleran avait été considéré comme le célibataire le plus convoité de Pickax. Une femme avait fait don de mille cinq cents dollars à une œuvre de charité pour le privilège de dîner avec lui. Bien qu'il appréciât les compliments sur ses chroniques, l'adulation provoquée par sa moustache le mettait mal à l'aise. Il ne serait pas fâché de partager cet amour excessif avec le jeune homme blond qui venait d'arriver à Pickax.

Quand Lynette le désigna, Qwilleran reconnut en lui l'homme qui prenait des mesures chez MacMurchie. Sa voix était vraiment extrêmement séduisante. Il avait des cheveux blonds, des traits réguliers, et se montrait aimable et détendu avec les étrangers, jeunes ou vieux, hommes ou femmes. Comparé à sa voyante cousine, il était beaucoup plus acceptable selon les critères de Pickax.

— Ses cheveux sont décolorés, chuchota Amanda à l'oreille de Qwilleran.

— Il a une façon franche et loyale de regarder les gens qui est tout à fait désarmante, déclara Polly.

— Toutes ses chemises et ses chandails portent ses initiales, renchérit Lynette.

— Comment le savez-vous ? demanda Qwilleran.

— Il joue au bridge avec nous et je les ai invités tous les trois à un brunch. Carter Lee est fou de ma maison.

Danielle était d'humeur joyeuse. Son rire électronique perçait souvent le brouhaha des conversations.

Son mari était également d'excellente humeur.

— Cet ensemble est fabuleux sur vous, Polly, dit-il. Hixie, ma jolie, il faudra que nous déjeunions ensemble... Qwill, ma femme voudrait que je me laisse pousser une moustache comme la vôtre. Ne croyez-vous pas que j'ai davantage le type Charlie Chaplin ?

Hixie Rice saisit le bras de Qwilleran.

— Un donateur anonyme a envoyé un chèque de deux mille dollars pour couvrir le vol de l'argent de la jarre ! Il est tiré sur une banque de Chicago. Est-ce que cela ne signifie pas qu'il s'agit de la Fondation Klingenschoen ?

— Ce n'est pas à moi qu'il faut le demander. On ne me dit jamais rien.

Elle circulait avec un magnétophone, recueillant les résolutions de la nouvelle année pour la lettre mensuelle : *L'Autre Voix du Village*. Qwilleran lui dit qu'il allait écrire un livre. Mildred déclara qu'elle devait perdre quinze kilos. Polly annonça qu'elle prendrait un compagnon pour Bootsie. Lynette, la célibataire confirmée, amusa ceux qui écoutaient en déclarant : « C'est l'année où je vais me marier. » Danielle était décidée à acheter un kinkajou et son mari assura qu'il était déterminé à voir sa femme enceinte.

Wetherby Goode surprit alors tout le monde en s'asseyant devant le piano et en jouant de la musique légère, et Danielle les surprit encore davantage en chantant des ballades.

— Je ne savais pas que Wetherby savait jouer, dit Lynette.

— J'ignorais que Danielle savait chanter, dit Polly.

— Elle ne sait pas, répondit Qwilleran en retournant au buffet pour la seconde fois.

Se tenant derrière Amanda, il dit :

— Je n'ai pas entendu vos résolutions pour la nouvelle année.

— On ne les publierait pas, grogna-t-elle. Je fais

campagne pour éliminer ces lettres familiales que les gens impriment sur leur ordinateur et qu'ils envoient à la place des cartes de Noël traditionnelles. Que sont devenues les merveilleuses reproductions de Raphaël ou de Murillo ? Tout ce que nous recevons, c'est un long rapport ennuyeux sur les réunions familiales, les mariages, les vacances et les nouveaux bébés ! Qui cela intéresse-t-il, de savoir si l'oncle Charlie a été élu président du club de bowling ? Je n'ai jamais entendu parler de l'oncle Charlie !

— Vous avez absolument raison ! dit Qwilleran, qui aimait encourager ses tirades. Ils ne vous disent jamais que Junior a été renvoyé de l'école pour avoir copié, que papa a perdu son travail et que le cousin Fred a été arrêté pour conduite en état d'ivresse.

— L'année prochaine, ajouta-t-elle avec un coup de coude conspirateur, vous et moi allons écrire une fausse lettre pleine de mauvaises nouvelles, et nous l'adresserons à tous ceux qui figurent dans l'annuaire téléphonique de Pickax.

— Et nous la signerons Ronald Frobnitz et sa famille, dit-il.

Plus tard, Riker lui demanda :

— De quoi parliez-vous avec Amanda ? Personne ne l'a vue rire ainsi depuis que George Breze s'est présenté au poste de maire et a obtenu deux voix.

— Juste des sottises, dit Qwilleran. Vous connaissez Amanda.

Puis Willard Carmichael s'approcha de lui :

— Qwill, avez-vous déjà rencontré le cousin de Danielle ?

— J'en attends l'occasion, mais il est toujours très entouré.

— Venez avec moi. Nous allons nous frayer un chemin.

La nouvelle célébrité se tenait le dos à la cheminée et répondait aux questions avec calme et modestie.

— Excusez-moi, dit Willard, la visite de Carter Lee ne serait pas complète s'il ne rencontrait pas l'auteur de « la Plume de Qwill ».

Le groupe s'écarta et les deux hommes se serrèrent la main.

— Bienvenue dans le comté de Moose ! dit Qwilleran. J'espère que vous avez apporté vos raquettes.

— Neige ou pas neige, je suis heureux d'être là, dit le visiteur avec sincérité. J'ai lu vos chroniques. Permettez-moi de vous féliciter.

— Merci. Peut-être pourrons-nous organiser une interview pour la semaine prochaine. J'ai cru comprendre que vous aviez d'intéressantes propositions à faire.

— Eh bien, je dois aller à Detroit pour quelques jours afin de conclure certaines affaires, et nous verrons bien ce qui arrivera ensuite.

— Je serai là-bas au même moment, dit Willard, et je m'assurerai de son retour. Nous avons besoin de lui.

En les entendant, Mildred intervint :

— Willard, comment pouvez-vous manquer le premier dîner du Club des gourmets ? C'était votre idée !

— Je le regrette terriblement, mais je dois assister à un séminaire. La technologie avance à si grands pas que les banquiers doivent retourner à l'école chaque année.

— Il voudrait que je l'accompagne, dit Danielle, mais ce serait d'un tel ennui !

La conversation fut interrompue par Wetherby Goode qui demanda de sa voix de speaker :

— Qui veut annoncer la nouvelle année ? Afin de nous assurer de bonnes choses pour les douze prochains mois, le premier à entrer dans l'immeuble après les douze coups devra être un mâle — chat, chien ou humain.

— Quelle blague ! dit une voix de femme.

— C'est une vieille coutume, Amanda, vous devriez le savoir.

— Eh bien, vous avez annoncé la nouvelle année en janvier dernier et nous avons eu un ouragan, une explosion dans la Grand-Rue et un désastre financier.

— Mettons la décision aux voix, cria Hixie pour dominer le tumulte.

— Entendu, dit Wetherby. Ceux qui sont en faveur d'une femme pour annoncer la nouvelle année... ?

— Oui ! crièrent toutes les femmes présentes.

— Opposés ?

Les hommes tonnèrent une réponse négative.

— Pourquoi ne pas alterner ? cria Qwilleran.

— Voilà un homme avec un peu de bon sens, dit Amanda en se dirigeant vers la sortie. En tant que membre du conseil municipal, je considère qu'il est de mon devoir d'annoncer la nouvelle année.

Il y eut quelques protestations.

— Laissez-la, dit un homme qui s'était opposé à elle aux dernières élections — et avait perdu. Elle va peut-être attraper une pneumonie.

Les femmes protestèrent.

— Amanda, prenez votre manteau, conseilla Wetherby. Le vent est glacial.

L'agitation s'apaisa tandis que tout le monde attendait l'heure magique. Les bouchons de champagne sautaient. La grosse horloge, au-dessus du bar, tictaquait. Wetherby comptait les secondes. Les aiguilles atteignirent la douzième heure et la foule cria : « Bonne et heureuse année ! »

Wetherby joua *Auld Lang Syne* tandis que la nouvelle année était annoncée par Amanda Goodwinter. Avec son instinct de reporter, Qwilleran circula pour demander à chacun ses pronostics pour les douze prochains mois.

— Nous verrons la fin soudaine de tous ces larcins au niveau local, prédit Arch Riker.

— Notre premier Festival de la glace sera un succès sans précédent ! déclara Hixie.

— Les plans de Carter Lee pour Pleasant Street connaîtront un succès sans égal, dit Willard.

Tandis que les invités commençaient à se disperser et à patauger dans la neige, emmitouflés dans leurs vêtements, des pétards et des coups de pistolet se firent entendre au loin. Tout le monde était euphorique, sauf Carter Lee James. Il venait de découvrir que son blouson en cuir avait disparu du vestiaire.

L'incident de la veille du Jour de l'an fut signalé à la police et les résidents du Village Indien se montrèrent furieux. Ils étaient embarrassés que cela fût arriver à un visiteur du Pays d'En-Bas — inquiets que cela pût l'inciter à ne pas revenir et indignés que deux incidents aussi désagréables aient pu se produire dans leur voisinage. Qwilleran essaya de discuter de la question avec Brodie mais fut rembarré... ce qui indiquait clairement que la police suivait une piste.

Qwilleran avait ses propres doutes. George Breze avait récemment emménagé au Village. Avec sa casquette rouge, sa combinaison de travail et son vieux pick-up bruyant, il était une figure incongrue dans cette communauté sophistiquée. Dans Sandpit Road, banlieue de Pickax, il possédait un empire commercial marginal derrière une barrière fermée de chaînes. Il était couvert de deux mètres de neige en hiver et seul le « bureau » était accessible — une cabane avec un poêle ventru. Cependant, hiver comme été, c'était un lieu de réunion pour les jeunes. Quand la police y faisait une descente de temps en temps, les gamins lisaient paisiblement des bandes dessinées, jouaient aux dames, et Casquette Rouge était occupé à son bureau. Sur la même propriété se trouvait une grande maison de style colonial où Breze vivait avec sa femme. Mais récemment elle s'était enfuie avec un violoneux de Squunk Corners. Ce fut alors qu'il vint s'installer au Village Indien.

Qwilleran avait le plus vif désir d'enquêter dans ce sens, considérant Casquette Rouge comme un des derniers gangsters, mais il devait remettre cette activité secondaire à plus tard pour se pencher sur « la Plume de Qwill ». Trouver des sujets en hiver posait davantage de problèmes qu'en été et cette année il était tombé sur plusieurs impasses. L'histoire du sourcier était à mettre de côté jusqu'au dégel du printemps, et une affaire de culture de champignons avait tourné court. Il était trop tôt pour écrire quelque chose sur le Festival de la glace et Carter Lee n'était pas encore prêt.

Dans cette situation difficile, il faisait les cent pas sur le sol qui rebondissait plus que d'habitude. Soudain, il y eut un craquement près de la porte d'entrée et deux chats s'enfuirent du hall, soit effrayés, soit coupables de quelque méfait. Il avait suspendu ses raquettes en croix sur le mur du hall et les siamois s'étaient aventurés pour inspecter cette nouvelle décoration.

D'abord il téléphona à Polly à la bibliothèque pour savoir si elle avait un livre concernant le bon usage des raquettes sur la neige, et, dans l'affirmative, si elle pouvait le lui rapporter. En attendant, il allait faire un essai. Il était maladroit. Il trébucha. Son pied gauche marchait sur le droit. Quand il réussit à maîtriser la technique, il partit en promenade dans les bois silencieux, joyeux, malgré les muscles de ses cuisses qui protestaient. Quand il écrivit sa chronique sur les joies de la marche dans la neige en raquettes, il commença ainsi : « Avez-vous jamais essayé d'avancer dans la neige avec vos pieds attachés à des raquettes de tennis ? »

Qwilleran fut invité à se joindre au Club des gourmets. Le prospectus — signé par Mildred Riker, Hixie Rice et Willard Carmichael — déclarait : « Nous sommes concernés par la qualité plutôt que par la quantité. Ce qui nous plaît, ce sont les saveurs naturelles d'ingrédients frais assaisonnés d'herbes, d'épices — l'essence des fruits et des légumes. »

Pour chaque dîner mensuel, un comité préparait le menu, distribuait les tâches culinaires et fournissait les recettes. Un membre accueillait chez lui les dîneurs et servait le plat principal. D'autres apportaient les amuse-gueule, la soupe, la salade et le dessert. Les dépenses étaient partagées.

Qwilleran proposa de se charger des vins. En compagnie de Polly, il assista au premier dîner en janvier. Il se tenait dans la pittoresque ferme des Lanspeak à West Middle Hummock. Douze membres étaient rassemblés dans le living-room rustique et parlèrent cuisine tout en prenant l'apéritif.

Mildred amusa ses amis par le récit de ses premières expériences culinaires à l'âge de onze ans :

— J'étais en visite chez ma tante et je la regardais préparer le petit déjeuner. Juste au moment où elle commençait à faire frire du bacon, le téléphone sonna et elle quitta la cuisine en me disant : « Surveille le bacon, Millie. » Je fis ce qu'elle me demandait. Je regardai le bacon devenir brun et se racornir. Elle continua à bavarder et moi à regarder le bacon noircir et se racornir de plus en plus. Juste comme j'ouvrais la fenêtre pour laisser sortir la fumée, ma tante revint en courant : « Je t'avais dit de surveiller le bacon ! »

Tout le monde rit, sauf Danielle Carmichael, qui parut intriguée. En ce qui concernait la cuisine, elle avait toujours onze ans, avait déclaré son mari. Comme il était parti pour Detroit avec Carter Lee, elle était venue en compagnie de Fran Brodie. Hixie Rice et Dwight Somers avaient fait le trajet avec les Riker. Les Wilmot vivaient près de là.

Pour le repas, trois tables de quatre personnes avaient été dressées. Des cartes indiquaient la place de chacun et Qwilleran se retrouva assis avec Mildred, Hixie et Pender Wilmot. Il nota que Riker et Dwight avaient la chance de partager leur table avec Danielle. À chaque place se trouvait un menu imprimé :

Poisson blanc fumé sur pain de mie avec coulis de brocolis à la moutarde
Soupe de haricots noirs aux *conchiglie* (pâtes)
Filet d'agneau rôti sur un lit de pignons, champignons et cardamome
Purée de poireaux et de courge
Chutney de poire
Salade d'épinards et de trévise au gingembre garnie de fromage de chèvre
Pommes au four arrosées de sirop d'érable

— Le menu est construit autour de produits locaux : agneau, poisson blanc, haricots, courge, fromage de chèvre, poires et pommes, déclara Mildred. Quel dommage que Willard ne soit pas là ! Je me demande ce qu'il a pour dîner, ce soir.

— S'il est à Detroit, il est en route pour le quartier grec, dit Qwilleran.

— Croyez-vous que Carter Lee va revenir ? demanda Hixie.

— Je l'espère, dit Mildred. Il est si galant ! C'est inhabituel pour un homme de sa génération.

— Il possède une forte personnalité, et il n'est pas encore marié.

— Si vous êtes intéressée, Hixie, je pense que vous devrez faire la queue.

— Sérieusement, dit Pender, il me fait l'effet d'un visionnaire. J'espère que ses projets pour Pleasant Street verront le jour. Ce serait un triomphe stimulant pour toute la ville.

— Il ressemble à certains acteurs que j'ai connus, dit Qwilleran ; calmes, mais remplis de cette énergie intérieure qui produit les grandes représentations. J'attends son retour avec impatience afin de pouvoir l'interviewer.

Pender demanda des nouvelles du livre de cuisine d'Iris Cobb. Ce livre, attendu depuis longtemps, devait être préparé pour l'édition par Mildred.

— Je rencontre un problème, déclara-t-elle. Seules environ deux douzaines de recettes sont originales, le reste a été photocopié dans des livres de Julia Child, James Beard, et d'autres.

— Il vous faudra une autorisation pour les reproduire, autrement vous serez accusée de plagiat, dit Wilmot.

Hixie eut une idée. Hixie avait toujours des idées.

— Éditez un album avec de grandes photographies en couleurs, sur papier glacé, grand format, écrit gros et avec seulement ses propres recettes. Faites-en un mémorial à la gloire d'Iris, rendez-le spectaculaire.

Mildred déclara qu'elle serait heureuse de préparer les plats.

— Croyez-vous que John Bushland pourrait les photographier ?

— Il vaudrait mieux s'adresser à un spécialiste. Je travaillais pour une rubrique culinaire au Pays d'En-Bas et nous utilisions les services d'un photographe de Boston ou de San Francisco. Ils se servaient de véritables ingrédients, mais ils passaient dessus de la gelée, de l'huile, ils les sculptaient, les modifiaient, et le résultat était spectaculaire.

— Assez, dit Qwilleran, vous me coupez l'appétit.

Il déboucha le vin et le servit avec un mouvement du poignet quand l'agneau fut apporté.

Pender le complimenta :

— Bravo ! Vous avez l'air d'un véritable sommelier.

— J'ai travaillé comme barman lorsque j'étais à l'université, expliqua Qwilleran. Je suis toujours disponible pour les réceptions privées.

Avant d'entamer le plat de résistance, Larry se leva et proposa un toast à Willard Carmichael.

— À notre ami et mentor absent ! Puisse-t-il vivre longtemps !

Le plat était particulièrement savoureux, y compris les légumes qui l'accompagnaient.

— Je ne mangerai jamais plus de petits pois et de carottes en conserve, dit Qwilleran.

À sa table, on se mit à parler de la meilleure cuisine qu'ils aient mangée... et de la plus mauvaise.

— Ma pire expérience a eu lieu dans un endroit entre Trawnto Beach et Purple Point, raconta Hixie. Je roulais dans la campagne pour placer des publicités et je n'avais pas déjeuné. J'ai fini par m'arrêter dans un véritable boui-boui qui annonçait des pâtés et de la soupe de clams. C'était au milieu de l'après-midi, l'établissement était vide. Une grosse femme sortit de la cuisine et je commandai une soupe. Elle repartit derrière ses portes et j'attendis. Bientôt un autobus scolaire s'arrêta, un jeune garçon entra et jeta ses livres sur une table. Aussitôt une voix appela :

» — Baxter, viens ici !

» Il se précipita dans la cuisine et ressortit. Je le vis courir sur la route. J'attendais toujours.

» Baxter rentra avec un sac en papier qu'il porta à la cuisine et il revint faire ses devoirs. J'entendis quelques bruits. La femme le rappela et il retourna à la cuisine chercher une assiette de soupe fumante qu'il me présenta. Je regardai et n'en crus pas mes yeux. C'était de l'eau sale et grasse dans laquelle flottaient des morceaux ressemblant à des pelures de vieux crayons. Je me suis sauvée en courant.

— Dommage que vous n'ayez pas pris la recette, ironisa Qwilleran.

— Je pense qu'il y avait un quart de litre d'eau, un sachet de purée de pommes de terre et une boîte de palourdes hachées, dit-elle.

Juste au moment où l'on servait le dessert, le téléphone sonna. Carol se leva pour aller répondre. Elle revint presque aussitôt avec un air anxieux et alla parler à Fran Brodie, qui se leva et quitta la pièce.

Qwilleran caressa sa moustache. Il y avait quelque chose dans cette pantomime qui l'inquiétait. En regardant vers la porte de la cuisine, il vit Fran lui faire signe. Ce fut son tour de s'excuser. Elle lui dit quelques mots et il prit le récepteur.

Dans la salle à manger, personne n'avait touché au dessert. Il y eut un murmure inquiet.

Qwilleran revint, s'approcha de Larry, et tous deux allèrent dans l'entrée. Carol vint les rejoindre pour s'entretenir avec eux. Finalement, les Lanspeak s'approchèrent de Danielle et la conduisirent dans la bibliothèque.

— Que se passe-t-il, Qwill ? demanda Mildred quand il vint se rasseoir.

— Andy Brodie vient d'appeler. Il savait que Fran était ici avec Danielle. Il a de mauvaises nouvelles. De très mauvaises nouvelles. La police de Detroit a pris contact avec lui. Vous savez que Willard est parti hier pour assister à un séminaire...

— Un accident d'avion ? s'écria Mildred en portant la main à sa gorge.

— Non. Il est bien arrivé et il est descendu dans un hôtel. Apparemment, il se rendait au restaurant quand il a été victime d'une agression. On a tiré sur lui.

— A-t-il été mortellement blessé ?

— Oui.

— Oh ! Mon Dieu ! soupira Mildred.

— On est en train d'essayer d'annoncer la nouvelle à Danielle avec ménagement.

Au même moment il y eut un cri dans la bibliothèque.

Larry revint dans la salle à manger.

— Mes amis, dit-il, je pense que vous n'aurez pas envie de manger le dessert.

CHAPITRE VI

Le bulletin de la radio WPKX concernant l'homicide plongea tout le comté de Moose dans la consternation, la colère et l'indignation. Chacun voulait partager ses sentiments avec les autres. Alertés par de nombreux appels téléphoniques, les gens sortaient dans la neige et le froid pour se rassembler sur la place publique et pleurer la mort affreuse de Willard Carmichael. Journaliste avant tout, Qwilleran se joignit aux autres et écouta les commentaires.

— Ces villes du Pays d'En-Bas sont de véritables jungles ! Il n'aurait jamais dû y aller.

— Nous avons perdu un brave homme. Il pouvait tant apporter à notre communauté ! Il appartenait à notre église.

— Que va-t-il se passer maintenant ? Il était marié avec une très jeune femme. Ils ont acheté la maison des Fitch.

— Je suis navré pour sa femme. Nous aurions dû être plus aimables avec elle, même si elle ne s'intégrait pas très bien.

— Si elle repart au Pays d'En-Bas, elle est folle !

— L'église lui enverra une de nos visiteuses pour essayer de lui apporter un peu de réconfort moral.

Avec un certain amusement, Qwilleran imagina Danielle face à ces dames patronnesses bien intentionnées. Cette seule démarche la pousserait à retourner au Pays d'En-Bas, où sa garde-robe serait appréciée et où elle pourrait s'acheter un kinkajou. Sans nul doute, Willard avait pris des dispositions en sa faveur.

Au centre-ville, il s'arrêta à l'atelier de décoration, espérant que Fran Brodie serait au courant du développement de la situation. Seul le livreur était là.

— Elle est partie par avion au Pays d'En-Bas avec cette femme, dit-il. Je surveille le magasin jusqu'à ce que la patronne revienne d'un rendez-vous, si elle en a vraiment un, je crois plutôt qu'elle est en train de glandouiller.

Qwilleran se rendit au grand magasin pour avoir d'autres nouvelles. Il trouva une Carol Lanspeak compatissante, encore sous le choc.

— Fran a conduit Danielle chez elle hier soir et lui a tenu compagnie. Ma fille est allée la voir et lui a fait prendre un sédatif. Danielle est une bonne cliente de Fran et elle s'entend bien avec elle, aussi avons-nous pensé qu'elle devait l'accompagner à Detroit. Nous avons pris contact avec Carter Lee James ; il les attendra à l'aéroport et s'occupera de tout. Fran restera à l'hôtel de l'aéroport ce soir et reviendra demain. Nous ne voulons pas qu'elle se promène dans cette ville !

— Je prédis que Danielle ne reviendra pas, dit Qwilleran, influencé par ses propres désirs.

— Eh bien, peut-être pas, mais si elle le fait, nous organiserons un petit dîner tranquille pour elle et nous aimerions que Polly et vous y assistiez. Danielle vous aime bien, Qwill.

Il espéra que ce jour n'arriverait jamais. Il n'avait jamais aimé les femmes sexuellement agressives. Melinda Goodwinter, ruinée et en quête d'un riche mari, avait posé un problème. Maintenant il redoutait d'avoir une veuve joyeuse à ses trousses, clignant de l'œil, faisant la moue et lançant des remarques sur sa moustache. Danielle n'était pas une femme à porter le deuil très longtemps si elle le portait jamais.

Il s'arrêta ensuite au journal. On était en fin de matinée et l'équipe était sur les dents. Junior Goodwinter, le jeune rédacteur en chef, écrivait fébrilement un éditorial rendant hommage à Willard Carmichael. Roger MacGillivray planchait sur un article à propos des améliorations bancaires instituées par la victime. Jill Handley était au téléphone, récoltant les citations louangeuses à utiliser dans un portrait humain intéressant.

Qwilleran trouva Arch Riker derrière son imposant bureau directorial, jonglant avec deux téléphones.

— Quoi de neuf ? demanda-t-il quand son ami put retrouver son souffle.

— J'ai parlé à Brodie. Il est en contact avec la police de Detroit, mais je crains que Willard ne soit qu'une statistique de plus. Il y a des milliers d'homicides non résolus au Pays d'En-Bas.

— Il voulait que Danielle l'accompagne, dit Qwilleran. S'ils avaient été ensemble, ils seraient allés au restaurant en taxi et rien ne serait arrivé, ou, en tout cas, les chances auraient été meilleures. Si elle est assez sensible ou assez intelligente, elle va se sentir coupable.

— Eh bien, nous ne le saurons peut-être jamais. Elle ne reviendra pas, prédit Riker en secouant la tête.

En quittant son ami, Qwilleran fut appelé par Hixie

Rice. Il entra dans son bureau et se laissa tomber dans un fauteuil.

— Que savez-vous ? demanda-t-elle.

— Pas plus que vous.

— C'est un rude coup. Willard était un brave type. Un peu trop sûr de lui, mais plutôt sympa. Il a travaillé avec Mildred et moi pour l'organisation du Club des gourmets et la préparation du menu du dernier dîner. Qu'en avez-vous pensé ?

— Tout était excellent. Je ne dirai rien du dessert. Je ne me suis pas senti capable d'y goûter.

— C'est bien ma chance ! Personne n'en a mangé et c'était ma contribution !

Hixie avait une longue histoire de petites et grandes déceptions, cependant elle reprenait toujours le dessus.

— Et si nous déjeunions ensemble, Qwill ? Je porterai l'addition sur ma note de frais.

— Voilà des paroles que j'aime entendre.

Elle enfila des bottes en disant :

— Allons à Mooseville, et nous déjeunerons aux *Lumières du Nord*. C'est devenu le quartier général du Festival de la glace. Vous y trouverez peut-être matière à une chronique. Prenons ma camionnette. Comment trouvez-vous votre 4 × 4 ?

— Il consomme davantage d'essence et les chats le trouvent moins confortable.

— Willard possédait une Land Rover, vous pourrez peut-être la racheter à bon compte. Je suis certaine que Danielle ne va pas la garder. Il lui a offert une Ferrari.

— Elle est partie ce matin en avion pour Detroit et je doute qu'elle revienne. Elle ne voulait déjà pas s'installer ici, dit-il.

— Mais n'ont-ils pas acheté la maison Fitch ?

— C'était pour lui faire plaisir. Je doute que Carter Lee revienne, lui aussi. Le projet de Pleasant Street était une idée de Willard et la banque devait le financer. Sans lui, j'ignore si...

— Dommage. Carter Lee est un garçon charmant. Il porte toujours des chemises avec ses initiales.

Au bout d'un moment de silence, Hixie ajouta :

— Après de sérieuses réflexions, je comprends pourquoi un homme comme Willard a pu épouser une jeune femme ravissante comme Danielle, mais pourquoi l'aurait-elle épousé, en dehors de son argent ?

— N'oubliez pas que Willard savait faire la cuisine, répondit Qwilleran.

Ils prirent la route du lac, où les maisons de la plage étaient fermées pour l'hiver. Village de pêcheurs animé en été, Mooseville était glacial en janvier, et uniformément blanc. La jetée ressortait en sombre contre le lac gelé. Dans la rue principale, où la plupart des commerces étaient fermés, les cabanes en bois sombre étaient recouvertes de neige. Les branches des conifères ployaient sous leur fardeau de neige. Les bateaux de pêche ou de plaisance étaient enfermés dans leurs abris.

Ils se garèrent devant l'hôtel des *Lumières du Nord*, qui surplombait l'étendue de glace. Tout au loin on apercevait quelques cabanes sombres qui se détachaient comme des dominos. Dans la salle à manger, il n'y avait qu'un seul serveur et un menu limité : poisson frit, pommes de terre frites et salade de chou cru.

— Le Festival de la glace va être un véritable remontant pour les riverains, dit Hixie. Fin janvier, la glace du lac aura cinquante centimètres d'épaisseur au moins et toutes les activités auront lieu sur la glace : courses, tournois, accueil et distractions.

— Quel genre de courses ?

— Traîneaux tirés par des chiens, motoneiges, motocyclettes, ski de fond, raquettes et patins. On dégagera des pistes et la neige accumulée servira de barrières pour les spectateurs. D'autres endroits seront dégagés pour les tentes d'accueil... Voyez-vous ces cabanes de pêche tout là-bas ? Nous en aurons deux fois plus pour nos tournois. Les engagements sont déjà signés. Les collèges nous envoient des artistes pour le concours de sculpture sur glace. Et il y aura une retraite aux flambeaux le vendredi soir pour ouvrir ce fabuleux week-end !

Qwilleran écouta en silence cet exubérant récital et demanda finalement :

— Combien de gens attendez-vous ?

— Au moins dix mille personnes.

— Quoi ? Et où allez-vous les loger, pour l'amour du ciel ?

— Aucun problème. Un parking sera organisé à Gooseneck Creek, où il y a beaucoup de place. Des autobus feront la navette pour transporter les gens jusqu'au lac, où ils achèteront des billets d'entrée et où on leur donnera leur badge du festival. Il s'agit d'un bouton en plastique de sept centimètres avec un ours polaire sur fond bleu. Un souvenir. Nous en avons commandé quinze mille parce que les gens voudront en acheter pour les rapporter chez eux.

— Où allez-vous coucher tous ces gens-là ?

— La plupart viendront de régions avoisinantes, mais nous avons prévu des logements partout dans le comté de Moose, même chez l'habitant.

— Et à quoi serviront les tentes ?

— On y vendra à manger et à boire, les tickets d'entrée. Il y aura également une tente pour les secours d'urgence et deux ambulances.

— Je suis vraiment impressionné, Hixie, dit Qwilleran. Un brillant esprit a dû imaginer tout cela, je suppose que c'est le vôtre.

Elle désigna le lac et répondit :

— Regardez, Qwill, et imaginez les drapeaux flottant, les tentes rayées, les W-C portables peints de couleurs vives et des milliers de gens passant un moment merveilleux ! Cela ne fait-il pas courir votre sang plus vite ?

— Cela me donne envie de fuir au Mexique !

Elle lui serra le bras d'un geste amical :

— Je vous connais, Qwill, vous finirez par l'aimer, et vous resterez ici pendant deux jours !

— Et en quoi le journal est-il intéressé par cette affaire ?

— Nous sponsorisons l'événement comme un service public. Cela signifie avance de fonds, mais les frais seront plus que couverts par les tickets d'entrée, les coûts d'inscription aux compétitions, les billets de tombola. Tous les prix sont offerts.

Hixie s'interrompit pour dire en soupirant :

— Willard était tout à fait en faveur de ce projet. La banque offrait un four à micro-ondes.

Le poisson frit n'était pas mauvais et Qwilleran songeait à prendre une tarte aux pommes quand Hixie déclara :

— Qwill, j'ai une faveur à vous demander.

— Je le soupçonnais bien. Il n'existe pas d'invitation à déjeuner à titre gracieux. Que voulez-vous de moi ?

— Eh bien, il y aura deux mille personnes ici vendredi soir et vous êtes la personnalité la plus célèbre de trois comtés. Accepteriez-vous d'être le maître de cérémonie de la retraite aux flambeaux ?

— En quoi cela consisterait-il ?

Il se souvenait de l'expérience traumatisante en costume de Père Noël, l'année précédente.

— Si cela consiste à porter un costume d'ours polaire...

— Rien de semblable ! Vous aurez seulement à monter dans un traîneau tiré par un cheval et à passer au milieu de la foule enthousiaste. Ils vous adorent, Qwill.

— Oui, mais est-ce que je les adore ? Il suffit qu'un sale gosse lance une boule de neige pour déclencher une avalanche, avec ma moustache comme cible ! Non merci !

Hixie ne se laissa démonter que l'espace d'un instant.

— Y aurait-il un autre moyen de transport qui serait à votre convenance ?

— Un tank de l'armée, dit-il sans hésitation. Ou alors une souffleuse géante avec une cabine intégrée. Je pourrais m'enfermer dans la cabine et asperger de neige la foule en liesse. Ce pourrait être amusant.

— Vous ne prenez pas cela au sérieux, protesta-t-elle.

— Savez-vous que la température baisse la nuit — jusqu'à moins vingt — et que le vent souffle du lac ? Et vous parlez d'organiser une retraite aux flambeaux !

— Très bien, nous avons quelques détails à revoir, mais acceptez-vous d'être le maître de cérémonie ?

— Je ne peux refuser, n'est-ce pas ? Vous me laisseriez revenir à pied. Disons que j'accepte de m'y intéresser.

Ils rentrèrent par Sandpit Road, passèrent devant l'empire de George Breze, où seul un filet de fumée sortait du « bureau ».

— Casquette Rouge paie-t-il la cotisation du club ?

demanda Qwilleran. Il était manifestement absent la veille du Jour de l'an.

— Il doit bénéficier des avantages du club-house. On le voit toujours dans la salle de télévision, mais personne ne lui adresse la parole.

— Comment se débrouille Lenny comme directeur du club ? Loïs explose de fierté, ces temps-ci.

— Elle a de quoi être fière. Il est très consciencieux et serviable, et il continue à étudier durant son temps libre. Don Exbridge l'apprécie parce qu'il est précis et aimable... la conséquence d'avoir été réceptionniste dans un hôtel, je suppose.

— Comment Lenny a-t-il réagi à ces deux vols ? demanda Qwilleran.

— Il a été très contrarié, mais Don lui a dit qu'il n'aurait rien pu faire pour les empêcher.

— Suspectez-vous quelqu'un, Hixie ?

— Oui. C'est soit Amanda Goodwinter, soit vous.

Le jour où Fran Brodie devait revenir de Detroit, Qwilleran laissa un message sur son répondeur téléphonique : « Fran, vous devez être éreintée. Aimeriez-vous dîner au *Vieux Moulin* ? »

Elle le rappela vers 7 heures du soir.

— Vous avez raison, Qwill, je suis même trop épuisée pour sortir dîner. Je vais retirer mes chaussures et boire une tasse de cacao avec un biscuit, mais si vous voulez venir dans une demi-heure, je vous ferai un rapport complet.

— J'arrive.

Mais d'abord il donna à manger aux chats et décongela un plat pour son propre dîner, un carton surgelé marqué M-F. Cela, en plus de la référence de Fran au C et B, lui donna une idée pour la prochaine chronique. Nourriture consolatrice ! Que réclamaient les gens en période de fatigue, de tristesse ou de frustration ? Polly préparait toujours des œufs pochés sur toast sans croûte. Il imaginait le maire avalant du sirop d'érable, George Breze se gorgeant de purée de pommes de terre, Andy Brodie savourant un gâteau au chocolat.

Tandis qu'il mangeait ses macaronis au fromage, les siamois étaient assis en boule sur le tapis, sans se regarder, sans rien regarder. Brusquement, Koko se leva, s'étira, marcha en direction de Yom Yom et, très calmement, lui sauta sur la tête. Elle cria de douleur.

— Arrête immédiatement ! s'écria Qwilleran. Conduis-toi en chat bien élevé !

Koko sortit nonchalamment de la pièce.

Qwilleran prit délicatement la petite femelle et caressa tendrement ses oreilles soyeuses en murmurant :

— Pourquoi le laisses-tu s'en tirer ainsi ? Tape-lui sur le nez !

Elle ronronna bruyamment.

Mais l'heure était venue d'aller rendre visite à Fran. Emmitouflé dans des vêtements chauds, il se rendit à pied jusqu'à son appartement au Village. La jeune femme qui lui ouvrit portait un survêtement et pas de maquillage. Elle était pâle et défaite.

— Servez-vous dans le frigo si vous désirez quelque chose, dit-elle en se laissant tomber sur le divan.

Le salon était garni de meubles qu'il avait vus dans l'atelier de décoration dans un temps plus ou moins reculé. Meubles qui n'avaient pas été vendus : un divan recouvert de tissu à carreaux, une table basse, une lampe avec un abat-jour en feuilles de vigne.

— Dure journée, dit-il avec sympathie.

— Nous avons véritablement inauguré le Club des

gourmets en fanfare, si vous me pardonnez cette plaisanterie douteuse.

— Le moment choisi relevait davantage de la fiction que de la réalité.

— Danielle a eu de la chance d'être avec des amis. Si elle s'était trouvée seule chez elle, papa serait allé lui annoncer la nouvelle dans le plus pur style policier. Malgré cela, elle était hystérique. Quand nous sommes arrivées chez elle, le Dr Diane l'attendait et lui a fait une piqûre pour la calmer et elle a pu dormir, mais je n'ai pas fermé l'œil de la nuit. Larry avait retenu nos billets et nous sommes parties à la première heure. Elle était encore groggy quand nous sommes montée dans le jet à Minneapolis. Alors elle a pris un verre et s'est mise à parler. Elle avait l'intuition qu'il allait se passer quelque chose parce qu'il avait oublié les cigarettes qu'il emportait toujours quand il voyageait — comme porte-bohneur.

— Se sentait-elle coupable ?

— Non. Après un autre verre, elle s'est mise à le descendre en flammes. Il l'appelait « Danny-girl », ce qu'elle détestait. Elle lui avait demandé de ne pas se rendre à ce séminaire, mais son travail passait toujours avant tout. Il critiquait la façon dont elle se conduisait, les vêtements qu'elle portait, ce qu'elle disait et ce qu'elle mangeait... N'est-ce pas ironique, Qwill, qu'un amateur de fast-food comme Danielle ait épousé un épicurien qui considérait le ketchup comme un péché mortel ?

— Ils ne se connaissaient pas depuis longtemps quand ils se sont mariés, observa Qwilleran.

— Elle n'a pas parlé de l'argent qu'il dépensait largement pour elle. Il semblait en avoir beaucoup. Il a payé la maison Fitch comptant et a ouvert à sa femme un crédit illimité pour la remettre en état. Mais maintenant je suis inquiète, Qwill... elle a commandé des meubles fabuleux, des tapis pour cette maison... Supposez, *supposez* simplement qu'elle ne revienne pas et que l'atelier se retrouve avec ses commandes sur les bras ! Certains tissus valent cent dollars le mètre !

— Elle vous avait versé des arrhes ?

— Hélas non ! Nous ne lui avons rien demandé. C'est une petite ville. Son mari était le directeur de la banque. C'étaient des clients fantastiques. Quand j'ai commandé l'ameublement de votre grange, Qwill, vous ai-je jamais demandé des arrhes ?

— Eh bien... non.

— Aussi, pendant que nous étions en avion et qu'elle jacassait sans arrêt, je mourais d'envie de connaître ses projets, sans oser lui poser carrément la question. Après avoir beaucoup hésité, j'ai pris une grande aspiration et je lui ai déclaré : « Danielle, vous allez traverser une période difficile. Cela vous aiderait si vous pouviez vous joindre au club théâtral. Vous avez du talent. Vous devriez accepter un rôle dans notre prochaine production. » Vous voyez à quel point j'étais désespérée, Qwill !

— Des gens ont été frappés par la foudre pour de moindres mensonges !

— Eh bien, cela a marché ! Danielle s'est requinquée et a demandé quel genre de rôle.

— Je peux en suggérer un ou deux, dit Qwilleran méchamment.

Fran ignora l'ironie.

— Nous avons programmé *Hedda Gabler* et je devais interpréter le rôle titre, mais je m'effacerais volontiers si je pouvais la convaincre de rester à Pickax et de terminer l'aménagement de sa maison.

— Lui faire tenir le rôle d'Hedda ? Avez-vous

perdu la tête, Fran ? Vous êtes fatiguée. Je vais rentrer chez moi. Dormez et vous irez mieux demain.

— Non, je ne plaisante pas. Je l'aiderai de toutes mes forces. Elle a une excellente mémoire pour les prix, les styles, le nom des tissus. Elle devrait pouvoir apprendre un texte facilement.

— Il faut davantage qu'une bonne mémoire pour être capable de jouer. Voulez-vous transformer cette tragédie en farce ?

— N'importe quel port est bon par temps d'orage, assure mon père. N'importe quoi pour retenir un bon client, vous dirait Amanda. Quand Danny-girl en fut à son troisième verre, elle était décidée à terminer sa maison et à s'y installer, à y ajouter une piscine, à y donner des réceptions et à prendre des leçons d'équitation. Elle m'a demandé également de lui trouver un professeur de diction qui pourrait lui donner quelques leçons. Quand nous avons atterri, elle n'avait plus de chagrin. Carter Lee nous attendait et ils ont beaucoup pleuré. Dès que ce fut possible, je leur ai dit au revoir et je suis revenue à Pickax.

Qwilleran revint chez lui dans la neige et le froid sans même les ressentir. Il continuait à tirer sur sa moustache en réfléchissant au problème de Fran et à sa solution douteuse. Quand il entra chez lui, il ressemblait à un bonhomme de neige et cette image immaculée effraya les siamois.

Il secoua ses vêtements et essuya le sol en vinyle de l'entrée. Puis il appela Polly pour lui apprendre les nouvelles. Elle fut également stupéfaite.

— Cette voix aiguë dans le rôle d'Hedda ?

— Je le crains.

— Et Carter Lee ? Va-t-il revenir ? Lynette serait

déçue s'il ne le faisait pas. Elle meurt d'envie d'avoir sa maison classée monument historique.

— Jugez-vous que ce soit possible ?

— Carter Lee le pense et Willard Carmichael le croyait également.

Puis Polly changea brusquement de sujet :

— Avez-vous appris la dernière nouvelle ?

— Non. Qu'est-il arrivé ?

— La police a arrêté un suspect pour les larcins.

— Qui ? demanda-t-il avec impatience.

— Le nom ne sera pas dévoilé avant la mise en accusation.

— Si j'aimais parier, dit Qwilleran, je miserais sur George Breze.

CHAPITRE VII

« Tard couché, tard levé », telle était la devise de Qwilleran, et il était remarquablement bien portant, certainement riche et, sinon exactement sage, du moins spirituel. En ce matin particulier de janvier, à 7 heures, il dormait paisiblement quand il fut brutalement catapulté hors de son lit par le son des trompettes assourdissantes de la *Marche de Washington*, comme si l'orchestre de la marine des États-Unis avait fait irruption à travers les murs de sa chambre. Il lui fallut quelques secondes pour se rendre compte de l'endroit où il se trouvait : à l'étage de son duplex mal construit au Village Indien, et son voisin immédiat jouait du John Philip Sousa.

Avant qu'il ait pu trouver le numéro de téléphone de Wetherby Goode, le volume de la musique baissa. On entendait encore les *poum-poum-poum* des tambours, mais la musique elle-même était remplacée par le bruit d'une eau jaillissant à plein jet. Wetherby Goode prenait sa douche.

Alors seulement Qwilleran se rappela la nouvelle de la veille concernant l'arrestation d'un suspect pour les vols, dont le nom n'avait pas encore été révélé.

Il savait qu'il pourrait convaincre Brodie de le lui confier s'il se rendait au quartier général, aussi il s'habilla, donna à manger aux chats et sortit de chez lui sans boire de café.

Son voisin était en train de pelleter de la neige au lieu d'attendre les services de la voirie.

— Bon exercice ! cria-t-il en lançant des nuages de vapeur blanche.

— C'est ce que je vois, dit Qwilleran. Bon concert ce matin aussi, mais un peu bref.

Wetherby s'arrêta et s'appuya sur sa pelle.

— Navré du dérangement. J'ai une boîte de Sousa et mon chat a dû se frotter le menton sur la mise en marche. J'étais sous la douche et je ne me suis pas rendu compte tout de suite de ce qui se passait.

— Ce n'est pas grave. Qu'est-ce qu'une boîte de Sousa ?

— C'est l'enregistrement intégral des cinquante marches de Sousa. L'inventeur est un de mes amis de Californie et je peux vous en avoir une à prix coûtant si vous êtes intéressé.

— Je vais y réfléchir sérieusement, dit Qwilleran. Vous devriez finir le déblayage avant que la neige se remettre à tomber.

Il s'en alla en pensant que Wetherby était amical et bien intentionné, même s'il exagérait ses citations et avait d'étranges goûts en musique. Cinquante marches ! Cependant, il avait un chat et c'était à porter à son crédit.

Il y avait une cafetière au poste de police et Qwilleran se servit avant d'entrer dans le bureau de Brodie et de se laisser tomber sur une chaise.

— Qui vous a invité ? grommela le chef.

— Je ne vais pas rester longtemps. Je suis juste venu pour le café. Dites-moi qui a été arrêté et je m'en vais. Ce sera probablement dans le journal cet après-midi et à la radio à midi, de toute façon.

Brodie secoua la tête.

— Vous ne le croirez jamais, Qwill. Je n'y arrive pas moi-même, mais la preuve est là. Quand nous avons trouvé le magot et que nous sommes allés le chercher pour le questionner, il avait déjà quitté la ville.

— Qui ? Qui est-ce ? insista Qwilleran avec quelque irritation.

— Lenny Inchpot.

— Non ! Qu'est-ce qui vous a conduits à Lenny ?

— Un coup de téléphone anonyme nous disant de fouiller le placard du directeur au club-house du Village Indien. Nous y sommes allés avec un mandat de perquisition. Et tout était là : tous les objets volés — enfin, pas tous, les objets comme les lunettes noires, les vidéocassettes, les gants. Pas d'argent, cependant, et pas de blouson en cuir. Il y avait même une poupée dont la famille Kemple a signalé la disparition il n'y a pas très longtemps.

Qwilleran tira sur sa moustache.

— Pouvez-vous imaginer un garçon comme Lenny volant une poupée ?

— C'est un ami de la fille Kemple. Avez-vous entendu parler de la collection de poupées de la famille ?

— En effet.

Depuis plus de deux ans, les lecteurs de Qwilleran le pressaient d'écrire une chronique sur cette collection, mais il s'y refusait. Contraint et forcé, il avait écrit une chronique sur une collection d'ours en peluche et sous aucun prétexte il n'écrirait quelque chose sur les poupées.

— Où avez-vous finalement trouvé Lenny ? Vous dites qu'il s'était enfui.

— À Duluth. Il a été mis en accusation ce matin et autorisé à prendre un défenseur.

Qwilleran caressa sa moustache :

— Cette affaire me donne une mauvaise impression, Andy. Je voudrais utiliser le téléphone.

En sortant, il appela son avocat, G. Allen Barter.

Le plus jeune associé du cabinet Hasselrich, Bennett et Barter était son représentant personnel dans toutes les transactions avec la Fondation Klingenschoen, et les deux hommes s'entendaient parfaitement. Même le mobilier du bureau de l'avocat convenait à Qwilleran. C'était une oasis contemporaine isolée dans une jungle de vieux noyer et de cuir bordeaux. Et alors que le vieux Mr. Hasselrich offrait le thé à ses clients dans le service en porcelaine de sa grand-mère, G. Allen Barter servait du café dans des tasses Art déco. Il avait récemment changé son papier à lettres, naguère libellé au nom de George A. Barter, parce qu'il était trop souvent confondu avec George A. Breze. De toute façon, ses clients l'appelaient Bart. Il avait une quarantaine d'années et c'était un homme précis, compétent et sans prétention.

Lorsque Qwilleran se présenta à son cabinet, Barter lui dit :

— Nous avons envoyé quelqu'un au tribunal pour la caution et je pense que nous pourrons le faire placer sous la garde de sa mère jusqu'au jour de l'audience.

Qwilleran acquiesça, pensant à tout le personnel administratif du tribunal qui allait déjeuner chez Loïs. Il tapota machinalement sa moustache.

— Quelque chose me dit qu'il s'agit d'un coup monté, Bart. Je ne sais rien de la vie personnelle de

Lenny, sinon que sa petite amie a été tuée lors de l'explosion, l'automne dernier. Mais il pourrait avoir un ennemi — un rival qui voudrait son travail. Ce n'est qu'un emploi à mi-temps, mais parfait pour un étudiant : bien payé, intéressant, des horaires souples... À propos, avez-vous lu dans le journal que l'argent volé avait été restitué par un donateur anonyme ? Le chèque a été tiré sur une banque de Chicago et les gens présument qu'il provient de la Fondation K. J'ignore tout à ce sujet, et vous ?

— Je n'y suis certainement pas mêlé.

— Avez-vous quelque chose de neuf sur l'affaire Limburger ?

— Oui. Ils sont désireux de vendre l'hôtel et la maison de famille, et le Fonds K. se propose de les acheter, de restaurer l'hôtel et de transformer la maison en auberge.

— Dans ce cas, Carter Lee James pourrait être consulté pour le travail de restauration. C'est le cousin de la veuve de Willard Carmichael. Il était là pendant les vacances et il a eu une idée sensationnelle pour Pleasant Street. Vous en avez peut-être entendu parler. Tout le monde espère qu'il va revenir pour la mettre en pratique.

— Vous pensez donc qu'il est bon ?

— Willard l'a recommandé, et les propriétaires étaient impressionnés. Il semble qu'il a surtout travaillé sur la côte est. À tout hasard, le Fonds K. devrait prendre des renseignements.

— Quel est son nom ? demanda Barter qui en prit note.

— En attendant, il y a quelque chose que vous pourriez faire. Gus Limburger avait promis de faire don de sa bible allemande et de son horloge à coucou à son homme de peine, mais cela n'a pas été mentionné dans le testament. Quelqu'un devrait se charger de remettre ces deux objets à ce brave homme. Il s'agit d'Aubrey Scotten.

— Je pense que nous pourrons nous en charger sans problème, dit Bart. Vos chats sont-ils satisfaits de vivre dans un petit duplex au lieu d'une vaste grange ?

— Oh ! ils sont très heureux, dit Qwilleran. Ils se distraient en écoutant les bruits de tuyauterie.

Lorsque Lenny Inchpot fut officiellement accusé de plusieurs vols, les gens manifestèrent leur émotion à haute voix au supermarché et dans les lieux publics.

— Je n'y crois pas ! Quelqu'un a commis une erreur. C'est un bon gosse !

— Que va-t-il lui arriver ? Sera-t-il mis en prison ? Cela tuerait sa pauvre mère !

— Pas Loïs ! Sa pauvre mère irait plutôt tuer le juge avec sa poêle à frire !

Deux jours plus tard, Danielle Carmichael revint en ville et les cancans furent moins aimables.

— Personne ne l'a vue vêtue de noir.

— Je parie qu'il lui a laissé un bon paquet.

— Que va-t-elle faire avec cette grande maison qu'il a achetée ? Ouvrir un hôtel ou quelque chose de ce genre ?

— Plutôt ça ! Vous y êtes presque.

Qwilleran se rendit à l'atelier de décoration pour que Fran Brodie lui donne les dernières nouvelles.

— Oui, Danny-girl est de retour. Je lui ai parlé au téléphone, mais je ne l'ai pas encore vue. Les meubles qu'elle a commandés commencent à arriver. Tout est contemporain, naturellement. C'était un grand sujet de querelle entre elle et Willard. Quand je l'ai déposée à Detroit, elle était pressée de se débarrasser de tout le mobilier traditionnel que sa première femme avait acheté. Il l'avait fait déposer dans un garde-meuble.

— Quand pourra-t-elle s'installer dans sa maison ? demanda-t-il en souhaitant qu'elle parte bientôt du Village Indien.

Elle était trop près pour son confort personnel. Elle allait devenir de plus en plus familière.

— Pas de sitôt. Les congères sont si importantes dans les Hummocks que les camions de livraison n'y ont pas accès. De plus, son bail au Village court encore pendant quelques mois. En attendant, elle a l'intention de travailler avec Carter Lee. Amanda pense qu'ils vont nous faire de la concurrence, mais elle trouve toujours à redire. En réalité, le projet de restauration de Pleasant Street serait une aubaine pour nous.

— En quoi ?

— Quand Carter Lee recommandera une tapisserie authentique, une réfection des fenêtres et des tapis, la commande passera par notre atelier, qui obtiendra un tarif de décorateur. De la même manière, quand il suggérera une ancienne psyché, Susan Exbridge sera là pour la fournir.

— Et dans les deux cas, il touchera un pot-de-vin, présuma Qwilleran.

— Le mot exact est *commission*, chéri, corrigea Fran avec condescendance.

— Est-il de retour ?

— Il sera là à la fin de la semaine.

— Et quoi de nouveau au sujet d'*Hedda Gabler* ? Persistez-vous dans cette idée extravagante ?

Fran lui adressa le regard renfrogné qu'elle tenait de son père.

— Franchement, c'est la raison pour laquelle

Danielle est revenue si vite. Elle a assisté à la répétition, hier soir, et a lu le texte.

— Et... ?

Le froncement de sourcils de Fran se changea en éclat de rire involontaire :

— Quand la hautaine Hedda dit : « Elle a laissé son vieux chapeau sur la chaise » avec la voix éraillée de Danielle, il est difficile de conserver son sérieux.

— Je vous ai prévenue que cela allait tourner à la farce, dit Qwilleran. Ce sera la seule pièce d'Ibsen jamais jouée pour faire rire.

— Pas de panique ! Nous allons y travailler. Malheureusement, elle n'aime pas l'homme qui joue le juge Brack. Elle aurait préféré vous donner la réplique, Qwill.

— Bien sûr ! Mais ça n'arrivera pas. Je suis le critique théâtral du journal, souvenez-vous. Je ne peux avoir un pied sur la scène et l'autre au cinquième rang.

— Mais elle a raison. Vous seriez un parfait juge Brack et vous avez une voix tellement autoritaire ! Et puis aussi, pour être bassement matérielle, votre présence à l'affiche ferait vendre des billets.

— Si vous êtes tellement intéressée par les entrées, le Fonds K. sera heureux de vous louer la salle entière pendant les neuf représentations.

— N'en parlons plus, dit Fran.

L'accalmie de 16 heures au *Luncheonette de Loïs* devait être le moment propice pour rendre visite à la mère du suspect, pensa Qwilleran. Allait-elle se battre comme une enragée ou paniquer au-delà de toute expression ? À sa surprise, Lenny en personne était là. Il était en train de laver le nouveau revêtement en vinyle, un hideux mélange de dessins géométriques et de fleurs, qui avait été offert et posé par les fidèles clients.

— 'Man est dans la cuisine, elle prépare le dîner, dit Lenny.

Malgré sa tenue de travail, il ressemblait davantage à un directeur de club qu'à un homme de ménage.

— Ne la dérangez pas, dit Qwilleran, c'est vous que je voulais voir. Asseyons-nous, ajouta-t-il en désignant un coin derrière la caisse enregistreuse. G. Allen Barter a-t-il pris contact avec vous ?

— Ouais. Pensez-vous que j'aie besoin de lui ?

— Très certainement. Ne vous inquiétez pas des frais, le Fonds K. s'intéresse à votre affaire. Bart va s'assurer que vous soyez mis hors de cause.

— Et si j'étais coupable ? demanda le jeune homme avec un sourire malicieux.

— Nous prendrons le risque, petit malin ! Brodie lui-même pense que ces allégations sont absurdes, mais il doit suivre la loi à la lettre. Vous remarquerez que l'on ne vous a pas retenu en prison ou demandé de déposer une caution. Et maintenant, voulez-vous me dire ce que vous savez ? Je voudrais trouver le véritable coupable, non que cela me regarde. Depuis combien de temps travaillez-vous au club-house ?

— Environ six semaines. Don est un bon patron. Tous les membres sont amusants. C'est mieux que d'être réceptionniste à l'hôtel, et de plus j'ai un bureau agréable.

— Où était conservée la jarre contenant l'argent ?

— Dans mon bureau. Dans un placard, avec des crayons, des accessoires et des babioles. Il n'y avait pas de clé sur le placard, mais la jarre était recouverte d'un sac en papier.

— Qu'avez-vous pensé quand l'argent a disparu ?

— Je n'arrivais pas à y croire. Personne ne savait

que la jarre était à cet endroit en dehors des membres du club de bridge.

— Qui d'autre avait accès à votre bureau ?

— Tous ceux qui venaient payer leur cotisation ou s'informer des programmes. Il y avait également les gars du service d'entretien et de nettoyage.

— Où est votre vestiaire ?

— Dans le couloir avec les vestiaires des autres employés.

— Y a-t-il des clés ?

— Des cadenas sont fournis, mais personne ne les utilise. J'y range seulement mes bottes et ma veste.

— Votre nom est-il sur la porte ?

— Bien sûr, tous les vestiaires portent un nom.

— Pourquoi êtes-vous parti à Duluth ?

— Eh bien, je devais me préparer pour mon examen et à Pickax j'ai trop d'amis pour travailler sérieusement, aussi je suis parti dans la maison de ma tante à Duluth. Je n'avais pas encore ouvert mes livres que deux policiers sont venus frapper à ma porte. C'étaient des gars avec qui je suis allé à l'école et ils étaient très embarrassés parce qu'ils croyaient réellement que j'avais volé la marchandise. Je savais que je ne l'avais pas fait... du moins je le croyais, dit-il avec une petite grimace.

— Ne laissez pas votre mauvais sens de l'humour vous entraîner trop loin, il pourrait vous en cuire, conseilla Qwilleran.

Une voix venant de la cuisine les rappela à l'ordre :

— Lenny, avec qui perds-tu ton temps ? Assez lambiné, fais ton travail. Les clients ne vont pas tarder à arriver.

Lenny répondit en élevant la voix :

— Je suis avec Mr. Q., 'Man. Il veut parler de l'affaire.

— Ah ! bon. Donne-lui l'autre serpillière. Il peut t'aider tout en parlant, inutile de perdre votre temps.

— Je m'en vais, dit Qwilleran en élevant la voix à son tour.

— Voulez-vous un paquet pour les chats ? J'ai des boulettes qui restent du déjeuner.

De retour au Village Indien, Qwilleran trouva les siamois endormis dans le fauteuil le plus confortable. Ils avaient des paniers garnis de coussins, les appuis de fenêtre et des perchoirs dans leur propre chambre à l'étage. Cependant, avec une perversité toute féline, ils préféraient le fauteuil du salon avec ses épais coussins recouverts de daim.

Pendant qu'ils se réveillaient, bâillaient, s'étiraient et se grattaient les oreilles, Qwilleran téléphona à Don Exbridge chez lui et le trouva en pleine effervescence.

— Il y a quelque chose de tordu dans toute cette histoire, déclara-t-il. Si Lenny est coupable, je veux bien être pendu. Venez donc boire un verre avec Polly !

— J'aimerais pouvoir le faire, s'excusa Qwilleran, mais je travaille ce soir. Je voulais seulement vous dire que G. Allen Barter prenait la défense de ses intérêts.

— Bravo ! Très bien ! Et il retrouvera son boulot dès que tout sera terminé.

— Avez-vous eu des postulants pour cet emploi ?

— Quelques autres étudiants. Nous nous sommes contentés de relever les candidatures. Nous attendons de voir de quel côté tourne le vent. Le gardien assure le remplacement.

— Eh bien, il est impossible de dire combien de temps Lenny devra attendre pour passer en jugement, et je peux vous recommander une personne pour son remplacement ; elle serait parfaite pour l'intérim. Il s'agit d'une femme d'un certain âge, très responsable et dynamique, habituée aux contacts humains. De plus, elle ne cherche pas à gagner beaucoup d'argent. Cela affecterait le montant de sa retraite.

— Qui est-ce ?

— Celia Robinson. Vous ne serez pas déçu. Voulez-vous que je lui demande de se présenter pour ce travail ?

— Accordé, accordé sans problème ! Êtes-vous certain de ne pouvoir venir boire un verre ?

S'étant excusé, Qwilleran raccrocha et appela Celia à son appartement en ville.

— Salut, Chef ! Bonne année, ou bien est-il trop tard pour formuler des vœux ?

— Il n'est jamais trop tard. Bonne année ! Joyeuse fête des Mères !

Elle éclata de rire, réaction chronique à ses plaisanteries.

— Sérieusement, Celia, avez-vous entendu parler de l'affaire Lenny Inchpot ?

— Il faudrait que je sois sourde ! Toute la ville en parle. Sa mère doit être dans tous ses états.

— Nous sommes tous concernés et, personnellement, je flaire une sale histoire.

— Est-ce qu'il se mijote quelque chose, Chef ? demanda-t-elle avec empressement.

— Voilà ce qui se passe : l'emploi de Lenny au Village Indien a besoin d'être assuré, rapidement, par un intérimaire. C'est un travail à mi-temps. Il s'agit d'organiser l'emploi du temps du club-house. Je vous conseille de postuler. Don Exbridge attend votre appel. Je vous expliquerai plus tard. *C'est un travail pour vous*, Celia.

— Bien reçu, Chef, dit-elle sur un ton entendu, puis elle termina par une cascade de rires.

Deux chats surveillaient attentivement Qwilleran tandis qu'il reposait le récepteur téléphonique, comme pour dire : « Et ces boulettes de viande ? »

Il en écrasa une qu'ils avalèrent avec délices, recrachant l'oignon avec une délicatesse exagérée. Puis, tandis qu'il les regardait procéder à leurs ablutions, Koko marcha délibérément vers Yom Yom et la frappa sur le nez. Elle se tapit à terre.

— Koko ! Arrête ce manège, mauvais chat ! gronda Qwilleran en ramassant la petite chatte pour lui caresser la tête et lui gratter le menton.

» Que fait ce monstre à ma petite bien-aimée ? Pourquoi ne lui craches-tu pas dessus ?

À Koko il déclara sévèrement :

— Je n'aime pas ton comportement, jeune homme. Qu'est-ce qui te prend ? Si cela continue, il faudra te conduire chez un psy-chat !

Il rapporta l'incident à Polly ce soir-là quand il la rejoignit pour dîner. Les siamois étaient tendrement enroulés ensemble quand il partit. Polly pensa que Koko était frustré par certains changements dans sa vie. Cela venait peut-être d'un problème hormonal. Le vétérinaire pourrait prescrire quelque chose. Bootsie prenait de petites pilules roses.

Une fois par semaine, elle invitait Qwilleran à ce qu'elle appelait en riant « un dîner au poulet ». La diététicienne de l'hôpital lui avait donné dix-sept recettes basses calories et pauvres en cholestérol pour accommoder des blancs de poulet : avec du citron et des amandes grillées, avec des cœurs d'artichaut et de l'ail, et ainsi de suite.

— Pensez-y comme à des *pollo scallopini appetito*, suggéra Polly.

Pour Qwilleran, c'étaient toujours des blancs de poulet. En fait, un petit blanc, et il dégelait toujours un hamburger, quand il rentrait à la maison. En cette occasion, le plat du jour était poulet-champignons-noix.

En arrivant, Qwilleran avait d'abord contrôlé où se trouvait le siamois de Polly. Il remarqua que Bootsie le surveillait et s'aplatissait comme s'il s'apprêtait à lui sauter dessus.

— Pourquoi ne s'assied-il pas confortablement sur son derrière comme le font les autres chats ?

— Il n'est jamais détendu en votre présence, mon ami, expliqua Polly.

— Bootsie n'est pas détendu ! explosa-t-il. Et Qwilleran ? Est-ce que je lui ai jamais sauté sur le dos ? Est-ce que je lui ai jamais tendu une embuscade sous la table ?

— Je vais l'enfermer en haut dans sa chambre, dit-elle, ou bien nous allons avoir une indigestion tous les trois.

Ils avaient de nombreux sujets à aborder. Qwilleran parla de son livre à venir, une compilation des légendes du comté de Moose, des anecdotes, des scandales, qui devait être intitulée *Contes brefs et longs*. Tout serait enregistré. Il serait peut-être possible de produire une version sur cassette, en plus du livre. Homer Tibbitt commencerait avec l'affaire de la mine Dimsdale. Les suggestions seraient les bienvenues.

— Essayez Wetherby Goode, dit-elle. Il connaît des histoires sur les pirates du lac qu'il raconte de temps en temps aux enfants à la bibliothèque. Le rencontrez-vous parfois ?

— Seulement quand il déblaie le trottoir. Il a un chat, aussi ne doit-il pas être mauvais. C'est un technochat qui opère sur une machine électronique ne jouant que des marches de Sousa.

— Cela me rappelle, Qwill, que vous ne m'avez pas dit si vous avez aimé *Adrienne Lecouvreur*. Je ne l'ai jamais entendu moi-même et je ne sais rien du compositeur.

Il avait oublié d'écouter son cadeau de Noël, mais il avait lu la brochure et il s'exprima avec conviction :

— Francesco Cilea est né en Italie en 1866 et il avait déjà composé des œuvres à l'âge de neuf ans. *Adrienne* est un opéra intéressant avec de bons rôles féminins et quelques excellentes mélodies. Nous l'écouterons ensemble un dimanche après-midi.

Il s'en était plutôt bien tiré mais il prit la précaution de changer de sujet.

— Vous et Lynette, avez-vous accompli votre pèlerinage annuel sur la colline ?

Lynette avait l'habitude de se rendre en voiture au cimetière en haut de la colline, une fois chaque hiver. Les pierres tombales au sommet se dressaient dans la neige en silhouettes contre le ciel et formaient un spectacle émouvant vu du bas de la pente. Ses ancêtres étaient enterrés là et une tombe était réservée « pour la dernière des Duncan en ligne directe ».

— Je l'accompagne volontiers. Par beau temps, c'est un spectacle magnifique. Cela ferait un tableau poignant... À propos, Lynette plane sur un nuage. Carter Lee lui a téléphoné de Detroit. Il revient et lui a demandé d'être la principale instigatrice du projet de rénovation de Pleasant Street.

— Est-ce une situation rémunérée ?

— Je ne le pense pas, mais Lynette adore travailler pour une cause et ce projet l'enthousiasme. Il l'a invitée à dîner plusieurs fois avant son départ et elle a été la première propriétaire à signer un contrat... Au fait, ce sera bientôt son anniversaire, et j'aimerais donner une petite fête en son honneur. Vous joindrez-vous à nous ?

— Si vous me laissez offrir le champagne et le gâteau.

— C'est fort aimable de votre part, mais pas de bougies ! Ce sera son quarantième anniversaire. J'inviterai Carter Lee, naturellement, et cela m'obligera à inviter également Danielle, il me faudra donc un autre homme.

— Pourquoi ne pas inviter John Bushland ? dit Qwilleran. Il viendra avec son appareil photo.

Il venait de penser que la présence d'un photographe professionnel distrairait peut-être l'attention d'une jeune veuve photogénique.

Ils avaient dîné de *pollo scallopini ai funghi e noci* et prenait maintenant un café décaféiné au salon, quand Qwilleran eut l'impression d'être surveillé. Bootsie le regardait fixement entre les barreaux de la balustrade.

— Oh ! mon Dieu, il s'est échappé ! dit Polly. Il a appris à se tenir sur ses pattes arrière et à se pendre à la poignée de la porte. Koko le fait-il aussi ?

— Pas encore, dit Qwilleran avec quelque inquiétude. Pas encore !

CHAPITRE VIII

Le premier collaborateur aux *Contes brefs et longs* devait être Homer Tibbitt, historien officiel du comté de Moose, qui connaissait l'affaire de la mine Dimsdale. Cet ancien professeur, maintenant presque centenaire, faisait encore des recherches sur l'histoire locale et sa mémoire fantastique en faisait un trésor. Il pouvait ne pas se rappeler où il avait posé ses lunettes ou ce qu'il avait mangé pour son petit déjeuner, mais les événements et les personnages d'un lointain passé revenaient à volonté. Il vivait avec sa charmante épouse, âgée de quatre-vingt-cinq ans, dans un village pour retraités. Elle avait pour responsabilité de retrouver les lunettes de son mari, de surveiller son régime et de conduire leur voiture — par beau temps. En hiver, tous deux appréciaient les visites.

— Comment se sont passées les vacances ? demanda Qwilleran. Le Père Noël a-t-il été généreux ? Vous a-t-il apporté quelques livres de plus ?

Leur appartement était encombré de livres et de souvenirs.

Rhoda porta coquettement la main à son oreille :

— Homer m'a offert ces boucles d'oreilles en grenat. Elles viennent de sa famille.

Son mari, un homme décharné, assis dans un nid de coussins, portait un châle marron sur ses épaules.

— Rhoda m'a offert ce châle de couleur ténébreuse. J'ai l'impression d'être un vieux monsieur !

— Je l'ai tricoté, dit-elle. Il a oublié que c'est lui qui a choisi la couleur. Veux-tu que je change l'eau de ta bouillotte, mon ami ?

Pendant qu'elle était sortie de la pièce, Qwilleran remarqua :

— C'est une femme charmante, Homer. Vous êtes un heureux homme.

— Elle m'a poursuivi pendant vingt-cinq ans avant de m'attraper, alors je dirai qu'elle est heureuse de m'avoir. Quelles sont les nouvelles en ville ?

Ils discutaient du meurtre de Willard Carmichael et de l'arrestation de Lenny Inchpot quand Rhoda revint avec la bouillotte enveloppée dans une serviette.

— Il se passe des choses terribles de nos jours, dit-elle en secouant la tête. Que devient le monde ?

— Il s'est toujours passé des choses terribles partout, répondit son mari avec le stoïcisme de l'âge.

— Comme l'affaire de la mine Dimsdale ? suggéra Qwilleran en mettant son magnétophone en marche. Qu'est-ce qui l'a provoquée ?

— Tout a commencé il y a environ cent ans, quand les mines marchaient à plein rendement et que le comté était le plus riche de l'État... Ce n'est pas une légende, attention, c'est une histoire vraie, et ce n'est pas non plus une histoire courte.

— Je vous écoute, Homer, je ne vous poserai pas de question. À vous de jouer.

Le récit du vieil homme, interrompu seulement lorsque sa femme lui tendait un verre d'eau, fut plus tard retranscrit comme suit :

Il y avait un mineur appelé Roebuck Magley, un homme robuste d'une quarantaine d'années qui travaillait dans la mine Dimsdale. Il avait une femme et trois fils, et ils vivaient dans un des cottages fournis pour les mineurs. Tous les propriétaires de mines n'exploitaient pas leurs employés. Seth Dimsdale réussissait bien, mais il n'était pas âpre au gain. Il s'assurait que toutes les familles aient un logement décent, un morceau de terrain pour faire pousser des légumes, et il leur donnait des graines. Il y avait un médecin de la compagnie qui soignait les familles à titre gracieux.

Roebuck travaillait dur et ses fils se mirent à la besogne dès la fin de leurs études primaires. Betty Magley travaillait dur, elle aussi, nourrissant ses hommes, nettoyant leurs vêtements, pompant l'eau, cultivant le jardin et confectionnant leurs chemises. Néanmoins, elle restait toujours jolie.

Soudain Roebuck tomba malade et mourut. Il s'était plaint de douleurs d'estomac et, un jour, il rentra chez lui après son travail, mangea son dîner et tomba mort. Des incidents semblables arrivaient en ce temps-là et les gens les acceptaient. Des hommes mouraient asphyxiés dans les mines, victimes d'explosion, ou bien ils rentraient chez eux et tombaient raides morts. Personne ne faisait de procès pour négligence.

Le certificat de décès de Roebuck, signé par le Dr Penfield, indiquait « arrêt cardiaque ». Seth Dimsdale paya une somme généreuse à Mrs. Magley grâce à la police d'assurance qui couvrait ses employés et elle lui en fut reconnaissante. Elle avait été malade elle-même et le médecin de la compagnie n'avait pas su établir un diagnostic sur les symptômes qu'elle présentait.

Environ un mois plus tard, son fils aîné, Robert, mourut dans la mine d'un « arrêt respiratoire », selon le certificat de décès, et, avant longtemps, le deuxième fils, Amos, mourut dans les mêmes circonstances. Les femmes de mineurs se réunirent autour de Betty Magley pour s'efforcer de la réconforter. Mais les hommes se plaignaient du « mauvais air ». Un dimanche, ils marchèrent vers la mine en brandissant des piques et des pelles. Seth Dimsdale faisait ce qu'il pouvait pour maintenir des conditions de travail satisfaisantes, vu la technologie de l'époque, aussi autorisa-t-il une enquête.

Robert et Amos étaient tous deux morts, apprit-il, après avoir mangé leurs pâtés dans la mine. Le dernier repas de Roebuck avait été un gros pâté dans sa cuisine. La communauté s'alarma. « De la viande avariée », dit-on. Ces gros pâtés savoureux de viande et pommes de terres, enveloppés d'une épaisse croûte, étaient le régime quotidien des mineurs et de leurs familles.

Puis il se produisit quelque chose de bizarre. Alfred, le plus jeune fils, alors qu'il se trouvait dans la mine, partagea son pâté avec un autre mineur dont le déjeuner était tombé de sa poche, tandis qu'il descendait d'une échelle. Bientôt les deux hommes se plaignirent de douleurs, de nausées, de pieds et de mains engourdis. Les secours intervinrent et les deux hommes furent remontés à la surface.

Lorsque Seth Dimsdale apprit la nouvelle, il notifia l'accident à l'attorney du district de Pickax et le tribunal ordonna l'exhumation des corps de Roebuck, Robert et Amos. Leurs viscères furent prélevés et envoyés au laboratoire pour examen. Le toxicologue du district trouva une quantité importante d'arsenic et Mrs. Magley fut questionnée par la police.

À ce stade, les voisins commencèrent à chuchoter. « Pouvait-elle avoir empoisonné sa propre famille ? Où avait-elle trouvé le poison ? » On pouvait se procurer de l'arsenic pour tuer les rongeurs, mais les gens craignaient de s'en servir. Puis les voisins se rappelèrent les visites fréquentes du médecin pour soigner la mystérieuse maladie de Mrs. Magley. Il venait presque tous les jours.

Quand le Dr Penfield fut arrêté, la communauté minière fut sidérée. C'était un bel homme avec une moustache avantageuse ; il avait fort belle allure dans ses costumes sur mesure et ses chapeaux melon. Il vivait dans une grande maison et possédait l'une des premières automobiles. Sa femme était considérée comme une snob, mais le Dr Penfield avait une attitude amicale au chevet de ses malades et il était très admiré.

On découvrit cependant qu'il s'était endetté pour le règlement de sa maison et de son automobile. Ses visites à la jolie Betty Magley étaient plus personnelles que professionnelles. Il fut le premier à passer en jugement. Mrs. Magley resta en prison en attendant son tour.

Convaincus de l'intégrité de leur médecin, les mineurs prirent sa défense ; et il fut difficile de constituer un jury impartial. Le procès lui-même dura plus longtemps qu'aucun autre dans l'histoire locale, et quand il se termina le comté était ruiné. Deux fois le budget annuel avait été dépensé en frais de procédures.

L'histoire révélée au cours des débats fut celle de la cupidité et de la passion. Le Dr Penfield avait fourni l'arsenic — pour des raisons médicales, prétendit-il, et tout surdosage avait été provoqué par une erreur humaine. Mrs. Magley avait fait cuire les pâtés, reçu l'argent de l'assurance et en avait donné la moitié au médecin. Il fut reconnu coupable des trois meurtres et condamné à la prison à vie.

Mrs. Magley ne fut jamais jugée pour le crime parce le comté ne pouvait se permettre un second procès. Les membres de la commission prétendirent que « le jeu n'en valait pas la chandelle », selon le dicton. Mieux valait qu'elle quitte la ville tranquillement.

Ainsi elle disparut avec son plus jeune fils, le seul survivant. Seth Dimsdale se retira dans l'Ohio et disparut également. La mine Dimsdale disparut avec lui. Toute la ville de Dimsdale disparut. On l'appela l'*affaire de la mine Dimsdale*.

Quand Homer eut terminé son récit, Qwilleran éteignit son magnétophone et dit :

— Quelle sombre histoire ! A-t-elle jamais été publiée ?

— Eh bien, le *Pickax Picayune* ne publiait jamais les nouvelles déplaisantes, mais d'autres journaux de l'État ont couvert l'affaire. Les coupures de presse se trouvent à la bibliothèque municipale.

— Sur microfilm, grâce au Fonds K., précisa Rhoda en souriant.

— Vous devriez pouvoir trouver une transcription du procès dans les archives du tribunal, ajouta Homer, mais il y a eu un incendie il y a quelques années et j'ignore si le dossier Penfield a été sauvé. Pour sa plus grande partie, l'histoire a circulé de bouche à oreille. On en parle encore dans ma famille et chacun prend parti, parfois avec violence... Je vous préviens, Qwill, ne discutez jamais avec un gars dont le grand-père lui a raconté que le médecin était innocent !

Cet exposé avait été long et exténuant pour le vieil homme. L'heure de sa sieste était arrivée, déclara sa femme. Qwilleran le remercia pour cet excellent récit si bien raconté, serra la main de Rhoda et se retira.

En retournant chez lui, il traversa la scène du crime de la ville fantôme de Dimsdale. Les seuls restes de cette époque étaient un restaurant délabré, entouré de mauvaises herbes qui cachaient les fondations des vieux cottages de mineurs. Plus loin dans les bois se trouvaient des taudis constitués de caravanes rouillées occupées par des squatters, et une piste conduisait à une barrière entourant le puits de mine abandonné. Un écriteau portait la mention : ATTENTION : DANGER. Une plaque en bronze avait été apposée par la Société historique, indiquant : SITE DE LA MINE DIMSDALE, 1872-1907.

Le 25 janvier, Qwilleran téléphona à la bibliothèque municipale. En attendant la communication avec la directrice, il l'imagina dans sa cabine de verre en haut de la mezzanine, régnant comme une despote bienveillante sur le personnel, les bénévoles et les obéissants abonnés qui ne devaient jamais entrer avec des boissons, de la nourriture ou des bottes mouillées.

— Polly Duncan à l'appareil, dit la voix mélodieuse.

— Quel jour sommes-nous ? demanda-t-il, sachant qu'elle reconnaîtrait sa voix.

— Le 25 janvier, dit-elle. Ce jour a-t-il une signification particulière ?

— L'anniversaire de Robert Burns. Ce soir est le grand soir ! Le point de non-retour !

Elle s'exclama gaiement :

— La Nuit Écossaise ! Vous allez porter votre kilt ! J'aimerais vous voir avant votre départ. À quelle heure est le dîner ?

— Je pars à six heures et demie, avec quelque appréhension, admit-il.

Polly lui dit qu'elle s'arrêterait en rentrant de son travail afin de l'encourager.

Qwilleran se donnait deux heures pour s'habiller afin d'aller assister à la Nuit Écossaise à la loge des hommes. Il donna à manger aux chats de bonne heure, puis il disparut dans sa chambre et referma la porte. Ensuite il fit face à ce costume d'apparat peu familier : le kilt plissé, le sporran, les écussons, le béret, le poignard. Bruce Scott, propriétaire du magasin pour hommes, lui avait dit que la soirée serait sans cérémonie : pas de vestes Prince Charles, pas de sporran en fourrure, pas de plaids à franges sur l'épaule, retenus par un « œuf poché ». Bruce lui avait vendu un sporran en cuir, une paire de chaussures convenables et lui avait remis une brochure à lire.

Le truc, selon le texte fort utile, était d'adopter une attitude de fierté concernant son costume écossais héréditaire. Après tout, la mère de Qwilleran avait été une Mackintosh et il avait vu des films dans lesquels les kilts étaient portés par des hommes courageux, habiles à manier le sabre.

Avec cette attitude fermement ancrée, Qwilleran s'enroula dans ce que le dictionnaire appelait « une sorte de jupon plissé ». Son kilt avait été coupé dans huit mètres de belle laine peignée du riche tartan rouge Mackintosh. En cette occasion, il serait porté avec un col roulé blanc sous une veste en tweed vert bouteille, des chaussettes vertes assorties et des languettes rouges attachées aux jarretières retenant les chaussettes, petit détail considéré comme vital par le commerçant et l'auteur de la brochure. Le kilt lui-même devait s'arrêter aux genoux et ne devait pas avoir un demi-centimètre de plus. Le sporran en cuir était suspendu à une ceinture également en cuir.

Ensuite, il y avait le béret. Celui de Qwilleran était un Balmoral vert bouteille. Un béret rond porté droit sur le front avec un cran cavalièrement infléchi sur la droite. Il portait une cocarde en ruban sur la tempe gauche, un pompon au sommet, et deux rubans pendaient derrière. Selon la brochure, ils pouvaient être noués ou laissés flottant. Il les coupa en espérant que personne ne s'en apercevrait.

En étudiant son image dans le grand miroir, Qwilleran pensa : « Pas mal, pas mal du tout. » Pendant ce temps-là, les siamois se plaignaient de la porte fermée. Après un dernier regard à son miroir, il ouvrit brusquement la porte. Les deux chats sursautèrent de frayeur, se retournèrent pour s'enfuir, se tamponnèrent et coururent dans l'escalier, la queue gonflée.

Quand Polly arriva, elle manifesta sa joie avec enthousiasme :

— Qwill, s'écria-t-elle en l'enlaçant, vous êtes magnifique ! Si alerte, si viril ! Mais j'espère, mon ami, que vous n'allez pas prendre froid, avec vos jambes nues.

— Aucun danger, affirma-t-il. Le parking se trouve derrière la loge et nous entrons par la porte de service. Je n'aurai pas besoin de bottes ni de cache-oreilles — juste une veste. Bruce m'a dit aussi que le genou est fait de cartilage et ne ressent pas le froid du moment que l'on porte de bonnes chaussettes en laine. C'est peut-être vrai, ou il est un bon vendeur de chaussettes. Vous ne me croiriez jamais si je vous disais ce que je les ai payées !

Elle tourna autour de lui et remarqua le devant plat du kilt, un double panneau allant de gauche à droite.

— Pourquoi n'est-il pas plissé tout autour ?

— Parce que je ne marche pas avec l'orchestre et que je ne vais pas à la bataille. Posez-moi toutes les questions que vous voudrez, j'ai lu la brochure et je connais toutes les réponses.

— Quel est ce curieux objet dans votre chaussette ?

— Un couteau qui s'écrit d-u-b-h et se prononce *thoob*. Je peux l'utiliser pour peler une orange ou pour étaler du beurre.

— Oh ! Qwill, vous êtes d'humeur joyeuse, ce soir ! Est-ce que je vous connais assez bien pour vous demander ce que vous portez sous votre kilt ?

— Bien sûr ! Bien sûr ! Et je vous connais assez bien pour ne pas vous répondre. C'est le mystère du kilt et je ne vais pas être le premier à détruire un arcanum arcanorum vieux de plusieurs siècles !

Le centre de Pickax était déserté à l'exception d'hommes vêtus de kilt ou de pantalon en tartan se frayant un chemin par la porte de service de la loge. Qwilleran montra son couteau au portier et fut accueilli par Whannell MacWhannell, qui l'avait invité.

— Je vais vous présenter et mentionnerai votre mère, dit-il. Quel était son nom entier ?

— Anne Mackintosh Qwilleran.

Big Mac hocha la tête :

— La moitié des membres féminins de ma famille portent le nom de lady Anne. Descendons regarder la nouvelle exposition.

Les murs du salon étaient couverts de cartes, de photographies d'Écosse, ainsi que de tartans de différents clans. Qwilleran trouva celui des Mackintosh, rouge, et le tartan de chasse Mackintosh, vert pour le camouflage dans les bois. La majorité des hommes présents étaient en kilt et il se sentit parfaitement à l'aise au milieu d'eux.

Gil MacMurchie, le sourcier, portait un tartan Buchanan de couleur vive. Qwilleran lui déclara :

— Je suis prêt à vous acheter vos poignards si vous ne les avez pas vendus.

— Ils sont toujours là.

MacMurchie fit une pause et ajouta avec tristesse :

— Mais celui que j'avais mis de côté pour moi a été volé.

— Non ! Quand ?

— Au moment où j'ai fait paraître ces annonces pour vendre mes meubles, la vaisselle et les ustensiles de cuisine. Des étrangers circulaient partout dans la maison, certains étaient juste des curieux. Je ne pouvais pas surveiller tout le monde.

— L'avez-vous déclaré à la police ?

— Oh ! oui, bien sûr ! Et après l'arrestation du fils de Loïs, je suis allé voir si mon poignard n'était pas dans son placard, mais il n'y était pas.

— Quelle ironie que le voleur s'en soit pris justement à celui que votre femme vous avait offert ! dit Qwilleran.

— Le manche était en argent, dit MacMurchie, les autres sont en cuivre.

Le son de la cornemuse les invita à entrer dans la

salle à manger. Dès que tout le monde fut assis autour des grandes tables rondes, les doubles portes s'ouvrirent et le chef de la police, en kilt, justaucorps rouge, haut bonnet à plume et guêtres blanches, fit son entrée. Véritable géant, il marcha d'un lent pas avantageux tout en jouant l'air fameux : *Scotland the Brave*. Le son aigu de la cornemuse, le balancement du kilt plissé et l'orgueil héréditaire du joueur formaient un spectacle impressionnant. Il était suivi par un joueur de tambour et sept jeunes gens en kilt et chemise blanche, portant chacun un plateau. Sur le premier se trouvait le célèbre haggis [1], sur chacun des six autres une bouteille de scotch.

Cornemuse, haggis et scotch firent deux fois le tour de la pièce. Puis une bouteille fut placée sur chaque table. Des toasts furent portés au plat légendaire, qui fut coupé et servi. Les dîneurs s'esclaffaient tandis que d'anciennes plaisanteries sur le haggis circulaient :

— Saviez-vous que le haggis est un animal qui a d'un côté deux pattes plus courtes afin de pouvoir courir autour des montagnes ?

Tout en mangeant, Big Mac dit à Qwilleran :

— J'ai appris que vous aviez interviewé Gil pour votre chronique.

— Oui, mais l'article ne passera pas avant que j'aie assisté à une démonstration de radiesthésie. Quand croyez-vous qu'aura lieu le dégel, cette année ?

— À mon avis, en avril. En 1982, tout était fondu le 29 mars, mais c'était un coup de chance. L'année

1. Spécialité culinaire écossaise : panse de brebis farcie du cœur, des poumons et du foie de l'animal. (*N.d.T.*)

dernière la fonte officielle a eu lieu à 15 h 18, le 4 avril. Le Site secret était dans ma cour.

Chaque année le *Quelque Chose du Comté de Moose* invitait ses lecteurs à deviner la minute exacte où le dernier centimètre de neige disparaîtrait du « Site secret », habituellement dans la cour de quelqu'un. C'était considéré comme un honneur, et le propriétaire du lieu était tenu au secret.

— Je devais surveiller la situation constamment, vers la fin, expliqua MacWhannell. Quand la dernière plaque de neige eut la taille d'une soucoupe, j'ai téléphoné au journal et ils ont envoyé un reporter, un photographe, un huissier assermenté et Wetherby Goode. Ils se sont tenus autour pour la regarder fondre, une montre à la main. La neige a disparu à exactement 15 h 18.

— On peut se demander si l'haleine chaude des spectateurs n'a pas hâté le processus, remarqua Qwilleran.

— Pas assez pour faire une différence. Le pari le plus proche était 16 h 22. Le gagnant était un charpentier de Sawdust City. Il a gagné un abonnement d'un an au journal et un dîner pour deux au *Vieux Moulin*.

Le maître de cérémonie appela l'attention générale. La soirée comprendrait la lecture des poèmes de Robert Burns et la sérieuse affaire de porter des toasts aux héros écossais. D'abord, il y eut un moment de silence à la mémoire de Willard Carmichael, qui avait un lien avec le clan Stewart. Brodie joua *Les Fleurs de la forêt*, en hommage.

Puis Whannell MacWhannell se leva et annonça :

— Ce soir, nous honorons quelqu'un qui est venu à Pickax du Pays d'En-Bas et qui a transformé le pays. Grâce à lui, nous avons de meilleures écoles, un meilleur journal, de meilleurs soins médicaux, un meilleur aéroport et une chronique bihebdomadaire pour notre amusement et notre enrichissement. Si vous lui faites un compliment, il vous dira qu'il le doit à sa mère, qui était une Mackintosh. Nous avons le grand plaisir de compter parmi les nôtres le fils d'Anne Mackintosh Qwilleran !

Ce dernier se dirigea vers l'estrade au milieu des acclamations en anglais et en gaélique. Un photographe du *Quelque Chose* prit des photos.

— Officiers, membres et invités, commença-t-il, j'admire les Écossais depuis longtemps — avec leur cornemuse, leur kilt et leur tolérance pour le porridge. Pendant des centaines d'années, des Écossais combattants, des bergers, des hors-la-loi ont porté le kilt et se sont enveloppés dans des plaids par des nuits froides, sur les landes. Vêtus de leur kilt, ils ont fait face aux mousquets et aux vestes rouges des Anglais à Culloden, brandissant leur sabre et hurlant leur défi. Au cours de la Seconde Guerre mondiale, des régiments de soldats en kilt ont débarqué sur les plages, guidés par les intrépides joueurs de cornemuse. Ils ont plongé dans l'eau glacée, suffoqué dans la fumée et sont tombés devant le feu de l'ennemi, mais les Écossais continuaient à arriver, poussant leurs cris de guerre, soutenus par les cornemuses. Les Allemands les appelaient « les Dames de l'Enfer ».

» Messieurs, je confesse qu'il a fallu de la patience pour me persuader de porter un kilt, mais me voici, avec le tartan des Mackintosh, en l'honneur d'Anne Mackintosh Qwilleran, ma mère, qui s'est battue seule pour élever un rejeton rebelle. Tout ce que j'ai accompli, tout ce que je suis devenu est dû à son influence, à ses encouragements et à son dévouement. En son nom j'accepte cet honneur, fier de me trouver parmi les Dames de l'Enfer !

Brodie joua *Auld Lang Syne* ; l'auditoire se leva et applaudit en portant un toast.

Plus tard dans la soirée, après avoir circulé dans le salon et accepté les félicitations, Qwilleran dit à Gil MacMurchie :

— Si vous rentrez chez vous en partant d'ici, je vous y rejoindrai et vous remettrai un chèque.

Un moment plus tard, il était à Pleasant Street et Gil le reçut dans sa maison, un peu plus vide encore qu'auparavant. Qwilleran le suivit jusqu'à la table où les poignards étaient exposés, en marchant de côté pour éviter d'écraser Cody.

— Excusez-moi, j'ai cru que c'était une carpette noire.

Le chien était aplati, le ventre par terre et les quatre pattes étendues.

— C'est le truc de la grenouille. Vous ne lui avez toujours pas trouvé de maison, n'est-ce pas ?

— Pas encore, mais j'ai bon espoir.

Les quatre poignards dans leurs fourreaux étaient toujours dans la vitrine avec les deux broches.

— Pourquoi la vitrine n'est-elle pas fermée à clé ? demanda Qwilleran.

— Elle ne l'est pas depuis des années. La serrure est cassée, la clé perdue.

Il enveloppa les poignards et les broches dans un journal pendant que Qwilleran signait un chèque de mille dollars.

Les siamois reconnurent le bruit du moteur de la voiture quand il arriva au parking, et ils connaissaient le son de la clé dans la serrure. Ils avaient oublié leur première frayeur à la vue du kilt et du béret. Leur accueil fut convenable, sans être exubérant.

Lorsqu'il déballa ses achats dans la cuisine, les

deux chats vinrent examiner les grosses pierres des broches, les manches en cuivre des poignards. Qwilleran sortit un poignard de son étui et Koko se livra à un paroxysme d'excitation, montrant les crocs et aplatissant les oreilles en reniflant les rainures de la lame.

CHAPITRE IX

Lorsque Qwilleran retourna chez lui après la Nuit Écossaise, il y avait des messages sur son répondeur téléphonique venant d'amis qui avaient entendu aux informations de 23 heures l'honneur qui lui avait été fait, et le lendemain matin John Bushland fut le premier à l'appeler pour le féliciter.

— Je vous ai vu prendre des photographies au cours du dîner, dit Qwilleran. Était-ce pour le journal ou pour la loge ?

— Pour les deux. J'ai tourné une vidéo pour les membres de la loge : Brodie jouant de la cornemuse, MacWhannell lisant la poésie de Robert Burns et tout le monde applaudissant.

— Polly vous a-t-elle téléphoné à propos de la fête d'anniversaire de Lynette ?

— Oui, et j'ai une idée de cadeau. Voyons ce que vous en pensez... À la Saint-Sylvestre, j'ai pris une photo en pied d'elle bavardant avec deux hommes, un verre à la main, les yeux brillants, souriante. La lumière était parfaite et elle avait l'air jeune et heureuse.

— Qui étaient ces hommes ?

— Wetherby Goode et Carter Lee James. Je peux en faire un agrandissement et l'encadrer joliment. Croyez-vous que cela lui ferait plaisir ?

— Elle sera ravie. N'hésitez pas, dit Qwilleran.

Puis Carol Lanspeak téléphona pour le féliciter et dit :

— Vous méritez un monument sur la place publique, mais cela viendra plus tard.

— Beaucoup plus tard, j'espère !

— Polly et vous êtes-vous libres, dimanche ? Je voudrais donner un petit dîner tranquille pour Danielle. Je sais que je m'y prends un peu tard.

Le sentant hésiter, elle ajouta :

— Elle a une haute opinion de vous et cela lui ferait du bien si vous pouviez être là. Vous savez toujours ce qu'il faut dire.

Qwilleran réfléchissait rapidement. Danielle serait à la réception d'anniversaire de Lynette et une soirée avec Danny-girl serait plus que suffisante pour une semaine. Il répondit :

— Vous avez raison, c'est un peu tard, Carol, j'ai des engagements pour dimanche qu'il m'est impossible de décommander.

— Je ne vous l'aurais pas demandé, mais nous pourrons peut-être organiser ce dîner plus tard, n'est-ce pas ?

— Comment va Danielle ?

— Elle réagit très bien et Carter Lee va revenir, elle sera moins seule. Il est important pour elle de faire quelque chose de constructif, et le rôle dans *Hedda Gabler* est un véritable défi.

« C'est un désastre qui se prépare », pensa Qwilleran.

— Elle apprend vite. J'aimerais que toute la troupe ait autant de mémoire, dit Carol qui dirigeait la pièce.

Le seul problème est qu'elle n'aime pas l'acteur qui interprète le juge Brack. C'est une question de personnalité.

— Qui joue Brack ? George Breze ? Scott Gippel ? Adam Dingleberry ?

Gippel pesait cent cinquante kilos, Dingleberry avait près de cent ans et George Breze était une catastrophe.

Carol ne fut pas amusée.

— Nous avons le professeur d'art dramatique du lycée et il est bon dans le rôle, mais elle ne s'entend pas avec lui. Danielle préférerait que vous lui donniez la réplique.

— C'est hors de question.

« Elle a l'habitude que tout le monde cède à ses caprices parce que c'est une jolie femme », pensa-t-il.

— Je comprends, Qwill. Je regrette que Polly et vous ne puissiez être avec nous dimanche.

Qwilleran avait quelques achats à faire en ville. Il se chargeait toujours de l'épicerie de Polly les jours où elle travaillait à la bibliothèque, et en retour elle l'invitait fréquemment à dîner. C'était un des mutuels avantages de vivre à trois portes l'un de l'autre. Il sortait sa poubelle une fois par semaine ; elle recousait ses boutons ; ils se chargeaient de nourrir leurs chats respectifs quand c'était nécessaire.

Une fois en ville, il s'arrêta au bureau du *Quelque Chose* pour prendre un exemplaire du journal. L'édition du jour venait juste de sortir et il trouva tout le personnel dans un état d'euphorie, riant, raillant et faisant des plaisanteries douteuses. La raison en devint bientôt claire.

En première page se trouvait une photographie en pied de Qwilleran en costume écossais. Il grogna.

Avaient-ils besoin de l'imprimer sur quatre colonnes à la Une ? Devaient-ils titrer « La Dame de l'Enfer » ? Les moqueries de ses amis ne firent rien pour calmer son embarras.

— Hé, Qwill, vous ressemblez à une publicité pour une bouteille de scotch !

— Regardez ces genoux !

— Qu'est-ce qu'il porte dans sa chaussette ?

— Il ne lui manque qu'une cornemuse !

— Êtes-vous libre pour tourner des films publicitaires, Qwill ?

— De toute évidence, vous étiez à court de nouvelles, aujourd'hui.

Il prit une copie supplémentaire pour Polly et sortit en envisageant une semaine de vacances en Islande. Mais il se reprit, grâce aux qualités que la vie lui avait accordées : l'aplomb d'un journaliste, l'esprit d'un acteur et la confiance d'un homme riche. Il se gara au parking municipal et entra dans l'atelier de décoration d'Amanda par la porte de derrière en tenant un paquet enveloppé d'un journal.

Fran l'accueillit en agitant l'exemplaire du *Quelque Chose* :

— Qwill, votre photo en première page est fabuleuse ! Épousez-moi !

— Vous devrez attendre votre tour. Prenez un numéro.

— Même papa m'a appelée pour m'en parler. Il en était tout ému. Il n'est jamais rien arrivé de pareil. Tout le monde en parle.

— C'est bien ce qui m'inquiète. J'ai envie de quitter le pays jusqu'à ce que cela se calme.

— Qu'avez-vous dans ce journal ? demanda-t-elle. Du poisson frais ?

Il lui montra les quatre poignards qu'il avait

achetés et lui demanda comment les disposer sur le mur.

— Je ne veux pas les mettre sous verre. Je veux pouvoir m'en saisir en cas d'attaque par les voyous de Pickax. On a volé un poignard à Gil MacMurchie.

Elle déballa le paquet, fronça les sourcils en silence, puis disparut dans l'arrière-boutique, laissant Qwilleran réfléchir à ce qu'il pourrait offrir à Polly pour la Saint-Valentin. Il trouva une boîte à bijoux ovale en corne et cerclée de cuivre.

Fran revint avec un cadre ancien en pin, un simple rectangle teinté avec de la cire claire :

— C'était la base d'un vieux cadre en plâtre doré. Il était très abîmé. Nous avons dû le gratter jusqu'au bois avant de lui donner un dernier poli. Nous pourrions y mettre un fond afin de monter les poignards et fixer des attaches pour les tenir.

— Parfait ! Vous êtes très astucieuse, Fran !

— Vous recevrez la facture par courrier demain.

— Comment se passent les répétitions ?

— Pas très bien. Danielle se comporte en vedette capricieuse. Nous avons perdu un bon juge Brack par sa faute. Elle veut quelqu'un qui lui plaise pour le rôle parce qu'ils ont beaucoup de scènes ensemble.

Fran regarda Qwilleran avec espoir et il savait où la discussion allait les conduire.

— Larry ne pourrait-il jouer le juge ? suggéra-t-il.

— Il interprète Tesman.

— Et votre ami Prelligate ?

— Il joue Loevborg.

— Pourquoi ne pas donner le rôle du juge à Larry, laisser Prelligate jouer Tesman et prendre Derek Cuttlebrink pour Loevborg ?

— Vous plaisantez, Qwill. Derek mesure près d'un mètre quatre-vingt-quinze. Il serait ridicule !

— Derek dans le rôle de Loevborg ne serait pas plus ridicule que Danielle dans celui d'Hedda.

— Oubliez Derek, dit-elle sur un ton définitif.

— Dans *Macbeth*, il s'était tassé afin de paraître trente centimètres de moins. Cela pourrait marcher pour Loevborg, qui a la réputation d'être tassé, pour ainsi dire. De plus, Derek est très populaire et vous n'auriez pas à vous inquiéter des locations. Ses fans assisteraient à toutes les représentations et le Fonds K. n'aurait même pas à intervenir.

Fran roula des yeux avec exaspération.

— Allez-vous-en, Qwill ! Laissez vos poignards et allez-vous-en ! Quittez le pays ! Vous avez besoin d'un changement de climat.

Avec obéissance, il se dirigea vers la porte de service, puis il se retourna :

— Connaissez-vous la famille qui possède la célèbre collection de poupées ?

— Évidemment, je connais les Kemple. J'ai travaillé avec Vivian Kemple pour décorer leur maison. C'est dans Pleasant Street. Elle et son mari s'intéressent aux poupées rares.

— Puis-je me servir de votre téléphone ? Vous pourrez ajouter la communication sur la note, ajouta-t-il sèchement.

Un homme à la voix particulièrement sonore lui répondit. Qwilleran se présenta.

— Bien sûr ! Nous nous sommes rencontrés au Club Booster, Qwill. Je suis Ernie Kemple.

C'était un homme jovial qui vous tapait dans le dos, vous serrait chaleureusement la main et saluait tous les membres du club à chaque réunion.

— Je vous appelle au sujet de votre collection de poupées, Ernie. Serait-il possible d'en faire le sujet de l'une de mes chroniques ?

— Eh bien, c'est-à-dire... nous ne recherchons pas la publicité. Vous savez ce qui est arrivé à la collection d'ours en peluche des sœurs Chisholm.

— C'était une situation particulière.

— Oui, mais une de nos poupées a été volée récemment... elle n'avait pas grande valeur, mais c'était quand même un objet de collection... Cela fait réfléchir, vous comprenez... Je vais vous dire : venez voir la collection pour votre propre amusement. C'est de l'art, c'est de l'histoire et c'est un investissement.

— Merci, j'accepte votre invitation.

C'était une chance pour Qwilleran. Il pourrait satisfaire sa curiosité sans avoir à écrire un article sur... des *poupées*.

— Vous pouvez venir tout de suite, ajouta Kemple. Je préparerai des rafraîchissements. Ma femme n'est pas en ville et j'attends qu'il soit trois heures pour aller chercher mon petit-fils à l'école. J'ai pris ma retraite le 1er janvier. J'ai vendu aux frères Brady ma compagnie d'assurances.

— J'arrive, déclara Qwilleran.

Pleasant Street était particulièrement plaisante cet après-midi. Une nouvelle chute de neige avait givré les ornements en bois des maisons et toute la rue était une avenue de dentelle blanche. La maison des Kemple, l'une des plus belles, était peinte en deux tons de taupe, reflétant le goût distingué de Fran Brodie.

— Une maison fort attrayante, apprécia Qwilleran quand Ernie lui ouvrit la porte.

Comme l'extérieur, les pièces portaient la marque de la décoratrice professionnelle. Les meubles traditionnels étaient arrangés d'une manière contemporaine. Les couleurs osaient se démarquer de l'historiquement correct. Les vieux tableaux et les gravures étaient disposés avec imagination. Et il n'y avait pas la moindre poupée en vue !

Kemple demanda de sa voix sonore qui faisait trembler les lustres en cristal :

— Aimez-vous ? Je trouve moi-même que c'est assez réussi. Confortable, aussi... Mais maintenant ma femme pense que nous devrions laisser Carter Lee James restaurer l'ensemble en XIXe authentique. Il est venu avec son assistante visiter la maison et prendre des notes. Mais bon sang ! nous avons dépensé une petite fortune à l'atelier d'Amanda et je détesterais devoir jeter le tout aux ordures ! Vivian — ma femme — prétend que tout le monde dans la rue suit Carter Lee James. C'est supposé augmenter la valeur de la propriété et les frais seraient déductibles des impôts. Qu'en pensez-vous, Qwill ? Ce type présente l'affaire d'une façon convaincante. Naturellement, il ne fait pas ça pour rien ! Mais il semble s'y connaître et les gens l'aiment bien. Quelle est votre opinion ?

— Je n'ai pas discuté avec lui, mais Lynette Duncan s'est entichée de lui, dit Qwilleran.

— La question est : si nous campons sur nos positions, serons-nous les seuls à faire bande à part de toute la rue ?... Que faisons-nous ici ? Allons à la cuisine et prenons une tasse de café et une tranche de gâteau. J'aime les sucreries, et ce pâtissier écossais a un gâteau de la Reine Mum qui est un délice, si vous aimez le chocolat.

À la cuisine, Qwilleran s'assit devant la table et regarda un groupe de photographies encadrées exposées sur le mur.

— Le garçon blond aux cheveux frisés est-il votre petit-fils ? Vous n'avez pas l'air assez âgé pour avoir des petits-enfants.

— Merci pour le compliment. Mais oui, c'est mon petit-fils. Ma fille a divorcé et vit avec nous. Elle travaille à mi-temps, aussi Vivian et moi sommes-nous engagés à plein temps comme baby-sitters. Et voyez-vous, Qwill, c'est la meilleure chose qui soit jamais arrivée à un assureur en retraite ! J'ai également des petites-filles, mais elles sont en Arizona. C'est là que se trouve Vivian en ce moment. Elle est chez notre fils.

La cuisine était ancienne par sa superficie et son haut plafond, mais contemporaine par ses placards, ses appareils ménagers et sa décoration. Les surfaces lisses faisaient résonner encore un peu plus la voix claironnante de Kemple.

— Avez-vous jamais fait du théâtre, Ernie ?

— Oh oui ! J'ai fait partie du club théâtral pendant des années. J'ai joué Sheridan Whiteside dans *L'Homme qui est venu dîner.* J'ai quitté le club quand nous avons commencé à beaucoup voyager... Prenez-vous du café normal ou décaféiné ? Nous avons les deux. Je le mouds moi-même.

— Normal, dit Qwilleran.

Il attendit d'être servi avant de reprendre :

— Le club monte une pièce en ce moment et il y aurait un rôle parfait pour vous. Connaissez-vous *Hedda Gabler* ?

— Est-ce celle où une femme est tellement occupée par sa maison qu'elle perd son mari ?

— Vous pensez à *La Femme de Craig* de George Kelly. Non, il s'agit d'un drame d'Ibsen sur une femme qui détruit un homme et tombe sous le pouvoir d'un autre. Le rôle du juge Brack semble fait pour vous et j'ai appris qu'ils cherchent un acteur assez puissant pour tenir ce rôle. Avez-vous déjà porté la moustache ?

— C'est sûr, je pourrais interpréter ce rôle, et j'ai le temps maintenant. La moustache ne pose pas de problème.

— Vous joueriez en face d'une jeune femme ravissante qui est nouvelle ici.

— Vraiment ? dit Kemple avec un intérêt grandissant. Qui dirige la production ?

— Carol Lanspeak.

— Oh ! non seulement elle a du talent, mais elle est bien organisée. Je pense que je vais suivre votre suggestion et surprendre Vivian quand elle rentrera. Elle dit toujours que je pourrais jouer à Madison Square Garden sans micro.

— Êtes-vous tous deux natifs du comté de Moose ?

— Non. Nous sommes venus du Pays d'En-Bas il y a vingt ans, parce que cela semblait être un bon endroit pour élever des enfants. Et aussi parce que j'aimais la chasse. J'avais des têtes d'animaux empaillées un peu partout, même au bureau. Et puis j'ai tout arrêté. Un jour j'ai tiré sur un cerf ; il n'a été que blessé et, quand j'ai voulu l'achever, il m'a regardé avec des yeux si tristes ! J'ai eu l'impression de recevoir un coup en plein cœur. Je n'ai jamais plus chassé et je me suis même débarrassé des trophées.

La conversation fléchit pendant que les deux hommes dégustaient, presque avec respect, le gâteau de la Reine Mum.

— Comment vous êtes-vous intéressé aux poupées ? reprit Qwilleran.

— Après avoir abandonné la chasse, j'avais besoin d'un nouveau passe-temps. J'avais un peu étudié l'histoire à la fac et Vivian commençait à collectionner les poupées classiques, alors j'ai recherché des fabricants de poupées en Angleterre, en France et en

Allemagne. Presque une centaine. Il est bon pour un couple de partager un intérêt, et il est bon d'apprendre quelque chose.

— Que collectionnait Vivian avant de s'intéresser aux poupées classiques ?

— Des poupées primitives. Les vieilles poupées du comté de Moose que les pionniers fabriquaient pour leurs gosses. En bois sculpté et peint, en toile de jute rembourrée, ce genre de choses.

Qwilleran remarqua qu'il n'avait pas encore vu de poupées.

— Elles sont toutes en haut dans des vitrines.

— Sous clé ?

— Je n'y ai jamais songé, mais maintenant...

Qwilleran désigna une autre photographie sur le mur représentant une jolie jeune femme blonde.

— Votre fille ?

— Oui, c'est Tracy, à l'époque où elle s'est mariée.

— Il me semble la connaître.

— Vous l'avez vue au *Vieux Moulin*. Elle y travaille comme serveuse à midi. *Hôtesse*, comme elles veulent être appelées maintenant. Elle aurait pu avoir un bon boulot dans les assurances, mais elle aime rencontrer les gens, et elle apprécie les gros pourboires. Croyez-moi, ça marche bien ! Elle a une personnalité attachante... Encore un peu de café, ou préférez-vous monter voir les poupées ?

En haut, dans cette maison de six chambres, trois étaient équipées en vitrines comme on en voit dans les musées. La première pièce contenait des poupées primitives fabriquées entre 1850 et 1912. L'une d'elles était constituée de bobines de fil reliées ensemble afin que les bras et les jambes remuent. Une autre était taillée dans la fourche d'un petit arbre, les jambes étant représentées par les deux bras de la fourche. Un bas rembourré offrait des traits grossièrement cousus : yeux bigles, bouche à l'envers.

— Laide, commenta Kemple, mais chacune était aimée par une petite fille.

— Qui a accès à ces pièces ? demanda Qwilleran.

— Des amis personnels, des collectionneurs sérieux et des groupes auxquels nous appartenons... c'est tout. Au cours des fêtes, l'école du dimanche de Vivian et aussi la Société historique. Dans notre testament, nous avons laissé les poupées primitives à la ferme-musée Goodwinter. Les classiques seront vendues pour permettre à nos petits-enfants de poursuivre leurs études. Elles prennent de la valeur à mesure que le temps passe.

— J'aimerais voir les classiques.

Éblouissant était le mot pour décrire les deux pièces emplies de beautés en porcelaine, cire, biscuit et papier mâché. Hautes de vingt à cinquante centimètres, elles avaient de jolis visages, de véritables cheveux et étaient somptueusement vêtues. Il y avait des jupes à crinoline, des tournures, des chapeaux sophistiqués, des manchons, des ombrelles, des bottes en peau, de petits gants et des bijoux compliqués. Les riches tissus étaient garnis de dentelle, de broderies, de jabots, de boutons et de rubans.

Kemple désigna des poupées-mannequins françaises, des poupées de caractère, des mariées, des bébés dodus. Des poupées coquettes, dont les yeux languissants roulaient d'un côté et de l'autre, rappelèrent Danielle à Qwilleran. Il l'avait toujours soupçonnée de n'être pas très réelle.

En bon historien, Kemple lui fit remarquer que les plus anciennes poupées avaient de petites têtes, de longs bras et un air de surprise. Puis venaient les joues rondes, les yeux expressifs avec de longs cils, et les petites lèvres pincées. Les lèvres entrouvertes sur de minuscules dents blanches étaient apparues plus tard.

Qwilleran fut fasciné par certains détails sur les poupées de cire. Certaines avaient des cheveux humains implantés dans la tête en cire au moyen d'une aiguille chauffée. La cire ayant tendance à fondre ou à se craqueler, on avait vu des enfants mordre la tête pour mâcher la cire comme de la gomme.

— Petits cannibales ! dit Qwilleran.

Il écouta patiemment Kemple discourir sur les dates précises, les logos des fabricants de poupées et la création de poupées articulées. Puis il s'enquit de la poupée qui avait été volée. D'une hauteur d'environ vingt-cinq centimètres, elle était en bois sculpté et peint, et très ancienne. La peinture était presque effacée, et l'on pensait qu'elle venait d'un village d'indigènes américains sur les rives de la rivière Ittibittiwassee. Il pouvait s'agit d'un talisman plutôt que d'un jouet.

— C'est la seule qui ait jamais disparu de notre collection, dit Kemple, puis il baissa la voix pour murmurer : On l'a retrouvée dans les affaires de Lenny Inchpot.

— Dans son placard, rectifia Qwilleran, alors qu'il n'était pas en ville. La police a dû briser le cadenas bien que Lenny affirme qu'il ne le fermait jamais à clé, et je le crois. J'ai demandé à mon avocat de s'occuper de l'affaire. Je suis persuadé qu'il a été piégé.

Kemple parut soulagé.

— Je suis heureux de l'apprendre. Vous pouvez dire à votre avocat que je me présenterai comme témoin de moralité, s'il le désire. Ce garçon est venu des centaines de fois dans cette maison. Il était le petit ami de Tracy quand ils étaient au lycée. Il a la réputation d'être farceur, mais il ne volerait jamais quelque chose à quelqu'un.

— Ne sommes-nous pas tous farceurs à cet âge ?

— Si, et en plus il est malin. Laissez-moi vous en raconter une bien bonne. Tout le monde savait que le maire avait une liaison avec une femme qui travaillait au bureau de poste. Une nuit, Lenny peignit de grosses empreintes de pas jaunes sur le trottoir, de la mairie au bureau de poste. Le flic de service le vit, mais c'était une si bonne blague qu'il tourna la tête d'un autre côté. C'était le genre de peinture que l'eau fait disparaître, mais par chance il n'a pas plu avant que toute la ville puisse voir les traces. C'était bien de notre Lenny ! Vivian et moi le considérions comme un futur gendre.

— Que s'est-il passé ?

— Tracy s'est enfuie avec un joueur de football de Sawdust City... Elle est impulsive. Cela n'a pas duré. Elle et Bobbie sont venus vivre à la maison. Puis l'amie de Lenny a été tuée et il a commencé à revenir nous voir.

— Comment Tracy a-t-elle réagi à son arrestation ?

— Elle a été troublée, je l'ai bien vu, mais elle n'a pas voulu en parler. Cependant, elle se confiera sans doute à sa mère. Je serai heureux de voir revenir Vivian.

Il fit une pause et réfléchit sur les secrets de famille.

— Voyez-vous, Tracy est toujours prête à courir sa chance et maintenant elle a jeté son dévolu sur Carter Lee James. Mon instinct paternel me signale un danger. Je ne voudrais pas qu'elle soit encore déçue. Il me semble que toutes les femmes lui tournent autour.

— C'est compréhensible, dit Qwilleran. C'est un

homme séduisant, beau garçon et il exerce une profession flatteuse.

— Sans doute, et ma fille est une belle jeune femme. James l'a invitée à dîner à plusieurs reprises. Elle est rentrée à la maison avec les yeux brillant comme des étoiles. Que puis-je dire ? C'est une adulte. Elle désire un mari, un père pour Bobbie et une maison à elle. Il n'y a aucun mal à ça.

— Et que pense-t-elle du projet de Pleasant Street ?

— Oh ! il a toutes ses faveurs ! Elle dit que cela valorisera tout le quartier. Je ne suis pas certain d'apprécier une telle perspective... Mais pardonnez-moi de vous ennuyer avec mes problèmes.

— Nullement, dit Qwilleran, je me mets à votre place et je comprends ce que vous pouvez ressentir.

Il possédait un réel talent pour montrer de la sympathie et, parfois, il était sincère.

En revenant chez lui en voiture, il se félicita de ne pas avoir de responsabilités parentales. On était en milieu d'après-midi et sa journée avait été pleine d'activités diverses et variées. Sa curiosité congénitale le poussait à mettre son nez dans les affaires des autres, mais il ne se sentait pas vraiment concerné. Ce dont il avait besoin maintenant c'était une bonne douche, une crème glacée et un livre intéressant.

Les siamois dormaient profondément. Seul le bruit de la porte du réfrigérateur les réveilla et les attira dans la cuisine pour une cuillerée de crème à la vanille. Après quoi Yom Yom se mit à courir en rond, mais Koko lisait dans l'esprit de Qwilleran. Ce chat savait qu'il était l'heure de faire la lecture et il se dressa sur ses pattes de derrière pour renifler les titres sur les étagères du buffet.

Il y avait les livres préférés rapportés de la grange,

les récentes acquisitions chez Eddington Smith et les cadeaux des amis qui connaissaient le goût de Qwilleran pour les vieux livres... Le nez de Koko voyagea de haut en bas des volumes, allant de l'un à l'autre, pour finalement s'arrêter comme devant un message télépathique sur *Ossian et la littérature ossianique*, le livre écrit par I. Diot.

Qwilleran se demanda : « Exprime-t-il une opinion désagréable à mon sujet ? Ou veut-il réellement entendre de la poésie gaélique ? »

Bien que peu disposé à se plonger dans l'étude érudite d'un vieux mystère littéraire, Qwilleran fit un essai. Il se mit à lire à haute voix. Et peu après tous les trois s'endormirent profondément dans le grand fauteuil du salon.

CHAPITRE X

À la fin du mois de janvier, Qwilleran avait plusieurs idées intéressantes pour ses *Contes brefs et longs* ; une de celles qui lui plaisaient particulièrement avait trait à Hilda les Cisailles. Elle était drôle, disaient les anciens, et cependant elle était triste. Il s'agissait d'une femme excentrique qui avait terrorisé toute la ville de Brrr soixante-dix ans plus tôt. Brrr, ainsi nommé parce que c'était l'endroit le plus froid du comté, était un lieu de villégiature situé sur un promontoire dominant le grand lac. En hiver, il ressemblait à un iceberg dans l'Atlantique Nord.

La personne qui était supposée connaître la saga d'Hilda était Gary Pratt, propriétaire du *Café de l'Ours Noir* à Brrr, et Qwilleran partit un jour en voiture pour le voir. Le coup de feu du déjeuner était passé, mais on pouvait encore commander un *bearburger*[1] — aucun rapport avec l'*Ursus americanus*, mais simplement le meilleur sandwich au bœuf de tout le pays.

Le café se trouvait dans un hôtel situé sur le point

1. *Bear* : ours. *(N.d.T.)*.

culminant de la ville. Sur le toit, une pancarte que l'on pouvait lire à des kilomètres à la ronde annonçait : ROOMS... FOOD... BOOZE[1]. Il y avait une sorte de poésie dans ces voyelles, qui rendait l'annonce inoubliable, et elle était là depuis toujours, guidant les voyageurs dans la nuit et les bateau sur la mer.

Affectueusement connu sous le nom d'*Hôtel Booze*, le bâtiment, en simple forme de boîte, datait de la rude époque des mines et de l'industrie forestière. Gary Pratt en avait hérité ainsi que des dettes et des violations de la loi. Avec sagesse, il lui avait conservé son apparence délabrée, qui plaisait aux mariniers et aux pêcheurs professionnels, en faisant juste assez de réparations pour satisfaire le bureau des licences du comté.

Il s'appuya à son comptoir quand Qwilleran s'assit sur un tabouret bancal pour manger son bearburger. Gary avait l'allure et la corpulence d'un ours, doté au surplus d'une abondante chevelure et d'une épaisse barbe noire.

— Heureux d'apprendre que vous avez accepté d'être le maître des cérémonies pour le Festival de la glace, Qwill.

— J'ignorais que j'avais accepté, grommela Qwilleran. Qui d'autre figure dans la parade ?

— La reine, enveloppée d'une fausse fourrure d'ours blanc et conduisant un traîneau tiré par un cheval. Des traîneaux tirés par des huskies. Une flotte de motocyclettes avec des conducteurs portant des costumes d'ours polaires. Deux orchestres scolaires sur des plateaux de semi-remorques. Huit équipes célé-

1. *Room* : chambre. *Food* : nourriture. *Booze* : boisson. *(N.d.T.)*

brant les sports d'hiver, et les porteurs de torches à ski.

Qwilleran se retint de faire une remarque désagréable qui lui venait à l'esprit. Après tout, le festival serait bon pour le comté et des centaines de personnes travaillaient dur pour en faire une réussite. De plus, le sandwich qu'il mangeait était offert par la maison.

— Parlez-moi de votre livre, demanda Gary. De quoi s'agit-il ?

— Un recueil d'histoires et de légendes remontant aux jours anciens du comté de Moose. Il sera publié par le Fonds K. et vendu dans les magasins de cadeaux. Les droits iront au musée historique. Comment avez-vous entendu parler d'Hilda ?

— Mon père et mon grand-père ont raconté l'histoire si souvent que je la connais par cœur. Allez-vous l'enregistrer ?

— Oui, allons dans votre bureau, nous y serons plus tranquilles.

Le récit suivant fut retranscrit plus tard :

> Mon grand-père racontait l'histoire de cette vieille femme excentrique de Brrr qui terrorisait tout le monde. C'était il y a environ soixante-dix ans. Elle circulait partout en ville avec des cisailles qu'elle pointait sur les gens en faisant cliqueter les lames. Derrière son dos, on l'appelait Hilda les Cisailles, mais ces mêmes gens avaient peur d'elle quand elle se trouvait par là.
>
> L'ennui était que personne ne savait si elle n'était qu'une vieille folle ou si elle était capable de passer à l'acte. Dans les magasins, elle se servait sans jamais rien payer, elle bravait toutes les ordonnances de la ville et s'en tirait toujours. De temps à autre, le shérif l'interrogeait à distance

respectueuse et elle répondait qu'elle allait faire aiguiser ses cisailles. En fait, elle n'avait pas de haie. Elle vivait dans une vieille cabane en carton goudronné avec un chien galeux. Pas d'électricité, ni d'eau courante. Mon grand-père avait une ferme de l'autre côté de la route et la cabane d'Hilda était sur sa propriété. Elle ne payait pas de loyer, allait chercher de l'eau avec un seau à sa pompe et se servait de bois à son bûcher en hiver.

Une nuit, juste après Halloween, le révérend Wimsey de notre paroisse rentrait chez lui après une réunion de prières à Squunk Corners. La nuit était froide et les voitures n'avaient pas de chauffage en ce temps-là. Sa Ford modèle T n'avait même pas de rideaux de côté, aussi s'était-il habillé chaudement. Il roulait sur une route de campagne à environ trente-cinq kilomètres à l'heure quand il vit une silhouette devant lui au milieu de la route, en peignoir de bain et en pantoufles. Elle tenait des cisailles.

Le révérend Wimsey connaissait bien Hilda. Elle avait été un membre de son troupeau jusqu'au jour où il lui avait demandé de laisser ses cisailles à la maison. Alors, elle n'était plus retournée à l'église et se montrait plutôt hostile. Cependant il ne pouvait la laisser ainsi dehors, risquant d'attraper la mort. Aujourd'hui, vous feriez appel au shérif, mais il n'existait pas de radio à l'époque et pas de téléphone portable. Alors il s'arrêta et lui demanda où elle allait.

— Voir mes amis, dit-elle d'une voix solennelle.

— Voulez-vous que je vous conduise, Hilda ? proposa-t-il.

Elle lui jeta un regard en coin puis se décida :

— Étant donné qu'il fait froid cette nuit...

Elle monta dans la voiture et s'assit avec les cisailles entre ses jambes, ses deux mains sur les poignées.

Le révérend raconta à Grandpa qu'il avala plusieurs fois sa salive avant de demander où vivaient ces amis.

— Par là-bas, dit-elle en désignant un champ de blé.

— Il est tard pour faire des visites, ne préférez-vous pas rentrer chez vous ?

— Je vous ai dit où je voulais aller ! cria-t-elle en faisant cliqueter ses cisailles.

— Très bien, Hilda. Connaissez-vous le chemin pour vous y rendre ?

— C'est par là-bas, dit-elle en indiquant la gauche.

À l'intersection suivante il tourna à gauche et roula quelques kilomètres sans voir quoi que ce soit ressemblant à une maison. Il demanda comment était la maison.

— Je la reconnaîtrai quand je la verrai ! dit-elle. *Clic-clic.*

— Sur quelle route est-elle ? Le savez-vous ?

— Je ne connais pas son nom. *Clic-clic.*

— Quel est le nom de vos amis ?

— Ça ne vous regarde pas ! Conduisez-moi chez eux !

Elle tremblait de froid. Il s'arrêta pour retirer son manteau.

— Prenez mon manteau, Hilda, vous allez avoir froid.

— Pas de privautés avec moi ! cria-t-elle en le repoussant. *Clic-clic.*

Le révérend Wimsey reprit la route en réfléchissant à ce qu'il devait faire. Il passa devant un parc à moutons, une carrière et des fermes avec des chiens aboyant dans le noir. Les lumières de Brrr brillaient au loin, mais s'il essayait de tourner dans cette direction, elle agitait aussitôt ses cisailles.

Finalement il eut une inspiration.

— Nous allons être à court d'essence, dit-il avec anxiété. Nous allons être immobilisés ici et nous allons mourir de froid. Je dois aller en ville pour acheter de l'essence !

C'était la première fois de sa vie, dit-il à mon grand-père, qu'il proférait un mensonge et il pria en silence pour obtenir son pardon. Il pria aussi pour que le subterfuge marche. Hilda ne fit pas d'objection. Heureusement, elle commençait à sommeiller, probablement au premier stade de l'hypothermie. Le révérend Wimsey trouva un magasin ouvert et il entra pour demander à utiliser le téléphone.

Deux minutes plus tard, l'assistant du shérif arriva en motocyclette.

— Mr. Wimsey, vieux sacripant ! dit-il au révérend. Nous recherchions partout les Cisailles. Expliquez-vous, ou bien je vais devoir vous arrêter pour kidnapping !

Ce qui était arrivé, voyez-vous, c'était que le chien d'Hilda hurlait depuis des heures et Grandpa avait appelé le shérif !

— Bonne histoire ! dit Qwilleran. Y a-t-il une suite ?

— Eh bien, pour sa propre sécurité, le comté a placé Hilda dans une maison de retraite, et elle a dû abandonner ses cisailles. Et toute la ville a mieux respiré.

— Combien de temps a-t-on toléré ses menaces ?

— Pendant des années ! Les gens souffraient en silence en ce temps-là. Leur devise était : « Taisez-vous et laissez faire ! » La vie est-elle meilleure à l'âge de l'électronique, Qwill ? Parfois je me dis que je suis né trop tard. Ma mère vit au Pays d'En-Bas et un soir elle est allée dîner dans un restaurant voisin. L'ordinateur est tombé en panne et pas un des employés n'a été capable de lui faire son addition. Bon sang ! Je n'ai que trente-cinq ans, mais j'ai l'impression d'être un dinosaure parce que je sais faire une addition et une soustraction.

— Ne perdez pas la main, conseilla Qwilleran. Les ordinateurs ne dureront pas toujours.

— Retournons au bar boire quelque chose, suggéra Gary. J'ai soif. Je voulais aussi vous demander quelque chose.

Il servit un café à Qwilleran et une bière pour lui avant de dire :

— Un type est venu ici, il y a une quinzaine de jours, et s'est présenté comme conseiller en restauration du Pays d'En-Bas. Il a dit qu'il était très occupé à Pickax. Il m'a assuré que cet hôtel pourrait devenir une mine d'or si je le restaurais et le faisais classer par les Monuments historiques, mais il faudrait qu'il soit authentique. Mes clients l'aiment comme il est... délabré. De toute façon, je lui ai dit que je n'avais pas les moyens de faire ce genre de travaux.

— De quelle somme s'agissait-il ? demanda Qwilleran.

— Vingt mille dollars pour ses services, plus le coût des travaux. Connaissez-vous ce gars ?

— Carter Lee James. Willard Carmichael en disait

beaucoup de bien. Il s'occupe de faire classer Pleasant Street parmi les sites historiques... en tout cas, c'est ce qu'il projette.

— Comment se fait-il que je n'aie rien lu dans le journal à ce sujet ?

— Le projet est encore en cours d'élaboration. Et il refuse toute publicité prématurée.

— C'est un type sympa, très amical, avec un esprit pratique. Il avait son assistante avec lui, une véritable poupée.

— C'est sa cousine, et la veuve de Willard.

— Oh !... je vois, je vois... Regrettable pour Willard. Je l'ai rencontré au Club Booster. Il était tout excité pour le Festival de la glace. Vous dites qu'ils sont cousins ? Je leur ai offert un verre quand ils sont venus et ils se sont installés dans ce coin. Ils ne se comportaient pas comme des cousins, si vous voyez ce que je veux dire.

— Elle flirte avec tout le monde, déclara Qwilleran. Elle flirterait avec le cheval de John Wayne !

Puis il demanda à Gary ce qu'il pensait de l'arrestation de Lenny Inchpot.

— Ils sont fous ! Il est aussi coupable que vous et moi. Je connais Lenny. Il appartient au club cycliste. Il a gagné la médaille d'argent à la course de la fête du Travail.

— Je suis sûr qu'il va s'en tirer. G. Allen Barter s'occupe de lui. On peut se demander si la police a une autre piste.

En rentrant chez lui, Qwilleran se rendit compte combien lui manquaient les entretiens du soir avec le chef de la police à la grange, quand des soupçons étaient exposés et des secrets officiels révélés entre un verre d'eau de Squunk et un verre de scotch.

Avant même d'ouvrir sa porte, il sut qu'il y avait un message sur son répondeur téléphonique. Koko le lui annonçait par des miaulements et des sauts contre le panneau de la porte. Étant donné la qualité de la construction du bâtiment, il était douteux qu'il résiste longtemps à un tel traitement.

Le message venait de Celia Robinson, qui lui demandait de la rappeler au club-house avant 17 h 30, l'heure où elle s'en allait. Elle avait une petite gâterie pour lui et les chats qu'elle déposerait sur son chemin.

Il téléphona immédiatement :

— Les visiteurs qui apportent des gâteries sont toujours les bienvenus. Savez-vous où nous sommes ? Bâtiment 5 sur River Lane. Garez-vous dans l'allée de l'unité 4.

À 17 h 33, sa voiture rouge vif, plus rouge encore par contraste avec la neige, s'arrêta devant chez lui. Toujours joyeuse, elle aborda Qwilleran avec son entrain contagieux.

— Voici du fromage de chèvre pour vous remercier de m'avoir trouvé un boulot aussi merveilleux. Si seulement il était permanent ! Salut, les chats ! J'ai vu votre photo dans le journal, Chef, et je l'ai découpée. Je vais la faire encadrer. J'ai acheté un exemplaire supplémentaire pour Clayton.

Elle entra au salon et se laissa tomber sur les coussins moelleux du divan, en face de la grande fenêtre donnant sur la rivière.

— C'est beaucoup plus petit que la grange, mais vous avez une vue superbe et de très beaux nouveaux meubles. Je n'ai jamais vu une table à thé comme celle-ci.

— C'est un ancien coffre à bois en pin débarrassé de quatre ou cinq couches de peinture par Fran Brody, qui l'a ciré ensuite.

— Elle est si astucieuse ! C'est une vraie réussite. Qu'y mettez-vous ?

— De vieux magazines. Aimeriez-vous un bol de cidre chaud, Celia ?

— Non, merci, je dois rentrer à la maison et faire la cuisine. Mr. O'Dell vient dîner. Clayton pense que nous devrions nous marier. Qu'en dites-vous, Chef ?

— Ne vous préoccupez pas de ce que j'en pense, dit Qwilleran. Qu'en pense Mr. O'Dell ? A-t-il été consulté ?

Elle éclata de rire.

— Il n'a rien dit, mais je sais qu'il est intéressé. Il a une maison, et je détesterais quitter mon appartement. Il est si central !

— Quelle est votre priorité, Celia, l'amour ou la situation géographique ?

Elle rit encore plus fort.

— J'aurais dû me douter que vous diriez cela... Au fait, je voulais vous dire : j'ai trouvé un foyer pour ce petit chien noir qui a tant plu à Clayton. Il n'a pas pu l'emmener avec lui, cela aurait créé des ennuis avec sa belle-mère. Quel est le nom du chien ?

— Cody. C'est une femelle schnauzer. Qui veut bien l'adopter ?

— Un charmant jeune homme qui habite la ferme de la Palissade. Il est venu au club-house aujourd'hui pour faire une conférence devant le club de jardinage.

— Je connais très bien Mitch Ogilvie, dit Qwilleran, ainsi que son associée, Kristi. Cody sera sûrement très bien chez eux.

Sur un ton confidentiel, Celia raconta :

— Ils songent à se marier. J'espère qu'ils le feront. C'est un si charmant jeune homme.

— Voulez-vous dire que tous les charmants jeunes

gens font de bons maris ? Je suis un homme charmant, mais je ne cours pas à l'autel...

— Oh ! Seigneur ! s'esclaffa-t-elle. J'ai encore mis les pieds dans le plat ! Quoi qu'il en soit, Mr. Ogilvie a dit qu'il offrirait à quel-est-donc-son-nom une bonne maison.

— Parfait, j'irai chercher quel-est-donc-son-nom et la conduirai moi-même à la ferme.

Le jeu de mots provoqua un autre fou rire qu'il calma en demandant :

— Maintenant, parlez-moi de votre travail, Celia.

— Eh bien, je collecte les cotisations, je prépare les programmes, j'aide les traiteurs et supervise les concierges.

— A-t-on parlé de Lenny Inchpot ?

— Beaucoup. Personne ne le croit coupable, sauf quelqu'un qui pense que Lenny a perdu la tête après la mort de sa petite amie dans l'explosion. Puis-je faire quelque chose dans cette affaire, Chef ?

Étant une lectrice assidue de romans policiers, Celia adorait son rôle d'agent secret.

— Ouvrez les yeux et les oreilles, suggéra Qwilleran. Gardez à l'esprit que Lenny a peut-être été piégé et que la personne qui a volé l'argent du club peut aussi avoir trafiqué la serrure de Lenny. Qui a prétendu que Lenny avait perdu la tête ?

— Je l'ignore. Il tourne partout. Voulez-vous que je me renseigne ?

— Oui, et le plus vite possible.

— O.K., Chef. Et maintenant je dois vraiment m'en aller pour faire la cuisine. Nous mangeons des spaghettis.

Qwilleran détourna pudiquement les yeux tandis qu'elle s'extrayait difficilement des profondeurs du sofa.

Lorsqu'il se rendit à la maison MacMurchie le lendemain matin, il fut accueilli par un Écossais souriant et par un bondissant schnauzer, aboyant de plaisir. Ses bagages étaient rassemblés dans l'entrée : un carton contenant son peigne, sa brosse, sa laisse, des bols, des paquets de croquettes et de vieilles chaussettes. MacMurchie expliqua :

— Sa nourriture consiste en une combinaison de riz et d'agneau qui semble être son plat préféré, mais elle aime aussi le pop-corn et les bananes. Cette couverture de cheval représente son lit. Les chaussettes sont ses jouets, attachées par paire. À la télé, elle aime les émissions sur la nature et les publicités de nourriture pour chien.

— On dirait que vous êtes prêt à partir vous-même, remarqua Qwilleran. Qu'adviendra-t-il de la maison, alors ?

— La restauration ne commencera pas avant le dégel du printemps, mais c'est très bien ainsi. À ce moment-là, d'autres propriétaires auront également signé leur accord. Le travail sera fait par un entrepreneur du Pays d'En-Bas spécialisé dans la restauration.

— Voilà qui ne va pas faire plaisir à l'industrie locale, dit Qwilleran.

— Cela se comprend, pourtant. Ce travail est trop important pour les petits entrepreneurs locaux. Cela aurait pu être fait par les Entreprises XYZ, mais Carter Lee James n'est pas très impressionné par leur production. Il est ici depuis quelque temps, vous comprenez, et vit dans un de leurs appartements.

— Je vois parfaitement ce que vous voulez dire, Gil. J'habite moi-même au Village.

Cody écoutait, étalée sur le sol dans sa pose de grenouille.

— Sur tes pieds, jeune fille ! ordonna Qwilleran. Nous allons en promenade.

Cody fut installée dans la voiture à côté du conducteur. Dressée sur ses pattes, elle regardait le paysage neigeux défiler devant elle.

La ferme de la Palissade se trouvait dans les Hummocks où des congères formaient de grotesques configurations, rendant le paysage familier méconnaissable.

La clôture qui avait donné son nom à la ferme avait disparu sous la neige et le long sentier était transformé en canyon blanc. Quant à la ferme victorienne avec sa tour menaçante, elle semblait surréaliste dans cet univers blanc. Plus étrange que tout était le silence.

Mitch Ogilvie avait une allure bucolique avec sa barbe hirsute et ses lourds vêtements d'hiver quand il sortit d'une étable basse pour les accueillir. Quelques années plus tôt, il était le réceptionniste élégamment vêtu de l'hôtel de Pickax. Par la suite, il avait été conservateur de la ferme-musée. Maintenant il était fromager dans un élevage de chèvres.

— Kristi est à la traite, dit-il, mais elle m'a recommandé de vous saluer. Elle est très excitée à l'idée d'avoir le cabot. Quel est son nom ?

— Cody, c'est une femelle. Vous allez l'aimer.

Qwilleran la porta dans la maison et lui dit :

— Nous y voilà. Bon chien ! Jolie nouvelle maison !

Mitch empila ses bagages au milieu de la cuisine.

— Laissons-la explorer, dit-il. Mangeons du fromage et des crackers pendant qu'elle décide si elle veut bien vivre ici. Je me demande ce qu'elle pense du fromage de chèvre ?

— À mon humble avis, Mitch, un chien qui mange

du pop-corn et des bananes ne boudera pas le fromage de chèvre.

Ils burent du café et goûtèrent différents fromages. On entendait la chienne s'agiter dans la pièce voisine. De temps à autre, elle émettait un grognement signifiant qu'elle avait fait une découverte douteuse.

Au bout d'un moment, Qwilleran s'enquit de la procédure légale qui avait abouti à l'inscription de la ferme sur le Registre national. Construite par un héros de la guerre de Sécession, c'était le seul édifice du comté de Moose à posséder un statut historique. Une plaque en bronze à l'entrée attestait cet honneur.

— Il y a eu un tas de paperasses, répondit Mitch. Kristi et moi avons dépensé beaucoup de temps et d'efforts dans cette affaire. Heureusement, nous avons été conseillés par des experts du Fonds K. Nous avons eu un listage du gouvernement qui faisait *six mètres de long* et qui m'a littéralement abasourdi. Pour moi, c'était du charabia... Pourquoi cette question, Qwill ? Avez-vous l'intention de faire classer votre grange ?

— Non. Elle a été irréversiblement modernisée, mais il y a tout un quartier à Pickax qui espère être classé et je me demandais quelle était la procédure. Avez-vous toujours ce listage de six mètres de long ? J'aimerais y jeter un coup d'œil.

— Certainement. Je vais vous le chercher. Avec votre sens de l'humour, vous en tirerez peut-être une chronique amusante pour « la Plume de Qwill ».

Ayant apprécié les lieux, Cody revint à la cuisine où se trouvaient toujours ses lares et pénates. Mitch sortit un plat et y versa de la nourriture.

— Elle sera heureuse, ici, dit Qwilleran en enfilant sa veste, sa casquette et ses gants. Prenez soin d'elle. Elle vient d'une bonne maison écossaise. Et dites à

Kristi que j'ai été navré de la manquer, mais ses chèvres passent avant ses visiteurs.

Qwilleran s'était engagé à fournir le champagne et le gâteau pour l'anniversaire de Lynette. En commandant le gâteau à la *Boulangerie écossaise*, il avait demandé un thème écossais, et il s'attendait à l'habituel gâteau à trois couches avec un chardon en glaçage rose et vert. Sa réaction quand il alla le chercher fut : « Dieu tout-puissant ! » C'était un gâteau carré de trente centimètres de côté couvert d'un glaçage représentant un plaid rouge, bleu, vert et jaune. Une brochette était plantée au milieu, portant un drapeau en papier avec un message indéchiffrable.

— Cela veut dire « Joyeux anniversaire » en gaélique, expliqua le pâtissier avec fierté. C'est la première fois que j'en réalise un comme ça. L'aimez-vous ?

— C'est absolument... unique ! dit-il avec consternation en se demandant ce que Polly allait en penser.

Elle risquait une nouvelle attaque cardiaque !

— Je vais envelopper le drapeau dans un papier paraffiné. Vous pourrez le planter dans le gâteau quand vous serez chez vous.

Polly était allée se faire coiffer chez Brenda et il déposa le gâteau dans son duplex en entrant avec sa clé et en expliquant à Bootsie qu'il avait des raisons légitimes d'être là. Il avait reçu pour instruction de laisser le gâteau dans le réfrigérateur, seul endroit à l'épreuve du chat de la maison, et il prit la précaution de coller un message sur la porte : OUVRIR AVEC SOIN ! GÂTEAU SAUVAGE À L'INTÉRIEUR !

La réception pour l'anniversaire de Lynette manquait d'effervescence en dépit des bulles du champagne que Qwilleran versa. L'hôtesse s'inquiétait pour le rôti de premier choix qu'elle faisait cuire dans un nouveau four qu'elle n'avait pas encore utilisé. La veuve affligée se montrait résolument maussade. L'invitée d'honneur était nerveuse. Craignait-elle que son âge soit révélé ? Une musique d'ambiance aurait apaisé la tension, mais la chaîne stéréo était en panne.

Selon la coutume du comté de Moose, l'extrémité droite du divan était réservée à l'hôte d'honneur. Carter Lee était assis à l'autre bout, portant une de ses chemises à monogramme. Lynette était habillée comme si elle allait exécuter une danse écossaise : tartan vert plissé, veste de velours noir, chaussures lacées et bas blancs.

Tout le monde parla abondamment du temps. Carter Lee ne manifesta aucun désir de parler métier. L'habileté de Qwilleran comme interviewer lui fit tout à coup défaut. Ses questions ne produisirent aucune réponse intéressante. Pour remplir le silence, Bushy se promena avec son appareil photo. Quand Qwilleran suggéra à Lynette d'ouvrir ses cadeaux, elle répondit avec fermeté :

— Non. Après le dîner.

Heureusement, le rosbif était superbe, le Yorkshire pudding convenablement gonflé et Lynette trouva le gâteau d'anniversaire prodigieux.

Pour le café et les liqueurs, les invités revinrent au salon et Lynette ouvrit ses cadeaux. Des sachets à la violette de Polly, un « œuf poché » en argent de Qwilleran, la photographie encadrée de Bushy, une bouteille de vin de Danielle et la plus petite des petites boîtes de Carter Lee.

De toute évidence, c'était une bague. Était-ce la raison pour laquelle Lynette s'était montrée embarrassée et Carter Lee inhabituellement réservé ? Quand il lui glissa la bague à l'annulaire de la main gauche, Polly s'extasia sur la taille du diamant. Danielle se contenta de frapper le sol avec les hauts talons de ses chaussures. Bushy prit encore deux ou trois clichés. Qwilleran ouvrit une autre bouteille de champagne.

Puis l'heureux couple répondit aux questions. Oui, ils avaient fixé la date... Non, l'annonce ne serait faite qu'après la cérémonie... Oui, ce serait bientôt, parce qu'ils allaient partir en voyage de noces pour La Nouvelle-Orléans et voulaient être là-bas pour le Mardi gras... Non, ce ne serait pas un mariage à l'église, mais une petite cérémonie au club-house du Village Indien... Oui, c'était là qu'ils s'étaient rencontrés à travers la table de bridge.

Quand les invités furent partis, la première question de Qwilleran à Polly, en l'aidant à débarrasser la table, fut :

— Saviez-vous quelque chose à propos de cette petite bombe ?

— Pas le moins du monde ! Ils ne se connaissent pas depuis longtemps. J'espère qu'elle sait ce qu'elle fait.

— Je la croyais très impliquée dans les œuvres de l'église. Pourquoi ne veut-elle pas de mariage religieux ?

— Je crois en connaître la raison, dit Polly. J'étais invitée à son mariage, il y a vingt ans, lorsqu'elle a été abandonnée, littéralement, à la porte de l'église. Elle portait la robe de mariée en satin de sa grand-mère, avec des mètres de voile. Elle tenait un bouquet de roses et de violettes. Ses demoiselles d'honneur étaient vêtues de taffetas violet. L'église était remplie d'invités. Mais le marié et son témoin n'arrivaient pas. Quelqu'un téléphona à l'hôtel. Ils étaient partis, aussi devaient-ils être en route. L'organiste se mit à jouer afin de faire patienter les invités. Quelqu'un téléphona à la police pour demander s'il n'y avait pas eu un accident. Tout le monde continua à attendre. Lynette devenait de plus en plus pâle, puis elle changea de couleur et s'évanouit. Le marié ne se présenta jamais.

— Quelle attitude brutale ! dit Qwilleran. Qu'avait donc ce gars ?

— C'était un garçon d'ici appartenant à une bonne famille, mais il avait peur du mariage et peur de rompre. Sa famille a été très mortifiée.

— Qu'est-il devenu ? Quelqu'un l'a-t-il revu ?

— Il s'est engagé dans l'armée et a perdu contact avec tout le monde. Lynette a été hospitalisée. Le pire de tout a été le renvoi des centaines de cadeaux de mariage.

— Aussi pouvons-nous comprendre pourquoi elle tient à ce qu'il n'y ait une annonce qu'après la cérémonie, dit Qwilleran.

— C'est bien ce qu'il me semble. Danielle n'a pas paru enchantée du mariage de son cousin.

— Quelqu'un devrait lui dire qu'elle ne perd pas un cousin, mais gagne une cousine.

Puis, après un moment de réflexion, il ajouta :

— Vous ne croyez pas que Lynette va prendre sa revanche en plaquant Carter Lee ?

— Oh ! Qwill, comment pouvez-vous être aussi cynique ? Elle ne ferait jamais une chose pareille !

CHAPITRE XI

Le lendemain de l'anniversaire de Lynette et de la surprenante annonce de son mariage, Qwilleran fut réveillé par ce qu'il craignit être de frénétiques battements de cœur, mais ce n'était que le *poum-poum-poum* du réveil en musique de Wetherby Goode sur la boîte de Sousa. Le volume du son était assez bas pour tout éliminer en dehors de la percussion, qui se répercutait le long de la poutre en acier qui traversait le bâtiment sur toute sa longueur. Une brochure répertoriant les cinquante marches de Sousa avait été collée sur la porte de Qwilleran par son amical voisin, mais il était impossible de savoir si la sélection du matin était *La Marche de l'artillerie de campagne des États-Unis* (1917) ou *Le Chouchou des jupons* (1883).

Les siamois eux aussi étaient réveillés et pouvaient entendre et sentir les *poum-poum-poum*. En attendant son petit déjeuner, Koko était assis sur son derrière et frappait le tapis avec sa queue en mesure avec la percussion.

« Un chat remarquable, pensa Qwilleran. Sa queue devient de plus en plus éloquente. » Il nourrit les chats, les brossa et passa avec eux une active petite récréation. Bien que la journée fût froide, le soleil brillait, ruisselant par la fenêtre du salon et réveillant la mouche solitaire qui était restée dans le duplex et passait maintenant l'hiver dans l'unité 4 du bâtiment 5. Dans le jeu qu'ils avaient inventé, Qwilleran se tenait immobile avec un journal plié dans la main, prêt à frapper. Les chats sautaient et faisaient des passes futiles, se tamponnant l'un contre l'autre tandis que la mouche plongeait gaiement autour du salon haut de deux étages. Elle vivait avec eux depuis assez longtemps pour avoir un nom : Mosca, et aucun de ses poursuivants ne souhaitait réellement l'attraper.

Pour son propre petit déjeuner, Qwilleran décongela deux pains au lait et but plusieurs tasses de café. Après quoi il s'attaqua à son article du 1er février :

> Janvier est la suite logique de décembre. Mars souhaiterait être avril, mais février se tient seul — noble dans sa blancheur apaisante, la profondeur de ses congères et l'épaisseur de sa glace. Février est unique par le nombre de ses jours. Février est le seul mois qui puisse être prononcé de quatre façons différentes. C'est le mois de naissance des présidents et le mois des amoureux. Célébrons tous...

Son élan fut interrompu par le téléphone, et il entendit la voix de Celia Robinson disant avec une inhabituelle précision :

— Mr. Qwilleran, ici le bureau de votre comptable. Le numéro que vous avez demandé est le deux, dix-huit, cinq, vingt-six, cinq. Je répète : deux, dix-huit, cinq, vingt-six, cinq.

— Merci de votre prompte assistance, dit-il.

C'était exactement ce qu'il pensait. Le code disait B-R-E-Z-E. C'était ce salopard de George Breze qui avait suggéré que Lenny avait « craqué ». Selon la sagesse populaire du comté de Moose, c'était plutôt Vieille Baudruche lui-même qui était « fêlé » — tordu ! Taper sur le dos de Breze était un des passetemps favoris dans les cafés, en partie pour s'amuser et en partie sérieusement. On le soupçonnait de tous les méfaits et cependant il n'avait jamais été accusé, ce qui conduisait les critiques à penser que la corruption faisait partie de l'éventail de ses crimes. D'où tirait-il son argent ? se demandait-on. Dans Sandpit Road, il louait des camions, louait des places de stockage, dirigeait une station de lavage de voiture qui était toujours à court de détergent, récupérait les pièces de voitures jetées à la ferraille, et vendait toutes sortes de vieilleries.

Qwilleran retourna à sa machine à écrire. Il y avait beaucoup à dire sur février. C'était le deuxième mois, après décembre, sur la liste des favoris de l'industrie des cartes de vœux. Commercialement, la Saint-Valentin concurrençait sérieusement les souhaits de fin d'année. La Saint-Valentin pouvait être sentimentale, passionnée, flatteuse, comique ou insultante. Il y en avait pour tous les goûts. Qwilleran décrivit sa propre expérience d'une querelle de la Saint-Valentin qui commença au lycée et dura sept ans.

> Alors que j'étais en seconde année, il y avait une fille au cours d'anglais de Mrs. Fisheye qui était à la fois intelligente et désagréablement agressive. Le problème était que nous nous disputions le titre de Top Dog [1] désignant le meilleur élève de la classe. Cette année-là, je reçus une carte de la Saint-Valentin anonyme, faite à la

1. *Top dog* : chef, vainqueur. *(N.d.T.)*

main, qui, je le savais, venait d'elle. Une grande chemise rouge portait ces mots : « Les roses sont rouges, les violettes sont bleues, et voici ce que j'éprouve pour vous. » À l'intérieur était écrit un seul mot : ENNUI ! avec une photographie répugnante d'un chien qui bâillait... Je ne dis rien mais conservai l'envoi que je lui réexpédiai l'année suivante, toujours anonymement. En terminale, je reçus la même carte, un peu écornée mais toujours anonyme. Le jeu continua tout au long de nos études. Puis je quittai Chicago et ce fut la fin de notre querelle silencieuse. Je ne me souviens plus du nom de cette fille, mais je pense qu'elle m'aimait bien.

Tandis que Qwilleran tapait à la machine, les deux chats étaient installés sur sa table. Yom Yom appréciait les vibrations du bois et Koko, le plus cérébral des deux, surveillait le saut des touches et les retours du chariot, comme s'il cherchait à inventer un meilleur système. Soudain ses oreilles se dressèrent et il regarda vers le téléphone. Un moment plus tard, celui-ci sonna.

Qwilleran s'attendait à ce que Polly l'appelât pour sa commande quotidienne d'épicerie. Mais c'était Lynette.

— J'ai passé une merveilleuse soirée, hier. Merci encore pour cette jolie broche ! Je la porterai sur mon écharpe de clan pour mon mariage.

— Je suis heureux qu'elle vous plaise, murmura-t-il.

— Et le gâteau était si original ! Polly m'a dit que c'était vous qui l'aviez apporté. Quelle bonne idée !

— Je crains de ne pas en être responsable, dit-il avec tact.

— En fait, Carter Lee et moi avons une grande faveur à vous demander... Pourrions-nous venir vous voir juste pour quelques minutes ?

— Bien sûr. Venez vers 17 heures, nous boirons un verre ensemble.

Après cela, Qwilleran partit pour Pickax afin de porter sa copie et déjeuner à *La Cuillerée*. Il espérait aussi voir Brodie pour l'affaire Lenny, mais le chef de la police était en conférence. Celles-ci semblaient revenir bien souvent et Qwilleran se demanda si elles avaient lieu dans une cabane de pêche du lac gelé.

La Cuillerée était un restaurant du centre-ville spécialisé dans les soupes. C'était une invention de Lori Bamba, une ambitieuse jeune femme qui essayait toujours quelque chose de nouveau. Assis au comptoir, Qwilleran commanda une soupe asiatique aux saucisses aigres-douces.

— Comment va Nick ? demanda-t-il à Lori. Je ne le vois plus.

— Il passe de longues heures dans l'élevage de dindes. Je ne le vois presque plus moi-même, mais il est heureux de ne plus travailler à la prison.

— Pour vous deux, je suis content qu'il ait abandonné ce travail qu'il n'aimait pas. Et comment va le commerce ?

— J'apprends, fit-elle avec un haussement d'épaules. On me demande davantage de riz à la tomate et de nouilles au poulet que d'aubergines aux cacahuètes.

— Nous sommes à Pickax, mon amie, lui rappela-t-il.

— Les chats sont-ils heureux au Village Indien ?

Lori en avait cinq et elle était son conseiller dans toutes les affaires de chat.

— Ils sont chez eux à l'endroit où ils mangent.

Nourrissez-les à l'heure et ils seront heureux n'importe où. Cependant, nous avons un petit problème. Notre voisin de palier joue des marches de Sousa et non seulement Koko bat la mesure avec sa queue, mais il fouette le sol à d'autres moments.

— Bat-il de la queue d'un côté et de l'autre ?

— En effet, droite, gauche — *bam-bam* — droite, gauche !

— C'est un signal de danger, expliqua Lori très sérieusement. Dirige-t-il sa colère contre Yom Yom ?

— Mais oui, et contre moi aussi. Il essaie de me dire quelque chose que je ne comprends pas et ça l'exaspère. Ah ! les chats ! ils peuvent vous rendre fou... Cette soupe est délicieuse, Lori.

— Merci. Puis-je vous citer ? Je n'ai qu'à dire que Mr. Q. l'aime et tout le monde voudra de la soupe aux saucisses aigres-douces.

De là, il se rendit à l'atelier de décoration pour chercher ses poignards.

— Superbe travail, dit-il à Fran Brodie. Mes compliments !

— Où allez-vous les suspendre ?

— Dans l'entrée, au-dessus de la commode.

— Ne les mettez pas trop haut, conseilla-t-elle. Les hommes de votre taille ont tendance à suspendre les décorations murales beaucoup trop haut. C'est le syndrome de la girafe.

Puis ses manières changèrent de la vivacité à la confidence.

— J'ai entendu une rumeur fantastique ce matin. Lynette va enfin se marier ! Et avec Carter Lee James, je n'arrive pas à le croire !

— Cela prouve qu'il vous reste de l'espoir, Fran, dit-il, sachant comment la taquiner.

— Oui, mais combien de Carter Lee James y a-t-il en circulation ? rétorqua-t-elle.

— D'où tenez-vous cette rumeur ?

— Une de mes bonnes clientes m'a appelée. Croyez-vous que ce soit vrai ? Lynette est plus âgée que lui, voyez-vous. Il l'épouse peut-être pour la fortune Duncan.

— Voilà une remarque peu charitable. Elle possède de solides qualités et tous deux s'intéressent aux vieilles maisons... et au bridge. J'ai entendu dire qu'ils sont l'un et l'autre excellents joueurs.

— Je suis surprise que Danielle ne m'en ait rien dit. Si c'est vrai.

— Comment se passent les répétitions ? dit-il pour changer de sujet.

— Bonne nouvelle ! Nous avons pu engager Ernie Kemple pour le rôle de Brack, et c'est une parfaite distribution, bien que sa voix claironnante et celle flûtée de Danielle ressemblent à un duo pour tuba et piccolo. Vous devriez venir à une répétition un soir pour vous amuser. Elle l'appelle J.B. Vous savez, dans la réplique où Hedda pointe le pistolet du général Gabler et dit : « Je vais vous tuer, juge Brack. » Danielle a ricané et a dit : « J'vais vous tuer, J.B. » Nous avons tous éclaté de rire !

Qwilleran caressa sa moustache.

— Si vous voulez mon opinion, Fran, cette pièce n'ira jamais au-delà de la première représentation.

Avant de sortir, il demanda :

— Votre père est-il pêcheur sur glace ?

— Non, il n'est guère sportif. Un peu de chasse au canard en automne, c'est tout. Pourquoi cette question ?

— Je me demandais seulement... A-t-il parlé dernièrement du meurtre de Willard Carmichael ?

— Pas récemment. Au moment où c'est arrivé, il a dit qu'il ne serait jamais résolu à moins qu'un suspect dans un autre crime ne se confesse pour avoir l'indulgence de la police.

En rentrant chez lui, Qwilleran pensa à Lenny Inchpot et à George Breze. Il avait besoin de parler avec Celia Robinson, mais comment et où ? Sa voiture rouge garée devant son immeuble deux fois en peu de temps attirerait la curiosité des voisins, et même celle de Polly. Les commérages étaient une façon de vivre, à Pickax, bien que cela passât pour « une façon de partager des informations ». Les rumeurs traversaient la ville à la vitesse de la lumière. Lorsque Qwilleran vivait dans la grange, il était plus difficile à épier. Malgré tout, Andy Brodie avait remarqué une voiture rouge qui allait et venait dans les bois conduisant à la grange. Toutes ces considérations conduisirent Qwilleran à donner des instructions à Celia par courrier, comme il l'avait fait quand ils travaillaient ensemble sur l'enquête en Floride. Dès qu'il fut chez lui, il dactylographia le message suivant :

(Personnel. Mémoriser. Déchirer. Brûler.)
Pour : Agent 0013 1/2
De : Q
MISSION : Opération Brise d'Hiver
AFFECTATION : Filez le sujet identifié dans votre rapport. Nom de code : Casquette Rouge. Présentez-vous comme la remplaçante de Lenny. Jouez les hôtesses amicales. Découvrez pourquoi Casquette Rouge passe tellement de temps dans la salle de T.V. alors qu'il devrait vendre des pelles rouillées dans Sandpit Road. Soyez charmante. S'il vous offre un verre, acceptez, vous

pourrez le vider dans les plantes vertes en plastique pendant qu'il ne regardera pas. Gardez à l'esprit que Casquette Rouge est peut-être le Chapardeur de Pickax et qu'il peut se couvrir en accusant à tort Lenny. Mission accomplie, téléphonez au quartier général pour fixer rendez-vous au Marché Toodle.

Le Marché Toodle était l'endroit rêvé pour un rendez-vous clandestin. Des étrangers y échangeaient constamment leurs opinions sur les meilleures oranges pour le jus, la meilleure façon de faire cuire les betteraves, ou le prix du vin. De plus, les démonstrateurs créaient une atmosphère conviviale en offrant du fromage ou une tasse de café dans des tasses en carton. On pouvait facilement s'entretenir avec des personnes du sexe opposé sans provoquer d'embouteillage au central téléphonique.

Pour déposer ses instructions dans la boîte aux lettres de Celia, Qwilleran enfila ses raquettes et il avança dans les bois sur une couche de neige fraîche, les jambes écartées, d'une démarche un peu chaloupée. Finalement il trouva cette promenade apaisante. À la loge de l'entrée, il éprouva une certaine satisfaction esthétique à détacher ses raquettes et à les planter dans la neige.

Vers cinq heures, Qwilleran servit aux chats leur dîner et leur donna des instructions sur la façon de se comporter durant la visite de l'heureux couple :

— Pas de courses folles ! Ne jetez rien par terre ! Pas de querelles intestines !

Ils réagirent comme s'ils le comprenaient, le regardant avec sérieux, alors qu'en réalité ils digéraient seulement leur repas.

Les invités arrivèrent ponctuellement à 17 heures, Carter Lee James au volant de la Land Rover de Willard. Dans l'entrée, ils retirèrent leurs bottes et suspendirent écharpes et manteaux au portemanteau que Lynette admira longuement. C'était une colonne carrée en cuivre de deux mètres cinquante de haut avec des crochets en cuivre encastrés à différents niveaux.

— Il est Art déco, ancien mais pas d'époque, dit Qwilleran. Fran l'a trouvé à Chicago. Il provient d'une vieille firme juridique.

Les visiteurs suspendirent leurs chapeaux aux crochets du haut : un bonnet en laine angora blanche et une toque en fourrure de style russe. Quand ils entrèrent dans le salon, ils s'exclamèrent sur la beauté de la vue et sur les chats magnifiques.

— Celui-ci est Koko, et celle-là Yom Yom, dit Lynette, qui s'était occupée de leurs repas au cours d'un week-end en l'absence de Qwilleran.

Elle tendit une main familière vers eux et, avec une perversité féline typique, ils l'ignorèrent complètement et se dirigèrent vers Carter Lee.

— Ne le prenez pas mal, s'excusa Qwilleran. Ils considèrent toujours qu'il est de leur devoir de contrôler tout nouvel arrivant.

Le nouvel arrivant déclara :

— Ma mère, qui vit à Paris, a une chatte siamoise appelée Theoria Dominys du Manoir des Ombreuses. Dodo en abrégé.

— Nous irons en France au mois de mai, dit Lynette. Carter Lee parle couramment français et je vais réviser ce que j'ai appris au lycée. *Le crayon est sur la table*[1].

1. En français dans le texte. *(N.d.T.)*

— Pour commencer, que diriez-vous d'un verre de merlot ou de pinot noir ?

Le vin rouge était considéré comme de circonstance en hiver dans le comté de Moose.

Pendant qu'il faisait le service, ils s'installèrent sur le divan aux coussins profonds, un peu abrité par la mezzanine mais avec une vue parfaite de la rivière. La lumière pâlissante du jour était prolongée par la blancheur brillante de la rivière gelée et de ses bords enneigés.

— Selon toute apparence, la couche de glace est épaisse, dit Qwilleran, mais quand je me promène et que tout est silencieux, j'entends le murmure de l'eau au-dessous. Les chats l'entendent également. Ils viennent s'asseoir sur l'appui de la fenêtre pour l'écouter.

— Nous avons l'intention d'acheter une résidence d'été... n'est-ce pas, chéri ? dit la future épouse, les yeux brillants. Sur la rivière Ittibittiwassee ou sur la Rocky Burn.

Carter Lee acquiesça en souriant d'un air parfaitement satisfait.

Ils échangèrent encore quelques propos anodins. Le couple se tenait par la main et se jetait des regards affectueux. Puis, comme sur un signal, Lynette déclara :

— Nous vous serions tous les deux très reconnaissants si Polly et vous acceptiez d'être témoins à notre mariage. Polly est d'accord.

— Naturellement ! Je suis flatté que vous me le demandiez. Quelle est la date ?

— Mardi en huit. C'est prévu pour que nous passions notre lune de miel à La Nouvelle-Orléans pour le Mardi gras.

Carter Lee ajouta :

— Nous avons une réservation qui commence le mercredi dans une auberge du quartier français.

— La Nouvelle-Orléans est un endroit tout indiqué pour un voyage de noces, murmura Qwilleran.

Lynette agita sa main ornée du diamant en disant gaiement :

— Il existe un vieux dicton qui dit : « Marié un mardi, beaucoup de soucis », mais cela ne m'inquiète pas. La cérémonie aura lieu ici au club-house et c'est le pasteur de notre église qui officiera. Ensuite il y aura une réception très simple avec une quarantaine de personnes...

— Mais nous aimerions vous inviter, vous et Polly, coupa Carter Lee, pour dîner à l'*Auberge Boulder*. Nous y resterons pour la nuit et prendrons le premier vol mercredi matin. L'auberge a une navette pour l'aéroport.

— Ce sera un mariage écossais, Qwill, dit Lynette. Je porterai l'écharpe de mon clan, sur une robe blanche, attachée avec la broche que vous m'avez offerte. Polly portera son kilt long avec une écharpe écossaise. Nous observerons aussi quelques coutumes écossaises, comme une couronne de fleurs dans mes cheveux et une pièce d'argent dans ma chaussure... pour porter chance. Et à la réception, Polly partagera la traditionnelle galette d'avoine sur ma tête.

— Vous pouvez acheter des galettes d'avoine à la *Boulangerie écossaise*, dit Qwilleran, mais les pièces d'argent ont été retirées de la circulation depuis 1960.

— Je tricherai et glisserai une pièce de cuivre dans ma chaussure. Carter Lee devra laisser sa chaussure gauche délacée pendant la cérémonie.

— Je tricherai aussi, dit Carter Lee, je porterai des escarpins.

— Oui, il sera en smoking, dit Lynette, mais nous

comptons sur vous, Qwill, pour porter le costume écossais de rigueur.

Il hocha la tête pour accepter, ayant reçu de nombreux compliments pour ses débuts à la Nuit Écossaise.

— Comme je me marie en dehors de mon clan, je suis supposée garder mon nom de jeune fille : Duncan un jour, Duncan toujours... Mais cela ne t'ennuie pas, n'est-ce pas, mon chéri ?

Son fiancé lui serra la main et sourit avec indulgence. Ils se montraient si timidement amoureux que Qwilleran en frissonna intérieurement. Ce genre de sentimentalisme était tellement en dehors de son tempérament qu'il ne pouvait le supporter. De plus, il avait rendez-vous pour dîner et ils avaient dit qu'ils ne resteraient que quelques minutes, or ils étaient déjà là depuis une heure. Il n'aurait jamais dû leur servir un second verre de vin. Pour les tirer de leur euphorie prénuptiale, il changea de sujet en demandant gravement :

— Carter Lee, comment va votre cousine ? Est-elle...

— Elle se ressaisit, répondit-il. Elle voudrait se remarier et c'est une saine réaction. Sa vie doit continuer. Elle a tellement à donner. Nous n'aimerions pas la voir gâcher son avenir, n'est-ce pas, Qwill ?

Avant que Qwilleran ait pu formuler une réponse appropriée à une question contestable, tous les trois sursautèrent en entendant un fracas soudain : grognement, hurlement, grondement, sifflement. Il sauta de son fauteuil et se précipita sur la scène du crime. Les deux chats s'acharnaient sur la toque en fourrure russe, se roulant dessus et la frappant — et se frappant —, leurs pattes arrière battant comme des pistons.

— Arrêtez immédiatement ! cria Qwilleran.

Les deux coupables s'enfuirent dans des directions opposées.

— Toutes mes excuses, dit Qwilleran en ramassant la toque.

— Aucun problème, je vais la secouer.

Ils partirent dans la Land Rover et Qwilleran alla dîner chez Polly, mais pas avant de donner une petite gâterie aux siamois, en leur disant :

— Ah ! Polissons !

CHAPITRE XII

La vie de Qwilleran cet hiver-là fut un véritable puzzle de travail, de réunions mondaines et d'exigences domestiques à l'égard des deux chats siamois. Une fois par semaine, les morceaux du puzzle se mettaient en place quand il passait un week-end sans histoire avec Polly Duncan. Il pouvait compter sur de la satisfaction et de la stimulation en égales proportions, et au moins une prise de bec avec Bootsie. Mais le week-end suivant la soirée d'anniversaire de Lynette, tout alla de travers. Tout commença par du poisson au court-bouillon et des brocolis chez elle le samedi soir et se termina par un dîner le dimanche au *Palomino Paddock*, un restaurant cinq étoiles dans le comté de Lockmaster.

En mangeant le poisson, Qwilleran remarqua :

— Lynette pense pouvoir tenir l'annonce de son mariage secrète jusqu'après la cérémonie, mais elle rêve. J'ai rencontré Fran Brody, aujourd'hui, et elle avait déjà appris la nouvelle par une cliente.

— C'est la publicité dans les journaux qu'elle redoute, dit Polly. Ses amis ont été invités, officieusement, par téléphone et ils savent qu'elle ne veut pas que l'on en parle.

— Certes, ils comprennent, mais se tairont-ils ? Ce pays est habité par des moulins à paroles.

— Cher Qwill, vous êtes tellement cynique !

— J'ai compris pourquoi Danielle était si morose l'autre soir. Willard avait projeté de l'emmener au Mardi gras de La Nouvelle-Orléans et ce sont ses réservations qui sont maintenant utilisées par Carter Lee pour son voyage de noces, ainsi Danielle était-elle doublement lésée... à moins que Lynette n'abandonne son fiancé au dernier moment, et, dans ce cas, il pourra toujours emmener Danielle.

— Ce n'est pas une question à traiter avec légèreté, lui reprocha Polly. Lynette s'implique totalement dans ce mariage. Elle a démissionné de son travail à la clinique et elle va transférer tous ses biens au régime de la communauté.

— Alors vous pensez qu'on peut acheter un cadeau de mariage ? Si nous l'avions su plus tôt, elle aurait pu avoir une chienne noire schnauzer.

— Le choix du cadeau est un véritable problème, reconnut Polly. Elle a une maison remplie d'argenterie, de porcelaine et d'objets d'art.

— Nous pourrions engager un artiste pour faire leur portrait devant leur maison Gingerbread ? Comme le couple d'*American Gothic* de Grant Wood, mais sans la fourche... Il y a un gars à Lockmaster qui fait ce genre de portraits et il est très bon.

Cette idée plut beaucoup à Polly.

Ils continuèrent à parler de choses et d'autres, puis elle remarqua :

— Vous aimez vos raquettes, n'est-ce pas ? Je vous ai vu circuler dans le Village avec votre veste fourrée orange et votre casquette orange.

— Ainsi les chasseurs de lapin ne me prendront

pas pour un lièvre aux pattes blanches... Avez-vous fait réparer votre chaîne stéréo ?

— J'ai appelé Lucky Electronics trois fois.

— Quand vous appelez Lucky, vous avez de la chance s'il se présente, et s'il vient voir votre problème, il doit commander une pièce, et si elle arrive, vous avez de la chance si elle marche. Vous devriez acheter une nouvelle chaîne plus moderne.

Ensuite, ils parlèrent de la bibliothèque.

— Nous avons un problème avec le réservoir d'eau aux toilettes, dit Polly. Il fonctionne avec un bruit tel qu'il résonne à travers tout le bâtiment. Les employés pouffent de rire, les abonnés ont peur et je suis moi-même très gênée, mais le plombier dit qu'il n'y a rien à faire.

En rentrant chez eux après avoir dîné à Lockmaster, le dimanche soir, Qwilleran commit une grosse erreur. Il demanda :

— Avez-vous réussi à trouver un compagnon pour Bootsie ?

— Oui ! La chatte de mon amie de Lockmaster va avoir une nouvelle portée et elle m'a promis de me réserver le premier choix.

— Faites attention au nom de ce nouveau chat. T. S. Eliot prétend que le nom que vous donnez à un chat affecte son amour-propre et qu'il réagit en conséquence. Il se peut que Bootsie n'aime pas son nom.

— Que voulez-vous dire ? demanda-t-elle d'un ton sec.

— Vous devez admettre que Bootsie n'est pas un nom très approprié pour un animal aussi noble et aristocratique qu'un chat siamois. Si ce nom le conduit à douter de lui, cela peut expliquer son mauvais caractère.

— Il est très doux et affectueux quand nous sommes seuls, protesta Polly.

— Mais vous devez l'enfermer quand vous avez de la compagnie. Cela ressemble-t-il au comportement d'un chat bien équilibré ?

— Vous êtes le seul à ne pas vous entendre avec lui, dit Polly avec agacement. Je pense que vous et vos théories êtes absurdes, et cela vaut également pour T. S. Eliot.

Qwilleran ne s'était pas rendu compte que le choix du nom d'un chat ne doit jamais être mis en question, quel que soit votre degré d'intimité. Involontairement, il avait traversé la ligne à ne pas franchir.

— Je regrette, Polly, je n'aurais pas dû aborder le sujet.

— Eh bien, vous m'avez blessée et je trouve cette conversation très désagréable. Déposez-moi devant ma porte. J'ai la migraine.

Il fit ce qu'elle demandait et elle s'en alla sans ajouter un seul mot. Il n'avait jamais assisté à une telle manifestation de colère chez cette femme intelligente et raisonnable.

Les siamois se rendirent compte qu'il était contrarié et gardèrent leurs distances en le regardant avec anxiété. Sans leur parler, il enfila sa robe de chambre et mit ses pantoufles avant de se servir une crème glacée. La neige tombait doucement. Le jour déclinait. Enfoncé dans son fauteuil, les pieds sur l'ottomane, il se posa des questions. Et maintenant ? Devait-il téléphoner pour s'excuser ? Allait-elle retrouver son bon sens ? Comment tout avait-il commencé ?

Soudain la sonnette retentit de manière urgente et répétée. Il posa les pieds par terre et se pressa d'aller ouvrir la porte. Devant lui dans la neige se tenait une petite femme ressemblant à un oiseau, sans manteau, sans bottes, avec seulement un châle sur ses cheveux gris et autour de ses épaules frêles.

— Je vous en prie, aidez-moi ! Notre chatte est coincée, elle va se tuer ! dit-elle en désignant vaguement un des duplex.

— Tout de suite.

Il enfila une veste et la suivit dans la neige en pantoufles. C'était une des deux institutrices en retraite de l'unité 2.

Leur persane dorée était tombée derrière la machine à laver de la buanderie et s'était empêtrée dans les fils et les tuyaux en se débattant frénétiquement. Elle miaulait piteusement et risquait de s'étrangler.

— Reculez, dit-il, je vais tirer la machine. Elle n'aura rien.

Avec des mots rassurants à l'adresse de l'animal terrifié, il réussit à l'extraire de sa position dangereuse et la remit entre les mains de la femme qui était venue sonner à sa porte.

— Pauvre Pinky, pauvre Pinky ! sanglota-t-elle en serrant la chatte dans ses bras.

Sa sœur, plus grande mais tout aussi maigre, dit avec émotion :

— Comment pourrons-nous jamais assez vous remercier, Mr. Qwilleran ?

Elle s'aperçut, alors, qu'il pataugeait dans une flaque de neige fondue sur le sol en vinyle.

— Oh ! Seigneur ! Regardez votre état ! Vous n'avez même pas de chaussures, pauvre homme ! Jenny, apporte des serviettes... Que pouvons-nous faire, Mr. Qwilleran ?

— Donnez-moi seulement une serviette et jetez mes pantoufles dans un sèche-linge, dit-il, et une tasse de café ne me fera pas de mal.

— Voulez-vous aussi un peu de cognac ? Entrez, je vous en prie, et asseyez-vous. Jenny, où est la bouillotte ? Et apporte la couverture bleue !

Pinky avait disparu, sans nul doute effrayée par cet intrus qui occupait maintenant son fauteuil favori, enveloppé dans la couverture bleue, ses pieds nus sur la bouillotte, tandis que les deux femmes tournaient autour de lui, inquiètes.

Elles se présentèrent comme Ruth et Jenny Cavendish.

— Nous avons deux chats et nous savons que vous avez un couple de siamois, dit Ruth. Nous avons lu leurs aventures dans votre excellente chronique.

Jenny présenta le compagnon de Pinky, un autre persan doré appelé Quinky.

— En fait, ils s'appellent Affinité et Sérénité.

— Quels noms parfaits pour des chats ! admira-t-il.

Il devait y avoir quelque chose à tirer de cette aventure, pensa-t-il. Des idées germaient déjà dans sa tête. Il donna ses clés à Ruth, qui lui rapporta ses bottes de l'unité 4. Ses pantoufles sèches et chaudes lui furent restituées.

Les deux vieilles demoiselles l'assurèrent de leur reconnaissance éternelle.

De cette aventure allait naître un traité caustique portant sur l'art de donner un nom à un chat (Polly, prenez-en bonne note !) et il inviterait les lecteurs à envoyer le nom de leurs propres chats chéris. En tant que chroniqueur, Qwilleran ne voyait pas d'objection à laisser les abonnés travailler à sa place. Participation des lecteurs, disait-on. Il savait qu'Arch Riker s'écrierait : « Pas un autre article sur les chats, s'il vous plaît ! » Peu importait. Riker n'avait pas la responsabilité de produire mille mots deux fois par semaine. Pour commencer, Qwilleran dressa une liste de chats bien nommés de sa connaissance.

Toulouse, un chat errant blanc et noir adopté par une artiste.

Voyou, natif de Chicago, vivant maintenant à Pickax.

Winston, le chat à poils longs du bouquiniste, qui ressemblait à un homme d'État chevronné.

Agatha et Christie, deux chatons abandonnés sur le parking de la bibliothèque.

Magnificat, qui vivait dans la Vieille Église de Pierre.

Beethoven, un chat blanc né sourd.

Sainte Terreur, le chouchou d'un pasteur en retraite et de sa femme.

Ensuite il développa un de ses thèmes favoris : les races orientales réagissent favorablement aux noms ayant une connotation orientale, comme Beau Thaï et Président Mio. D'autres aiment les titres ronflants qui renforcent leur propre estime, comme Albert Pattes Blanches, Lady Ik Ik ou Samantha Featherbottom, même si ces noms honorifiques ne sont utilisés que sur les pedigrees ; les surnoms sont acceptables pour l'usage quotidien. Un chat qui n'aime pas son nom peut présenter des problèmes de comportement et s'en corriger si son nom est changé, tel Cacahuète devenu Aristochat. En trois jours, un chat appelé Booby s'ajustera au fier nom du sénateur romain Brutus.

Une fois relue et corrigée, la prose de Qwilleran devint une très acceptable chronique qui se terminait ainsi :

> Qui sont vos chats ? Écrivez leurs noms sur une carte postale et adressez-la à « Sondage

Félin ». Ces noms peuvent être spirituels, ordinaires, grivois, sentimentaux, stupides ou scatologiques. Ce n'est pas un concours ! Il n'y aura pas de prix !

Lorsque Qwilleran remit sa copie au journal, Junior Goodwinter lui dit :

— Nous avons été submergés d'appels de lecteurs désirant connaître les quatre façons de prononcer le mot février.

Il parcourut des yeux la nouvelle chronique dans un silence médusé jusqu'à ce qu'il arrivât au paragraphe final.

— Oh ! Bon sang ! Attendez que le *Lockmaster Ledger* lise ça ! Ils vont croire que nous sommes devenus timbrés ! Vous dites : *« Pas de prix »*. Vous n'obtiendrez jamais de résultat si vous n'offrez pas une récompense. Combien de cartes espérez-vous recevoir ?

— Quelques-unes, dit Qwilleran avec un haussement d'épaules. Le but de la chronique est de faire réfléchir et parler.

Le journal sortit dans l'après-midi. Ce soir-là, il reçut un coup de téléphone d'une voix douce, aimable et basse.

— Qwill, est-ce que nous nous parlons encore ?

— Je l'ignore, mais je vous écoute, dit-il sur un ton affable. Votre voix mélodieuse m'a manqué.

— Pardonnez-moi d'avoir été si grognon. J'ai toujours été susceptible à propos du nom de Bootsie. Je ne sais pas pourquoi. Vous n'êtes pas le seul à y avoir fait objection.

Qwilleran en connaissait la raison. En donnant ce nom au chat, elle avait fait un mauvais choix et le savait, mais elle ne voulait pas le reconnaître. Polly poursuivit :

— Mais votre chronique m'a donné une idée. Croyez-vous que Bootsie s'habituera à un nouveau nom en trois jours ? Je songe à l'appeler Brutus. *C'était le plus noble de tous les Romains !*

Il eut d'autres appels ce soir-là. L'un de cette voix discordante qui lui arrachait les oreilles.

— Salut, Qwill ! C'est Danielle. Je vous ai vu dehors vous promenant sur vos raquettes.

— C'est le transport le meilleur marché.

— Que diriez-vous de venir vous promener jusqu'ici un de ces jours pour me donner la réplique ? Vous pourriez me donner quelques conseils.

— Merci de cette invitation, mais je suis débordé de travail et mes journées sont strictement programmées. Comment se passent les répétitions ?

— Oh ! elles sont très amusantes...

— Tant mieux. J'aimerais avoir le temps de bavarder, Danielle, mais j'ai la maison pleine d'invités. Voulez-vous m'excuser ?

— Bon sang ! dit-il à Koko après avoir raccroché.

Le chat était assis sur sa table, la frappant de sa queue — droite, gauche, droite, gauche...

L'appel suivant fut mieux accueilli. Il s'agissait de Celia Robinson, s'exprimant avec la voix qu'elle utilisait pour les communications secrètes.

— Mr. Qwilleran, c'est Mrs. Robinson. J'irai au *Marché Toodle* demain matin. Il y aura une vente promotionnelle de *pommes*, et je sais que vous aimez beaucoup les *pommes*. Je peux en prendre un filet pour vous, si vous le désirez. J'y serai à 10 heures avant que tout soit enlevé.

— J'apprécie votre offre. C'est très aimable de votre part.

À 10 heures, le lendemain matin, il la retrouva au

rayon des fruits et légumes du Marché Toodle, inspectant les pommes pour détecter les taches ou les trous de vers.

Un panier du magasin en plastique vert à la main, il s'approcha d'elle en demandant à haute voix :

— *Croyez-vous que ce soient de bonnes pommes de table ?*

— *Ce sont des Jonathan, une bonne qualité de pommes pour tout,* dit-elle sur le même ton, avant d'ajouter à voix plus basse : J'ai eu une longue conversation avec Casquette Rouge.

— *Les Winesap sont celles que je préfère.*

— *Je crois qu'elles ne sont pas de saison...* J'ai l'enregistrement dans mon sac.

Une autre cliente vint se joindre à eux.

— N'êtes-vous pas Mr. Q. ? Je trouve vos chroniques merveilleuses !

— Merci, dit-il en remplissant son panier de pommes.

— Je les découpe toujours pour les envoyer à ma fille dans l'Idaho.

— Cela fait plaisir à entendre.

Il s'éloigna lentement pour suivre Celia vers les oranges.

— *Comment pouvez-vous dire si celles-ci sont juteuses ?*

— *Elles ont la peau fine...* Retrouvez-moi au comptoir traiteur.

Ils se séparèrent et se rejoignirent plus loin. Qwilleran acheta des blancs de dinde pour les chats et des olives vertes pour lui. Celia mangeait des lichettes de fromage. Elle lui glissa quelque chose dans une serviette en papier et disparut dans la foule. C'était l'enregistrement.

Ce qu'il entendit en écoutant l'enregistrement de Celia ressemblait à un scénario de feuilleton télévisé qui aurait mis en scène deux sexagénaires se rencontrant pour la première fois. La voix amicale de Celia alternait avec un rauque accent nasillard masculin.

— Êtes-vous Mr. Breze ? Salut ! Je suis Celia Robinson, du service de la direction.

— Comment qu'ça va ? Asseyez-vous, prenez un verre.

— Quel temps ! Plutôt froid, n'est-ce pas ?

— Pas fameux pour les rhumatismes.

— Vous portez une jolie chemise. J'aime les chemises écossaises pour les hommes.

— Ma bourgeoise me l'a offerte y a huit ans. Faudrait peut-être songer à la laver.
(Rire féminin.)

— Oh ! Mr. Breze, vous êtes si drôle !

— Appelez-moi George. Vous êtes belle femme. Vous êtes mariée ?

— Je suis veuve et grand-mère.

— Buvez un coup de whiskey. Je suis divorcé. Ma femme a mis les voiles avec un violoneux.

— Est-ce pour cela que vous vivez au Village ?

— Ouais. J'ai une maison dans Sandpit Road — trop grande pour vivre seul. Connaissez-vous quelqu'un qui ait quatre-vingt-dix briques à foutre en l'air ?

— Quatre-vingt-dix mille dollars ! Ce doit être une très belle maison !

— Eh ben, le toit ne fuit pas. Si je me dégotais une autre femme, je garderais la maison et l'arrangerais un peu. Y a un type qui dit que j'pourrais avoir du fric du gouvernement pour la réparer. Il m'a montré quelques photos de c'qu'on pourrait faire. Sacrées chouettes photos !

— Cela paraît trop beau pour être vrai, n'est-ce pas ? Qui est cet homme ?

— Un jeune type. Il vit au Village. J'connais pas son nom... Encore une goutte, j'vais en prendre une autre. Que buvez-vous ?

— Merci, mais je ne bois jamais quand je travaille.

— Ne partez pas. Restez là... (Pause.) À la bonne vôtre ! Quel est vot' nom ?

— Celia Robinson. Je remplace Lenny Inchpot pendant qu'il est absent. Le connaissez-vous ?

— Sûr. On l'a jeté en prison pour vol.

— Mais les gens disent que c'est un très honnête jeune homme. Il va à l'université à mi-temps.

— C'est pas ça qui le rend honnête. On a trouvé la camelote sur lui, s'pas ?

— Je me demande qui a dit à la police de regarder dans le placard de Lenny.

— C'était pas moi !

— Savez-vous quel genre de marchandise a été volé ?

— Non. On l'a pas dit à la radio. P'têt' qu'on l'a dit dans le journal. J'lis pas l'journal.

— Pourquoi pas, Mr. Breze ? C'est un bon journal.

— Appelez-moi George. C'est perdre son temps que d'lire le journal. J'suis un bon homme d'affaires. J'ai pas b'soin de lire. J'peux employer des gens pour lire et écrire.

— Voulez-vous dire que vous ne savez pas lire, Mr. Breze... George ?

— J'pourrais si j'voulais apprendre. J'ai jamais eu l'temps. Trop occupé à gagner du fric. Plein de gens savent lire et écrire, mais y sont fauchés.

— Quel genre d'affaires faites-vous... George ?

— Tout c'qui peut rapporter du fric. Voulez-vous du travail ? Savez-vous faire la cuisine ?

(Clic.)

Quand l'enregistrement s'arrêta, Qwilleran tira sur sa moustache. C'était le vieux croquant qu'il avait essayé d'interviewer lors de la campagne pour l'élection du maire. Le candidat qui pouvait se vanter de n'avoir eu que deux voix. Sa maison était une affreuse baraque carrée à deux étages avec un toit en croupe et une haute cheminée en brique s'élevant au centre. Les plaisantins disaient qu'elle ressemblait à un déboucheoir à ventouse. Triste propriété. Il n'y avait ni arbres, ni buissons, pas de volets et même pas de peinture. Breze lui-même était d'une naïveté pathétique ou d'une ignorance arrogante.

Koko avait écouté en émettant des bruits de gorge qui semblaient exprimer de la sympathie et Qwilleran se sentit soudain navré pour Vieille Baudruche. Il avait soupçonné cet homme méprisé sur la base de préjugés, non de preuves. En fait, la moustache qui semblait être la source des pressentiments de Qwilleran avait été remarquablement silencieuse au cours de l'Opération Brise d'Hiver... Mais, si Breze n'avait pas commis ces vols ni trafiqué la serrure du placard de Lenny et encore moins averti la police, alors, qui l'avait fait ?

CHAPITRE XIII

C'était le week-end avant le mariage. Qwilleran et Polly se retrouvèrent. En gage de paix, il lui offrit la boîte à bijoux en corne incrustée de cuivre qu'il réservait pour le 14 février. Pour la Saint-Valentin, il avait commandé une chaîne stéréo ultra-sophistiquée dans un catalogue.

Polly déclara un soir :

— J'ai toujours pensé que Lynette et Wetherby Goode pourraient s'entendre. Elle admire sa façon spirituelle de présenter le bulletin météorologique et tous deux jouent au bridge. Il est assez bel homme, bien qu'il ait tendance à l'embonpoint.

Qwilleran pensa que la personnalité de Wetherby était trop exubérante pour un régime régulier.

— Carter Lee est calme, sophistiqué, un parfait homme du monde. Wetherby est l'hymne national américain, Carter Lee, le *Canon* de Pachelbel.

— Saviez-vous, Qwill, que le véritable nom de Wetherby est Joe Bunker ?

— Si tel est le cas, il a bien fait d'en changer, dit sagement Qwilleran.

Mardi soir, le mariage eut lieu dans le salon du club-house. On avait déroulé sur la moquette rouge un tapis blanc qui conduisait à la cheminée, où un feu flambait joyeusement. Juste devant, une table drapée de blanc supportait un vase en cuivre contenant des œillets blancs et rouges, et des chandelles rouges brûlaient dans des candélabres en cuivre. Un mariage de la Saint-Valentin, disaient les invités, c'était si romantique ! Ils se tenaient des deux côtés du tapis blanc, des amis de Lynette pour la plupart, du club de bridge, de l'église, de la clinique médicale, plus les Riker, les Lanspeak et John Bushland avec son appareil photo. De nombreux hommes étaient en kilt, les femmes portaient l'écharpe du clan drapée de l'épaule aux hanches.

Quand la musique enregistrée — des airs écossais pour flûte et tympanon — s'arrêta soudain, les invités se tournèrent vers l'entrée. Les doubles portes s'ouvrirent, et Andrew Brodie, en costume de grand apparat, entra en jouant à la cornemuse le traditionnel *Mariage écossais*. Puis vint le pasteur qui officiait, ensuite le fiancé et son garçon d'honneur, et, après quelques instants de suspens, la mariée et sa demoiselle d'honneur.

L'écharpe de clan de Lynette, à prédominance verte agrémentée de couleurs vives, était attachée à son épaule et cascadait devant et dans le dos de sa longue robe blanche. Elle portait sur les cheveux une couronne de jasmin blanc. Polly portait une jupe longue du même tartan avec l'écharpe assortie sur un chemisier en soie blanche. Qwilleran resplendissait dans son costume écossais. Entre le vert des Duncan et le rouge des Mackintosh, le smoking noir du marié paraissait funèbre.

— Il a l'air d'un maître d'hôtel, confia plus tard Riker à Qwilleran.

La cérémonie fut brève et parfaite. Il n'y eut pas de larmes sentimentales — seulement de la joie — tandis que les bûches craquaient dans la cheminée et que les paroles étaient prononcées. Brodie entonna alors *Scotland the Brave* et conduisit les mariés et les invités dans la salle à manger. Une galette d'avoine fut brisée sur la tête de la mariée et elle découpa le gâteau de mariage à l'aide d'un poignard.

Le champagne fut servi et l'on porta des toasts. Les invités embrassèrent la mariée. Danielle fut la première à se tourner vers son cousin.

— Serre-moi bien fort, lui dit-elle.

Qwilleran lui-même fut embrassé par beaucoup de femmes, y compris Amanda Goodwinter.

— Cela tourne à l'orgie, lui confia-t-il à l'oreille.

— Vous l'avez dit ! grogna-t-elle. Avez-vous remarqué comment la dame Carmichael a serré son cousin sur son cœur ? J'espère que Lynette sait ce qu'elle fait. Cela porte malheur de se marier un mardi ou de se marier en vert !

— Ne vous inquiétez pas, dit Qwilleran, avec une pièce d'argent dans son soulier et des miettes de galette d'avoine dans les cheveux, elle ne risque rien.

Carter Lee était égal à lui-même, charmant, souriant aux invités entre deux regards amoureux échangés avec sa femme. Elle rayonnait du bonheur qu'elle avait perdu vingt ans plus tôt. Quand Brodie joua un air plein d'entrain, elle souleva sa jupe et dansa la gigue.

MacWhannell dit à Qwilleran :

— Dommage qu'elle n'ait pas épousé un Écossais. Sait-on quelque chose sur la généalogie de ce garçon ?

— Non, mais James est un nom bien britannique. Vous savez, le roi James... P.D. James... et tous les autres.

— Quand ils reviendront de voyage de noces, promit Big Mac, nous l'inviterons à se joindre au club de généalogie... Votre chronique sur les noms de chat était intéressante. Nous avons deux chats gris, Misty et Foggy, et notre fille du New Hampshire a un chaton appelé Arpeggio qui court sur tout le clavier du piano.

— C'est fou ce que l'on peut entendre quand on n'a pas de crayon pour le noter ! dit Qwilleran. Envoyez ces noms sur une carte postale.

— Non ! protesta Arch Riker. Plus de cartes postales, nous ne savons plus où mettre les sacs postaux !

— Mon petit-fils a un matou appelé Alvis Parsley. Il aime le rock and roll, dit Mildred.

— Je crois qu'ils sont sensibles au rythme, dit le chef choriste de l'église. La nôtre s'assied sur le piano et bat la mesure avec sa queue. Nous l'appelons Métro, abrégé de métronome.

Tout le monde s'associa au jeu. Tout le monde connaissait un chat bien nommé : Chatsanova pour un gros matou ; Crevette pour une chatte qui adorait les crustacés ; un couple de birmans s'appelaient Ping et Pong.

— Envoyez des cartes postales, répéta Qwilleran.

— Vous avez ouvert la boîte de Pandore, dit Polly. Cela va-t-il être une bénédiction ou une malédiction ?

Quand la cornemuse joua le branle écossais, ce fut le signal du départ des nouveaux mariés. Qwilleran, qui conduisait, prit les clés dans son sporran et demanda à Riker d'amener la voiture devant la porte du club-house.

En route pour l'*Auberge Boulder*, le couple assis sur le siège arrière manifesta son enthousiasme pour le cadeau offert par le couple assis à l'avant, se doutant peu qu'ils avaient failli avoir un schnauzer. Carter Lee déclara qu'ils allaient fixer un rendez-vous avec le peintre dès leur retour. Polly espéra qu'ils auraient beau temps à La Nouvelle-Orléans. Lynette espéra qu'elle ne prendrait pas de poids.

Quant au conducteur, sa moustache lui provoquait un vague malaise. Le champagne avait coulé à flots à la réception et il avait probablement été le seul à rester totalement sobre. Il ne pouvait s'empêcher de penser au baiser fort peu fraternel que Danielle avait échangé avec le marié... et il se demanda s'ils étaient vraiment cousins... ce qui le conduisit à se poser des questions sur ce mariage rapide qui étonnait tout le monde.

L'*Auberge Boulder* était perchée sur une falaise surplombant le lac. Elle avait été construite avec de gros blocs de pierre empilés les uns sur les autres. La neige accentuait saillies, linteaux, rebords et crevasses. À l'intérieur, le sol avait été taillé dans le roc. Deux énormes bûches flambaient dans la cheminée gigantesque, devant laquelle les clients se rassemblaient après dîner pour écouter les histoires de l'aubergiste.

Silas Dingwall ressemblait à un aubergiste médiéval : petit, rond, joyeux, avec un tablier en cuir. Souriant, il agita les bras en signe de bienvenue et conduisit les nouveaux arrivants à la meilleure table de la salle à manger.

Le centre de la table était orné d'une profusion d'œillets rouges, de rubans blancs, et de clochettes en plastique blanc. Un seau à glace contenait déjà une bouteille de champagne offerte par la maison.

— Puis-je l'ouvrir ? demanda-t-il.

Le bouchon sortit du goulot avec un bruit discret et il versa le liquide pétillant avec de chaleureuses félicitations et vœux de bonheur à l'heureux couple. Il termina en disant :

— Je serai votre sommelier ce soir et votre hôtesse sera Tracy.

Machinalement, la main de Qwilleran se porta à sa moustache quand il vit l'aubergiste parler à une jolie fille blonde en lui désignant leur table. Elle acquiesça de la tête.

Lynette et Carter Lee échangeaient un toast intime, les bras liés et se regardant dans les yeux, quand la serveuse s'approcha. Elle fit quelques pas avec un sourire de commande, puis elle ralentit comme une somnambule et son sourire se figea.

— Oh ! mon Dieu ! s'écria-t-elle avant de s'enfuir de la salle à manger, renversant des chaises sur son passage.

Il y eut un silence dans la salle. Des cris hystériques venaient de la cuisine et l'aubergiste se précipita aux nouvelles.

— Eh bien, dit Polly, que signifie tout cela ?

Lynette semblait stupéfiée. Carter Lee affectait le plus grand calme. Qwilleran avait l'air avisé de celui qui savait ce que tout cela signifiait.

Le visage rouge, l'aubergiste revint vers la table.

— Je suis navré, dit-il, Tracy ne se sent pas bien. C'est Barbara qui va s'occuper de vous.

Après le dîner, Qwilleran et Polly décidèrent de rentrer à Pickax sans attendre l'heure où l'aubergiste raconterait ses histoires devant la cheminée. Polly devait travailler le lendemain et Qwilleran ne se sentait pas à l'aise.

Tandis que les deux belles-sœurs s'embrassaient avec des larmes d'émotion, les hommes se serrèrent la main et Carter Lee remercia son témoin de l'avoir assisté durant la cérémonie.

— C'est la troisième fois que je remplis cet office, dit Qwilleran, et c'est la première fois que je ne fais pas tomber l'alliance, aussi cela s'annonce bien.

Avant de partir, il parla à Silas Dingwall de ses *Contes brefs et longs* et prit rendez-vous pour le lendemain afin d'enregistrer « un de ces mystères effrayants ou sensationnels ». L'aubergiste lui promit de lui en réserver un des meilleurs.

Sur le chemin du retour, il n'y eut pas d'allusion à la serveuse. Polly lui déclara qu'il était le plus bel homme du mariage et il lui répondit qu'elle paraissait plus jeune que la mariée. Tous deux s'accordèrent pour trouver que Lynette avait l'air rayonnante.

— Ainsi vous aviez tort en imaginant qu'elle allait l'abandonner, Qwill.

— C'est la première fois de ma vie que je me trompe, dit-il avec une nonchalance qu'il ne ressentait pas vraiment.

En retournant à l'*Auberge Boulder* le lendemain du mariage, Qwilleran se remémora l'incident de la veille. Le nom de la serveuse était Tracy, c'était une jolie blonde. De toute évidence, il s'agissait de la fille d'Ernie Kemple, qui était sortie avec Carter Lee. Son père savait qu'elle était crédule, il redoutait qu'elle fût à nouveau déçue. Maintenant, Qwilleran se demandait quel genre de mari Lynette s'était choisi. C'était un jeune homme courtois. Il avait charmé toutes les femmes de la ville, y compris Polly. Elle avait fait des remarques sur ses manières engageantes. On le qualifiait de charmant, galant, homme du monde. Qu'était-il d'autre ?

En arrivant à l'auberge, Qwilleran fut accueilli avec

effusion par Silas Dingwall, très excité à la perspective d'être cité dans un livre.

— Allons dans mon bureau, dit-il, nous y serons plus tranquilles.

— Et parlez-moi d'abord de vous, dit Qwilleran.

Tout en buvant du café, il apprit que Dingwall descendait des survivants d'un naufrage qui avait eu lieu plus d'un siècle auparavant. Toute sa vie, il avait été fasciné par des récits transmis de génération en génération.

— Il y a des histoires de fantômes, des meurtres mystérieux, des récits sur la prohibition, des suspens et autres. Ma préférence va au mystère du Trou du Diable, l'histoire authentique d'un jeune pêcheur qui était également nouveau marié. Cela s'est passé il y a environ cent trente ans, quand Trawnto n'était qu'un petit village de pêcheurs. Voulez-vous l'écouter ?

— Certainement. Racontez-la comme vous en avez l'habitude, je ne vous interromprai pas.

Une fois retranscrite, l'histoire donnait ceci :

> Un jour, un jeune pêcheur appelé Wallace Reekie, qui vivait ici au village, se rendit aux funérailles de son frère dans une ville à trente kilomètres de là. Il n'avait pas de cheval, alors il partit à l'aube en disant à sa jeune épouse qu'il reviendrait à la tombée de la nuit. Les gens n'aimaient pas emprunter cette route la nuit parce qu'il y avait un passage difficile. La brume se levait et cachait le sentier ; il était facile de prendre un mauvais tournant et de tomber dans un marécage. On l'appelait le Trou du Diable.
>
> Aux funérailles, Wallace aida à transporter le cercueil de son frère dans les bois où se trouvait le cimetière. En chemin, il buta sur une racine

d'arbre. Il existait une vieille superstition : trébuchez quand vous transportez un mort et vous serez le suivant à entrer dans la tombe. Cette pensée devait avoir troublé Wallace parce qu'il but trop durant la veillée et se mit en retard. Sa famille voulut le retenir pour la nuit, mais il craignit que sa jeune femme ne s'inquiétât. Il fit un somme avant de partir, et prit la route tard.

Le trajet devait durer cinq heures, et quand il ne se présenta pas à la tombée du jour comme il l'avait promis, sa femme l'attendit toute la nuit et pria. Le jour venait de se lever quand elle fut horrifiée en voyant son mari trébucher sur le seuil de leur petite masure. Avant de pouvoir dire un mot, il s'écroula sur le sol. Elle appela au secours et le fils d'un voisin courut chercher le médecin. Celui-ci arriva à cheval aussi vite qu'il le put. On appela également le pasteur de l'église. Ce dernier appuya son oreille contre les lèvres du mourant et écouta ses derniers balbutiements, mais, pour une raison lui appartenant, il refusa de les révéler.

À partir de ce moment, les gens redoutèrent de traverser le Trou du Diable, non pas à cause de la brume ou du marécage, mais en raison de la mort mystérieuse de Wallace. Vers 1930, quand une route pavée remplaça la piste bourbeuse, l'incident était presque oublié. Mais en 1970, les descendants du pasteur donnèrent son journal à la Société historique de Trawnto, et toute l'histoire fut alors révélée.

Wallace avait atteint le Trou du Diable la nuit venue et cherchait son chemin avec précaution le long du sentier quand il fut terrifié de voir des ombres surgir du marécage pour venir à sa rencontre. Son frère, qui venait d'être enterré, était parmi ces fantômes. Ils invitèrent Wallace à se joindre à eux. C'était la dernière chose dont se souvenait le malheureux. Comment il avait réussi à trouver le chemin de sa maison dans son délire était difficile à expliquer.

Le pasteur avait écrit dans son journal : « Seuls les prières de sa femme et le grand amour qu'ils se portaient ont pu le guider. » Puis il avait ajouté cette phrase étrange : « Quand Wallace s'évanouit sur le seuil de sa maison, tous ses vêtements étaient à l'envers. »

— Grand Dieu ! dit Qwilleran quand l'histoire se termina. Le Trou du Diable existe-t-il toujours ?

— Non, il a été comblé il y a plusieurs années et l'on y a construit un immeuble de rapport. Mais j'y réfléchirais certainement à deux fois avant d'y acheter un appartement. Quand votre livre sera-t-il publié ?

— Dès que j'aurai récolté suffisamment d'histoires. J'aurais peut-être de la place pour une histoire datant de la prohibition, si vous étiez assez bon pour...

— Je serais très honoré. Un peu de café ?

Tout en buvant une seconde tasse de café, Qwilleran demanda :

— Qu'est-il arrivé à la serveuse qui était censée s'occuper de nous hier soir ?

— Tracy ? Eh bien, c'est une bonne employée, jolie et agréable avec les clients, mais elle est impulsive. Hier soir, elle a couru dans la cuisine comme si elle avait vu un fantôme. Ma femme a dû l'emmener dans nos appartements privés afin qu'elle ne dérange pas les clients. Nous ne savions pas exactement ce qui lui avait pris, aussi avons-nous téléphoné au 911 pour avoir un médecin. Nous avons également prévenu son père. Il est venu la chercher. Il semblerait que le monsieur qui venait juste de se marier était son petit ami. Le croiriez-vous ?

— Cette situation est classique — voyez les tragédies grecques, les opéras et les romans ! Le traître finit généralement poignardé.

— Elle a un petit garçon, et c'est peut-être pourquoi cette histoire a mal tourné. Un élégant jeune homme comme Mr. James ne souhaiterait sans doute pas s'embarrasser d'une famille.

Surtout s'il avait par ailleurs la possibilité d'épouser une femme riche, pensa Qwilleran.

De l'*Auberge Boulder*, Qwilleran se rendit au centre social, où les membres du Club Booster se réunissaient pour leur déjeuner hebdomadaire. Ernie Kemple serait là et il espérait pouvoir échanger quelques mots avec lui. Il y aurait un repas rapide, une réunion encore plus rapide, et les membres se disperseraient pour retourner à leurs affaires.

Kemple les accueillait à la porte avec son habituel badinage amical, mais Qwilleran crut discerner une tension dans son comportement.

— Pourrais-je vous dire un mot après la réunion, Ernie ? demanda-t-il.

Il voulait le préparer à l'article du journal sur le mariage. Mais d'abord, il dut faire la queue pour prendre un plateau de déjeuner et le porta à l'une des tables, où il se trouva assis à côté de Wetherby Goode et en face de Hixie Rice.

— Encore de la soupe aux haricots ! se plaignit le météorologue. Je pensais que les repas s'amélioreraient maintenant que des femmes sont admises au club.

— Ne vous inquiétez pas, dit Hixie. La semaine

prochaine, il y aura de la salade de fruits et des toasts Melba.

Au cours de la réunion, ce fut elle qui donna les dernières nouvelles du Festival de la glace.

— Les participants viennent de huit États, y compris l'Alaska.

— Les prix sont évalués à deux cent cinquante mille dollars. Dons offerts par des firmes commerciales et des bienfaiteurs.

— Sept collèges envoient des étudiants des beaux-arts pour le concours de sculpture sur glace.

— Des chasse-neige de trois comtés sont prêts à dégager les patinoires et les pistes de course.

— Les tentes d'accueil quittent Minneapolis en camion dès lundi.

— Quinze mille badges représentant un ours blanc sont déjà livrés.

— Jim Qwilleran dirigera la retraite aux flambeaux.

— On a besoin de volontaires pour le service médical et le contrôle de la circulation.

— N'avez-vous pas besoin de volontaires à l'intérieur ? demanda Wetherby Goode. Je ne supporte pas le froid.

Après les applaudissements, tout le monde se précipita vers la sortie. Qwilleran et Ernie Kemple s'attardèrent.

— Comment allez-vous ? demanda Qwilleran sur un ton de chaude sympathie.

— Tracy est à l'hôpital. Elle a essayé de se suicider. Vivian prend l'avion pour revenir d'Arizona. Ce Carter Lee James est un salaud ! Il a essayé d'utiliser

Tracy pour nous amener à signer son projet. Elle l'a démasqué hier de la façon la plus cruelle. Elle avait été désignée pour s'occuper de sa table à l'*Auberge Boulder* et c'était son dîner de mariage ! Il a épousé cette Lynette Duncan qui a une maison dans notre rue.

— Je le sais, dit Qwilleran, j'y étais, et je voulais vous prévenir qu'il y aura un long article dans le journal à propos de ce mariage.

— Oh ! mon Dieu ! Je serai heureux de voir Vivian revenir ! Elle arrive par le vol de 17 heures. Tracy refuse de me parler. Je l'avais prévenue, mais elle n'a pas voulu m'écouter et maintenant elle m'en veut parce que j'avais raison !

— Les jeunes doivent faire leurs propres expériences, murmura Qwilleran comme s'il était expert en la matière.

— Vous ne pouvez imaginer combien c'est difficile de se tenir là et de voir votre fille au bord du gouffre, dit Kemple. C'est sa seconde déception. Elle aurait dû rester avec Lenny. Elle ne le retrouvera plus, maintenant... Mais je suis là à vous ennuyer avec mes malheurs...

— Ne vous excusez pas, dit Qwilleran. Je me sens vraiment concerné.

C'était vrai. Il ressentait des frémissements redoublés sur sa lèvre supérieure et Koko l'avait regardé en frappant le sol de sa queue avec une véhémence accrue.

CHAPITRE XIV

Après le déjeuner au Club Booster, Qwilleran tua le temps jusqu'à 15 heures à lire des journaux à la bibliothèque. Il attendait le moment de parler à Lenny Inchpot au restaurant de sa mère. À 15 heures, il acheta un exemplaire du *Quelque Chose* et l'emporta au *Luncheonette de Loïs* où il flâna sur une tarte aux pommes et les dernières nouvelles. Le mariage était rapporté en photographies avec un minimum de texte.

MARIAGE DE LA SAINT-VALENTIN AU VILLAGE

Lynette Duncan, de Pickax, et Carter Lee James, de New York, ont été unis par les liens du mariage mardi soir au cours d'une noce écossaise au club-house du Village Indien. Les témoins étaient Polly Duncan et James Qwilleran. Le révérend Wesley Forbush a officié.

Les photographies avaient été prises par John Bushland : un gros plan des deux époux, les invités devant la cheminée, le rituel de la galette d'avoine, la mariée coupant la première tranche du gâteau de mariage avec un poignard écossais, un groupe d'invités en tartan et Brodie avec sa cornemuse.

Quand le dernier client fut parti et que le panonceau « Fermé » eut été apposé sur la porte, Lenny se mit à balayer. Qwilleran alla jusqu'au passe-plats de la cuisine et cria à Loïs :

— La permission de s'entretenir avec le chevalier du balai est demandée pour des raisons d'importance vitale !

— Permission accordée, mais soyez bref ! Il a du travail à faire, répondit-elle sur le même ton.

— Garez votre engin, Lenny, et asseyez-vous quelques minutes, dit Qwilleran. Savez-vous que Tracy Kemple est à l'hôpital ?

— Non ! Que lui est-il arrivé ?

— Dépression nerveuse. Avez-vous lu le *Quelque Chose* d'aujourd'hui ? dit-il en ouvrant le journal à la page du mariage. Le marié est Carter Lee James.

— Oh ! Oh ! fit Lenny en avalant sa salive. Tracy croyait être dans les petits papiers de ce type. Je suppose qu'elle se faisait des illusions.

— Savez-vous où elle l'a rencontré ?

— Bien sûr. Il essayait d'amener les Kemple à signer son grand projet. Cela signifiait qu'il fallait d'abord sortir beaucoup d'argent, et Ernie n'était pas très chaud. À mes yeux, Carter Lee avait tout de l'escroc, mais Tracy était impressionnée par les maisons qu'il avait restaurées et dont la photo avait paru dans des magazines... Voyez-vous, Mr. Q., je me méfie des étrangers depuis que ce beau parleur a fait sauter l'hôtel l'année dernière avec une bombe cachée dans un bouquet de fleurs. Mais j'ai commis une erreur en disant à Tracy que je croyais que ce Carter Lee était un imposteur. J'aurais mieux fait de fermer ma grande bouche. Je n'ai réussi qu'à la rendre furieuse, elle m'a dit d'aller me faire pendre... Voilà toute l'histoire. Et maintenant ?

— C'est à vous de décider. Pour commencer, vous pourriez appeler Ernie pour lui offrir votre sympathie. Il est très abattu.

— Ouais, je vais le faire. Je me suis toujours bien entendu avec Ernie.

— Il se propose de se présenter à votre procès comme témoin de moralité. Moi aussi, du reste.

— Vraiment ? C'est chouette de votre part, Mr. Q., et merci de m'avoir confié à Mr. Barter, c'est un chic type.

— Très bien, je vous verrai au tribunal.

Quand Qwilleran quitta le restaurant, Lenny se servait de son balai comme un somnambule.

— Dépêche-toi, cria sa mère. Les clients vont revenir avant que tu aies terminé !

Avant de rentrer chez lui, Qwilleran acheta six exemplaires du *Quelque Chose* pour que Polly les donne à Lynette à son retour. Il les lui porta à la bibliothèque.

— Saviez-vous que Carter Lee était de New York ? lui demanda-t-il.

— Je sais seulement qu'il a travaillé dans les villes de la côte est. Lynette dit que son press-book est impressionnant. J'aimerais le voir.

— Moi aussi, dit Qwilleran.

— Je vous attends pour un autre dîner au poulet, ce soir. Nous n'avons essayé que sept recettes jusqu'ici, il en reste encore dix.

— Je suis impatient, répondit-il avec ambiguïté. Rien d'exceptionnel à la bibliothèque aujourd'hui ? Pas de vociférations ? Pas de bottes mouillées ?

— Vous n'allez pas le croire, Qwill, les employés et les bénévoles ne parlent que des noms de chats ! Je leur ai dit que Bootsie s'appelait dorénavant Brutus et que sa compagne porterait le nom de Catta, ce qui est supposé être le nom latin pour la femelle de l'espèce. Mon assistante a trois chats : Œdipuss, Octopuss et Platipuss. Et le chat gris tigré qui dort dans la vitrine de chez Scottie se nomme Haggis MacTavish.

Bientôt le comté de Moose allait avoir un autre sujet de conversation.

Plus tard ce même après-midi, Qwilleran arrivait avec sa voiture au moment où Wetherby Goode sortait avec la sienne. Celui-ci donna un petit coup de klaxon et baissa sa vitre.

— Avez-vous une minute, Qwill ?

Il y avait de l'anxiété dans la question, qui poussa Qwilleran à répondre :

— Bien sûr. Voulez-vous entrer ?

Quand Wetherby vit les siamois qui se montraient poliment inquisiteurs, il déclara :

— Ils sont superbes ! Le mien est un tigré orange appelé Jet Stream, petite plaisanterie sous-entendue. Il répond au nom de Jet-boy.

— Voulez-vous boire quelque chose, Wetherby ?

— Non, merci. Je vais à la station. Appelez-moi Joe, c'est mon véritable nom.

— Eh bien, asseyez-vous, Joe, et dites-moi ce qui vous tracasse.

Le visiteur prit place sur le bord d'un fauteuil.

— Qu'avez-vous pensé des dernières nouvelles du Festival de la glace, au déjeuner ?

— Je dirais qu'ils ont fait un formidable travail d'organisation et de promotion. Je ne suis pas particulièrement heureux de me retrouver maître des cérémonies, mais j'espère que ce sera une grande réussite financière.

— Moi aussi, mais... je déteste devoir dire cela, Qwill. Il y a une dangereuse perspective de réchauffement à l'horizon, une *très* dangereuse perspective.

— Cela ne va pas durer plus de deux ou trois jours. Nous ne sommes qu'en février.

— Le temps est bizarre partout sur le globe. Une remontée de la température, hors saison et prolongée, n'est pas seulement possible, mais inévitable... sans parler de pluies chaudes. Vous rendez-vous compte de ce que cela peut signifier pour le Festival de la glace ? Un dégel prématuré pourrait anéantir tous les bénéfices attendus par les firmes locales, sans parler du désappointement de milliers de gens dans trois comtés. Quand j'aurai donné les prévisions météo à long terme, ce soir, je ferai aussi bien de quitter la ville. N'abat-on pas toujours le messager qui apporte de mauvaises nouvelles ? Le métier de météorologue, comme celui de policier, n'est pas gai. Les auditeurs s'attendent à ce que les prévisions soient toujours parfaites et ils se soucient peu de front chaud et de poches d'air froid. Ils veulent seulement savoir quel manteau porter et s'il convient de fermer les fenêtres de la voiture... Enfin, j'avais besoin de me confier à quelqu'un. Merci de m'avoir écouté.

Après le départ de Wetherby, Qwilleran alla à son bureau pour lire son courrier et regarder à nouveau les photographies du mariage dans le *Quelque Chose...* pour constater que quelqu'un avait mis le journal en charpie. Les deux chats étaient aplatis par terre, attendant qu'il fasse cette découverte.

— Je ne sais pas lequel de vous a fait cela, leur dit-il, mais je considère que c'est vil. Un manquement complet à l'étiquette.

Yom Yom se mit à loucher et Koko fit comme s'il était devenu sourd.

En s'habillant pour aller dîner chez Polly (escalopes de blanc de poulet avec olives vertes, pois chiches et tomates séchées au soleil), Qwilleran reçut un autre appel téléphonique de Danielle. Impudemment, elle lança :

— Allô ! vieux haricot ! Ne voulez-vous pas venir jouer avec moi, ce soir ?

Avec raideur il répondit :

— À qui désirez-vous parler ? Nous n'avons pas de chien de ce nom, ici !

— Qwill, c'est Danielle, dit-elle avec cet accent qui lui écorchait les oreilles.

— Je ne l'aurais jamais deviné.

— Ah ! vous êtes un petit plaisantin. Mon cousin est parti en voyage de noces et je n'ai personne avec qui jouer. Pourquoi ne viendriez-vous pas boire un verre et dîner ? Je décongèlerai un plat.

— L'invitation est presque irrésistible, mais j'ai d'autres engagements.

Ce bref mais exaspérant échange rendit la perspective d'escalopes de blanc de poulet un pur délice gastronomique. Pour aller chez Polly, il laissa ses gants et sa casquette à la maison. La température était incroyablement douce et le trottoir, au lieu d'être blanchi par la neige, était noirci d'humidité.

— Vous ne portez pas de chapeau ! s'étonna Polly.

— Il semble faire un peu moins froid, ce soir, dit-il sans révéler ses informations privilégiées.

— Je viens juste de découvrir la différence entre la neige amicale et la neige inamicale, dit-elle avec enthousiasme.

Polly récoltait des informations aussi passionnément que Kemple collectionnait les poupées.

— Les rafales et les averses de neige sont amicales, les blizzards et les bourrasques de neige sont inamicaux. Ne trouvez-vous pas cela intéressant ?

— Très, dit-il en pensant au dégel prochain. Comment va Brutus ?

— Je crois qu'il est satisfait de son nouveau nom.

— Avez-vous des nouvelles de Lynette ?

— Non. Je suis sûre qu'elle a d'autres choses en tête, dit Polly. Mais Mildred m'a téléphoné à propos du Club des gourmets. Ils vont sauter la rencontre de février, par respect pour la mémoire de Willard — un moment de silence, pour ainsi dire.

— Très convenable. J'approuve tout à fait.

— Savez-vous comment Danielle se tire de son rôle dans la pièce ?

— Je sais seulement que les billets pour toutes les représentations se vendent bien. J'ai pour théorie que les spectateurs de Pickax paieraient volontiers du bel argent pour voir la veuve d'un homme assassiné.

— C'est macabre, dit Polly avec un petit frisson.

Après dîner — c'était la meilleure recette, jusque-là — ils écoutèrent les enregistrements de Qwilleran pour ses *Contes brefs et longs*. Il déclara :

— Koko les a entendus deux fois et en chaque occasion il a miaulé à l'affaire de la mine Dimsdale. Ou bien la voix haut perchée d'Homer Tibbitt l'irrite, ou bien il sait ce que sont les pâtés.

— Brutus adore les pâtés, dit Polly en se levant pour aller répondre au téléphone. Lynette ! Nous parlions justement de vous ! Qwill est ici. Attendez une minute... Qwill, voulez-vous prendre cet appareil ? Je vais décrocher celui d'en haut.

— Comment est La Nouvelle-Orléans ? demanda-t-il.

— Chaude et merveilleuse ! (Lynette parlait vite et avec excitation.) Nous sommes descendus dans une charmante vieille auberge. Notre chambre a un lit à baldaquin et une cheminée. On nous apporte le petit déjeuner sur un grand plateau, des croissants, une confiture fabuleuse et un délicieux chocolat chaud !

— Méfiez-vous du chocolat chaud, intervint Polly.

— Vous devriez voir le quartier français et les balcons ouvragés ! C'est si romantique ! Le café est étrange. Carter Lee dit qu'ils y mettent de la chicorée. Mais ce que je préfère, c'est le gumbo créole. C'est assaisonné avec du *filé*, une poudre qu'on obtient en broyant des feuilles sèches de sassafras. Je vais en acheter afin de pouvoir en préparer chez moi.

Elle s'arrêtait à peine pour respirer. Elle enchaîna :

— Tout est si différent ici ! Quand ils portent un toast, ils disent : « À une vie courte et gaie ! » Les défilés commencent samedi. J'ai tellement hâte de les voir !

— N'exagérez pas avec le Sazerac[1], conseilla Qwilleran.

— Je suis si heureuse ! dit-elle, presque en larmes. Carter Lee est simplement merveilleux ! Tout est parfait !

— Eh bien ! dit Polly quand la conversation fut terminée.

— J'ai l'impression qu'elle aime La Nouvelle-Orléans, remarqua Qwilleran.

— Je suis si heureuse pour elle !

À la fin de la soirée, en pataugeant dans les flaques d'eau pour rentrer chez lui, il pensa à Lynette et à sa nouvelle vie. Elle avait abandonné son travail à la clinique pour aider son mari : elle s'occuperait de l'aspect relations publiques et promotion de la restauration. Elle possédait les qualités nécessaires. Elle

1. Sazerac : cocktail composé de bourbon, absinthe, bitter, sucre, glace et zeste de citron. *(N.d.T.)*

connaissait tout le monde en ville et son enthousiasme pour les réalisations de Carter Lee était sans borne. Qwilleran nourrissait une grande curiosité pour le press-book de ses travaux que tout le monde semblait tellement admirer. Même Vieille Baudruche en avait parlé. Breze n'était pas expert en la matière, mais il devait trouver un moyen de se procurer ce fameux document en l'absence de Carter Lee.

En rentrant chez lui, Qwilleran dactylographia des instructions à Celia :

> MISSION : Opération Brise d'Hiver
>
> AFFECTATION : Mettre la main sur le livre des « fameuses photos » appartenant à Carter Lee James. Commencez par appâter Casquette Rouge avec vos *brownies* faits maison pour lui prouver que vous savez faire la cuisine. Faites-lui savoir que vous avez vu sa maison dans Sandpit Road et que vous pensez qu'elle vaudrait beaucoup d'argent si elle était rénovée. Dites-lui que vous vous intéressez à la décoration et que vous aimeriez voir ces photographies... Ensuite prenez contact avec Danielle Carmichael, Woodland Trail, et demandez-lui ce press-book pour Mr. Breze, qui est très désireux de faire restaurer sa maison. Quand la mission sera accomplie, prenez contact avec le quartier général.

Le matin suivant, Qwilleran déposa ses instructions dans la boîte aux lettres de Celia. Circuler avec des raquettes était hors de question. La température avait incroyablement remonté et une pluie constante transformait le paysage blanc en une triste couverture grise. Les murs de neige fondaient, transformant rues et trottoirs en canaux. À la loge de l'entrée, ce soudain dégel était le seul sujet de conversation :

— Que va devenir le Festival de la glace ?

— Les chenilles velues avaient raison, en fin de compte. Elles avaient annoncé un hiver doux.

— Oui, mais leurs prévisions étaient fausses d'environ dix semaines !

— Comment les égouts vont-ils supporter toute cette eau ?

Qwilleran prit son courrier pour aller le dépouiller chez lui. Il en rangea la plus grande partie dans un dossier intitulé « en attente ». Il avait une lettre du petit-fils de Celia contenant des photographies du sourcier et la retranscription de l'enregistrement. Il y avait aussi une invitation à une soirée chez Danielle. RSVP.

Quand le téléphone sonna, il fut heureux d'entendre la voix de son voisin :

— Qwill, les choses se dégradent, mais nous devons manger, et l'on dit que la route de Kennebeck est encore praticable. Êtes-vous libre ? Avez-vous faim ? Aimeriez-vous aller *Chez Pompette* ?

— J'aime toujours aller *Chez Pompette*, qu'il pleuve ou qu'il vente, avec ami ou ennemi, dit Qwilleran. Apparemment, personne n'a encore tiré sur le messager.

— Pas encore, mais les promoteurs du Festival surveillent la glace d'heure en heure...

CHAPITRE XV

Les deux hommes roulèrent entre deux gerbes d'eau le long de River Lane, dans la camionnette de Wetherby Goode.

— Quel temps ! dit-il.

— Comment le paysage a-t-il pu se liquéfier si rapidement ? demanda Qwilleran.

— Une pluie chaude. C'est comme verser du thé brûlant sur des cubes de glace.

— La campagne s'est transformée en vilain petit canard au cours d'une seule nuit !

— Et cela va empirer, prédit Wetherby. « La pluie, elle pleuvait tous les jours [1]. »

— Le Festival de la glace est-il condamné ?

— Je ne fais aucune prédiction. Je n'ouvre même pas la bouche. Tout ce que je peux dire, c'est que les chenilles velues savaient quelque chose que j'ignorais. Le parking devant le *Dimsdale Diner* est sous l'eau et on évacue les gens de Shantytown. On redoute que la vieille mine s'effondre.

— Et la mine Buckshot sur notre route ?

---

1. Shakespeare, *La Nuit des rois*. *(N.d.T.)*

— La situation est moins dangereuse. Voyez-vous, la mine Dimsdale est dans une fourchette entre deux rivières, l'Ittibittiwassee et la Rocky Burn.

— Notre rivière semble couler plus vite et faire davantage de bruit, dit Qwilleran, mais je ne vois guère monter le niveau d'eau. En tout cas, j'espère que la rive est assez haute pour nous protéger. Et nous avons tous ces chats dans le bâtiment 5 : s'ils peuvent prédire un tremblement de terre, ils devraient être capables de prévoir une simple inondation.

— La seule sombre perspective serait qu'une vague géante surgisse du lac pour gonfler la rivière. Cela pourrait atteindre Sawdust City, mais ne nous toucherait pas. Inutile de donner des leçons de natation à vos chats.

— Les écoles vont devoir fermer si les autobus ne peuvent plus circuler. Nous ferions peut-être bien d'acheter des vivres. Ma grange était prête à faire face aux intempéries, avec boîtes de conserve, réchaud, eau minérale et batteries de secours, mais je n'ai rien ici. Il faudrait aussi que je ravitaille Polly.

— Nous pouvons nous arrêter au marché de Kennebeck après déjeuner, dit Wetherby, s'il leur reste quelque chose !

— Je suggère que nous nous y arrêtions avant d'aller déjeuner, répliqua Qwilleran.

La ville de Kennebeck était située sur un tertre et la taverne *Chez Pompette* était construite à l'abri et au sec sur le sommet. À l'origine, dans les années 30, l'auberge — une simple cabane en bois — avait été appelée ainsi à cause du chat du propriétaire, Pompette. Maintenant, c'était une longue construction en rondins, avec des salles à manger sur plusieurs niveaux. Dans l'une d'elles se trouvait le portrait à l'huile de la célèbre chatte blanche à taches noires. La cuisine était simple et saine. La rusticité prévalait et les serveuses étaient des femmes d'un certain âge qui appelaient les clients par leurs prénoms et savaient ce qu'ils aimaient boire.

Quand une eau de Squunk et un bourbon furent servis, Qwilleran dit à son compagnon :

— Je suppose que vous êtes un natif du comté, Joe ?

— Un natif du comté de Lockmaster. Je suis né dans une ville appelée Horseradish [1].

— Vous plaisantez, je suppose ?

— Vous ne me croyez pas ? Regardez sur la carte, c'est au bord du lac. Peu de gens se rappellent que ce fut autrefois la capitale du raifort du Middle West. C'était au XIXe siècle, bien avant que Lockmaster ne devienne l'élégant comté du cheval. S'il existe un lien, je ne peux le deviner. Qu'est devenu Horseradish ? Il n'y a plus que des maisons d'été et des auberges, aujourd'hui. J'y ai encore des parents.

— Qu'est-ce qui vous a conduit dans le comté de Moose, Joe ?

— Après mes études, j'ai travaillé pour la télévision au Pays d'En-Bas, et puis j'ai connu une crise de la quarantaine avant l'âge et j'ai décidé de revenir dans le Nord. Ma première impulsion a été Lockmaster, mais j'ai vu ce qui se passait à Pickax et ce que j'ai vu m'a plu. Alors me voilà, avec Jet-boy. Avant lui, j'avais un autre chat orange appelé Léon, avec une tête aussi grosse qu'un pamplemousse, pas de cou, et acide comme un citron [2]. On se ressemblait, laissez-

1. *Horse-radish* : raifort, littéralement « radis de cheval ». *(N.d.T.)*

2. *Lemon* en anglais, dont Léon, le nom du chat, est dérivé. *(N.d.T.)*

moi vous le dire ! Mais c'était au Pays d'En-Bas. Mon caractère s'est amélioré après mon retour.

Qwilleran posa la question logique :

— Qu'est-il arrivé à Léon ?

— Il est resté avec mon ex-femme. Il lui fait probablement penser à moi... Que commandez-vous ? Je prends toujours un steak aux oignons.

Il resta silencieux un moment puis parla de Lynette :

— Elle a choqué tout le club de bridge en se mariant si rapidement, après être restée célibataire si longtemps.

— Savez-vous qu'elle est une de vos plus ferventes admiratrices, Joe ? Elle cite constamment vos bons mots quotidiens... Elle est très impressionnée.

— Dommage que je ne l'aie pas su plus tôt ! dit Wetherby en bombant le torse. Que savez-vous de son mari ?

— Pas grand-chose. J'ai été invité comme témoin parce que je possédais un kilt.

— Je vois ! J'ai moi-même été invité à la réception parce que je joue du piano.

— Willard Carmichael m'a dit que Carter Lee est très apprécié dans sa profession au Pays d'En-Bas et qu'il pourrait faire beaucoup de bien à Pickax. Connaissiez-vous Willard ?

— Seulement à la table de bridge, mais il paraissait être un brave type. J'ai été navré de ce qui lui était arrivé.

Les steaks furent servis et Qwilleran tira à lui le plateau des condiments.

— Raifort ? proposa-t-il, puis il demanda : Votre ville natale a-t-elle des légendes ou des histoires locales méritant d'être racontées, Joe ? Jusqu'à présent, j'ai des récits de Dimsdale, Brrr et Trawnto.

— J'ai un grand-oncle à Horseradish qui pourrait vous en raconter de bien bonnes. La ville a eu des problèmes avec les pirates du lac autrefois. C'était le port le plus important de tout le comté, et les pirates s'attaquaient aux cargos et obligeaient leurs victimes à sauter à l'eau. Des corps étaient sans cesse rejetés sur la plage avec les mains liées derrière le dos. On les enterrait, mais les âmes de ces malheureux ne pouvaient reposer en paix, aussi y avait-il de nombreux fantômes à Horseradish. Les gens étaient réveillés par leurs gémissements, par des claquements de portes et des courants d'air... Est-ce le genre de choses que vous désirez entendre ?

— Continuez, je vous écoute.

— Un jour, un homme est venu en ville chevauchant une mule et il prétendit avoir le pouvoir de débarrasser les maisons de leurs fantômes.

— Cela ferait un bon film de cinéma, si ça n'a déjà été fait.

— Ne riez pas. Cela s'est réellement passé. Les gens lui donnèrent de l'argent et il alla travailler dans les greniers, jetant du sable partout en baragouinant un charabia. Puis il disparut subitement, avec certains de leurs trésors.

— Les fantômes avaient-ils également disparu ?

— Personne ne le sut réellement. Les victimes de l'escroquerie étaient trop embarrassées pour en parler... Navré de n'avoir davantage de détails.

— J'aimerais rencontrer votre grand-oncle, Joe. Je voudrais aller à Horseradish avec mon magnétophone. Accepterait-il de me parler ?

— Parler ? Vous aurez du mal à l'en empêcher ! Apportez suffisamment de cassettes. C'est un vieux type sympathique. Oh ! à propos, il a un gros chat gris appelé Long John Silver.

Qwilleran fut enchanté d'avoir un nouveau filon à exploiter pour ses *Contes brefs et longs*. Il apprécia le déjeuner et trouva Wetherby de bonne compagnie. Il aimait son enthousiasme et sa candeur. Il songea qu'un météorologue de Horseradish aurait pu faire un meilleur mari pour Lynette qu'un conseiller en restauration de New York.

En retournant au Village Indien, le conducteur avait du mal à naviguer entre les flaques d'eau, mais à un moment il se tourna vers son passager pour dire :

— Je ne devrais pas vous poser cette question, étant donné que vous étiez témoin au mariage...

— Je vous ai dit pourquoi je l'étais, dit Qwilleran. Je connaissais à peine le marié. Allez-y, posez votre question.

— Avez-vous été surpris par ce mariage ? Polly a-t-elle été surprise ?

— Je ne me hasarderai pas à répondre pour Polly. Elles sont belles-sœurs et Polly était contente de voir Lynette heureuse. Mais... oui, j'ai été surpris — pour autant qu'un vieux journaliste puisse l'être.

— Je vous ai posé cette question parce que j'ai observé Carter Lee au club de bridge. La façon dont il l'a entortillée était merveilleuse à étudier. Et cela a marché.

— Tout est permis en amour comme à la guerre, dit-on.

— Peut-être, mais je suis enclin à penser que ce garçon n'est qu'un coureur de dot. Bien que Lynette travaille et ne se soit jamais donné des airs, nous savons tous qu'elle a hérité de toute la fortune Duncan. Et il me semble que le mariage s'est fait bien vite. Marié trop vite et la vie pour s'en repentir, dit le proverbe.

— Quelqu'un aurait dû me dire cela il y a vingt ans.

— Au cas où vous l'ignoreriez, Qwill, il y a un autre chasseur de dot dans les bois... c'est une femme, et elle a des vues sur vous.

— Danielle ? dit Qwilleran en l'écartant d'un haussement d'épaules. Elle est un peu barjo. Croyez-moi, Joe, je sais comment me débrouiller avec les Lorelei. Il en existe de toutes les tailles, formes et modèles. Mais j'apprécie quand même vos conseils... Danielle se montre-t-elle au club de bridge ?

— Presque jamais, ce qui est aussi bien pour nous. Elle est occupée aux répétitions d'une pièce. Pouvez-vous imaginer cela ? Elle va jouer le rôle principal dans *Hedda Gabler* !

— Je ne peux l'imaginer, dit paisiblement Qwilleran.

Le samedi matin, un autre appel de la comptabilité l'informa que les documents qu'il avait réclamés étaient arrivés et seraient livrés à la loge du concierge du Village Indien. Pour aller les chercher, il s'y rendit en voiture en manœuvrant sur le sentier inondé, sous un ciel gris prometteur de pluie. « La pluie, elle pleuvait tous les jours » : la prédiction météo du matin n'était pas très réconfortante.

L'employée à la loge lui remit un grand paquet enveloppé de blanc et attaché par un ruban rouge.

— On dirait un cadeau de la Saint-Valentin, dit-elle. C'est peut-être une boîte de chocolats.

À la maison, les siamois jouèrent avec les rubans tandis que Qwilleran lisait la lettre d'accompagnement de Celia.

Cher Chef,

Aucun problème ! Je n'ai même pas eu besoin de donner à Casquette Rouge le moindre biscuit. Il a dit O.K. Alors j'ai appelé la dame en question et elle m'a remis le paquet. Elle est bizarre ! Dites-moi si je peux faire autre chose. Je viens de recevoir une lettre de Clayton, il voudrait savoir si vous avez aimé les photos.

Celia

Qwilleran n'avait même pas regardé les photographies de Clayton. Elles étaient dans le dossier en attente. Quant au fameux press-book de Carter Lee James, c'était un dossier relié en cuir contenant des photographies en couleurs sous plastique montrant des intérieurs et des extérieurs de vieilles maisons. Toutes étaient apparemment authentiques et de toute évidence très chères. Avant qu'il ait pu formuler une critique, le téléphone sonna encore et il entendit la voix claironnante de l'agent d'assurance en retraite.

— Qwill, ici Ernie Kemple. Votre duplex est-il toujours au sec ?

— Jusqu'ici pas de problème. Pas d'inondation dans Pleasant Street, j'espère ?

— Non. Je touche du bois. Toutes les maisons ont leur propre pompe à eau qui travaille sans arrêt.

— Comment va Tracy ?

Kemple baissa la voix :

— Pensez-vous venir en ville ? Je sais que les routes sont mauvaises, mais... Il est difficile de parler au téléphone.

— Je pourrais me laisser tenter si quelqu'un venait déjeuner avec moi au *Onoosh's*.

— Je peux vous rejoindre là-bas.

— J'arrive immédiatement.

Artère majeure de la circulation, Ittibittiwassee Road était praticable. Malgré tout, Qwilleran remercia intérieurement Scott Gippel de lui avoir vendu un véhicule avec un châssis élevé car les roues devaient franchir de profondes flaques d'eau qui jaillissaient en gerbes. En traversant le pont, il s'arrêta pour observer le niveau d'eau. Il était plus haut que d'habitude, mais restait encore bien au-dessous du pont de pierre. De nombreux ponts sur les routes secondaires étaient submergés, selon WPKX.

Il brancha le poste pour avoir des nouvelles :

« Quinze centimètres d'eau sont tombés en une heure, au dernier contrôle à Brrr. De nombreuses routes secondaires sont sous douze centimètres d'eau et le bureau du shérif conseille aux conducteurs de rester autant que possible sur les grandes routes. Dans la vallée de Black Creek les pompiers volontaires vont de porte en porte pour prévenir les familles de se réfugier sur des terrains plus élevés. Des abris de fortune sont installés dans les écoles et les églises. »

La circulation était faible pour un samedi et il y avait peu de piétons en ville. Qwilleran et Kemple étaient les seuls clients chez Onoosh. Son associé s'occupa d'eux.

— Nous avons dit aux serveurs de rester chez eux. Onoosh est seule à la cuisine, expliqua-t-il.

Qwilleran commanda des feuilles de vigne farcies et du taboulé. Kemple choisit des falafels dans un pita.

— Vous m'avez demandé des nouvelles de Tracy, dit-il en parlant sur un ton confidentiel. Sa mère est rentrée à la maison et elle sait comment s'y prendre avec Tracy. Elles peuvent communiquer.

— Tracy a-t-elle vu les photographies du mariage dans le journal ?

— Oui, mais maintenant la situation lui apparaît sous un jour complètement différent. Elle se sent coupable.

— Comment expliquez-vous cela ?

— Vous souvenez-vous de cette petite poupée qui a été retrouvée dans les affaires de Lenny ? Nous avions signalé qu'elle avait été volée... Eh bien, le drame s'est éclairci. Scène I : Tracy en avait fait cadeau à Carter Lee à notre insu. Scène II : Tracy et Lenny se sont disputés et, dans la chaleur de la discussion, il lui a dit que Carter Lee était un imposteur. Scène III : Elle vient de nous confesser qu'elle a répété cette accusation à Carter Lee.

— Mais pourquoi ? demanda Qwilleran.

— C'était lors d'un de ces rendez-vous prestigieux avec cet homme qui était la coqueluche de toute la ville. Ils buvaient des margaritas au *Palomino Paddock*. Elle était euphorique et ne savait plus ce qu'elle faisait.

— Intéressant, murmura Qwilleran en lissant sa moustache.

— Lorsque la poupée fut retrouvée dans les affaires de Lenny, elle eut peur d'avouer la vérité. Cela aurait ruiné ses chances auprès de Carter Lee. Mais maintenant elle le déteste et elle est pleine de remords à cause de ce qui est arrivé à Lenny. Elle veut aller à l'audience pour dire la vérité au juge.

— Cela se complique, Ernie. En défendant l'un, elle accuse l'autre. S'il a fourré la poupée dans les affaires de Lenny, on peut aussi présumer qu'il y a également fourré les cassettes, les lunettes de soleil et tout le reste. Et cela impliquerait qu'il les a volés. C'est peut-être une canaille et un manipulateur, mais serait-il capable de larcins ? Cela signifierait-il aussi qu'il a volé l'argent du club de bridge ? Et son propre blouson de cuir au Jour de l'an ? Avant de faire quoi que ce soit, Tracy devrait consulter G. Allen Barter.

Kemple, qui s'était penché sur la table, se renversa sur sa chaise en poussant un gros soupir.

— C'est pour cela que je voulais vous parler, Qwill. C'est une bonne idée.

— Autre chose, Ernie : je n'aime pas faire une pareille suggestion, mais se pourrait-il que Tracy mente pour se venger de Carter Lee ?

— Je reconnais que cette idée m'a effleuré, Qwill. Vous savez, ma fille était une jeune fille innocente, mais elle est sortie du droit chemin et les circonstances l'ont changée.

— Si elle ment, elle pourrait se retrouver dans de sales draps. Oui... vous devriez vous entretenir avec Bart en vitesse.

— Merci pour votre intérêt et vos conseils, Qwill, dit-il en prenant l'addition. Vous êtes mon invité, et j'ajouterai même une petite poupée en bois pour vous porter chance.

— Gardez-la, dit Qwilleran, j'ai déjà toute la chance dont j'ai besoin... À propos, comment vont les répétitions d'*Hedda Gabler* ?

Le gros rire de Kemple secoua les franges des abat-jour au-dessus de la table :

— J'appelle la pièce *Hedda Chou-Fleur.* Danielle ne joue pas Hedda, elle joue Adelaïde dans *Blanches colombes et vilains messieurs* ! Et je ne joue pas le juge Brack, je joue le scélérat dans *L'Ivrogne.* Vous devriez venir aux répétitions rien que pour rire un peu. Mais je suis navré pour Carol et Fran Brodie. Elles travaillent tellement ! Pourquoi diable ont-elles donné ce rôle à Danielle ?

— Bonne question, dit Qwilleran.

De retour sur Ittibittiwassee Road, Qwilleran était tourmenté par d'autres questions. Carter Lee était-il vraiment le petit voleur qui avait harcelé toute la ville en décembre ? Si oui, quelles pouvaient bien être ses motivations ? Un homme de son statut professionnel s'abaisserait-il à voler des vêtements promis aux nécessiteux ? Ces larcins étaient-ils une répétition pour le vol plus important du club-house ? Une somme estimée à deux mille dollars avait été dérobée dans la jarre. Quant au blouson en cuir disparu la veille de Noël, Qwilleran en avait vu de semblables dans des catalogues pour quinze cents dollars. Et pourtant il avait vu Carter Lee en porter un semblable quand Lynette et lui étaient venus lui faire cette visite impromptue. Ou bien en avait-il acheté un autre ? Si c'était le même, l'avait-il récupéré ? Ou n'avait-il jamais été volé ?

Qwilleran arriva chez lui. Les siamois l'attendaient à la porte en se promenant avec nervosité. Il était trop tôt pour leur dîner. Ils s'ennuyaient. Pas d'oiseaux. Pas de feuilles mortes, pas de flocons de neige. Ils avaient besoin d'action.

Dans un des tiroirs de son bureau, il y avait une flopée de jouets pour chat : des objets qui rebondissaient, cliquetaient, roulaient, ou qui étaient parfumés à l'herbe à chat. Yom Yom pouvait s'amuser pendant des heures avec un de ces jouets, le faisant glisser sous le divan, pour aller le chercher et recommencer. Koko, quant à lui, était trop sérieux pour de tels amusements visiblement destinés à de jeunes chats. Il préférait la stimulation de la chasse et il restait assis sur son derrière, regardant spéculativement vers le haut des murs du salon.

— Très bien. Où est Mosca ? dit Qwilleran en

pliant un journal et en le faisant claquer sur sa paume gauche.

Ils attendirent. Le chat levait les yeux vers le plafond, plein d'espoir, et l'homme faisait claquer le journal. Leur mouche préférée était visiblement absente et une pensée désagréable vint à Qwilleran. Il se pouvait que Koko l'ait attrapée et mangée.

— Dégoûtant ! dit-il en jetant le journal plié dans la corbeille à papier.

Yom Yom était devant le bureau, grattant le mauvais tiroir. Il frappa contre le tiroir à jouets.

— Non, non, ici !

Cela ne fit aucune différence : avec une insistance féline, elle continua à gratter le mauvais tiroir.

— Ah ! les chats ! maugréa-t-il en roulant des yeux avec exaspération.

Pour la convaincre, il ouvrit le tiroir et lui montra le dossier en attente. Avec son regard de myope, elle se pencha pendant une longue minute sur les lettres, les enveloppes fermées, les brochures, les coupures de toute sorte, puis elle fit un bond et partit à la cuisine pour boire de l'eau.

Cependant, cela rappela à Qwilleran qu'il n'avait pas regardé les photographies de Clayton. Il examina les clichés du sourcier, les gros plans de sa baguette de coudrier, plusieurs photos de Cody et une de Carter Lee mesurant la cheminée avec Danielle prenant des notes. Dans l'enveloppe était également jointe la transcription de l'enregistrement de Clayton. La plus grande partie de la conversation répétait le propre enregistrement de Qwilleran mais il y avait un interlude inattendu :

L'Homme : Vernir le parquet. Décaper et vernir le manteau de cheminée sur un mètre cinquante. Retapisser la pièce avec un papier à décor victorien... Est-ce que je vais trop vite pour toi, Danny ?... Remplacer deux vitres par du verre cathédrale... Salut, gamin ! Qui es-tu ?

Clayton : Je suis venu rendre visite à ma grand-mère. Puis-je prendre quelques photos pour les montrer à maman quand je retournerai à la maison ?

L'Homme : En vitesse. Nous travaillons, ici... Danny, où en étions-nous ?

La Femme : (D'un ton criard.) Au verre cathédrale...

L'Homme : Remplacer le lustre par un appareil au gaz.

La Femme : Chéri, as-tu remarqué ces poignards dans le hall ?

L'Homme : Et alors ?

La Femme : L'un d'eux a un lion sur le manche.

L'Homme : Te plaît-il ?

La Femme : C'est mon signe : Lion.

L'Homme : Eh bien...

La Femme : Crois-tu que je puisse ?

L'Homme : Bah, il ne le remarquera même pas... Hé ! Que fais-tu là, gamin ?

Clayton : Ce chien vous appartient-il ?

L'Homme : Fais-le sortir d'ici ! Et disparaissez, tous les deux !

Clayton : Viens, petit chien, viens...

Qwilleran ne lut pas plus avant. Le poignard volé n'avait pas reparu dans les affaires de Lenny, mais Danielle en avait offert un semblable à Lynette comme cadeau de mariage. Sur le manche il y avait un lion rampant.

Maintenant il croyait avoir découvert la vérité.

Danielle était cleptomane, volant au hasard tout ce qui lui tombait sous la main quand elle venait à Pickax. Willard le savait-il ? Avait-il fait envoyer ce chèque anonyme de Chicago pour couvrir son vol ? Carter Lee connaissait-il sa faiblesse et l'encourageait-il ? Le vol de son blouson la veille de Noël avait peut-être été une sorte de plaisanterie. Lui avait-elle volé sa poupée porte-bonheur et l'avait-elle fourrée dans le placard de Lenny avec les autres objets ? Était-ce une *femme* qui avait téléphoné à la police pour dénoncer le soi-disant coupable ? C'était une piste qui pouvait être facilement contrôlée.

CHAPITRE XVI

Le samedi soir, les petits filets d'eau glougloutant et les pittoresques ruisseaux du comté de Moose étaient devenus des torrents sortant de leurs lits, inondant fermes et forêts. Les terrains boisés étaient tellement détrempés que de hauts arbres se déracinaient et tombaient au milieu des routes, ajoutant encore aux dangers de la circulation. D'autres arbres tombaient dans les rivières, étaient entraînés et se bloquaient sous les ponts, créant des barrages temporaires qui aggravaient la crue.

En s'habillant pour aller dîner avec Polly, Qwilleran brancha la radio WPKX afin d'écouter les nouvelles et il entendit :

« L'hélicoptère du shérif, à la recherche d'automobilistes bloqués dans des endroits isolés, a sauvé une famille de cinq personnes dans la région de Plumley Mill, il y a une heure. Plusieurs véhicules ont été complètement submergés dans le camp de pêche à l'ouest de Mooseville. »

Polly téléphona pour savoir si la circulation n'était pas trop mauvaise, car il avait réservé une table au *Vieux Moulin*.

— Nous avons fermé la bibliothèque à midi aujourd'hui et nous n'ouvrirons pas lundi. Les écoles seront fermées.

— J'ai appelé le restaurant, dit Qwilleran. Apparemment, il n'y a pas de problème. J'ai aussi appelé le shérif. L'accès au *Moulin* est possible.

Un ancien moulin à eau avait été converti en restaurant et la vieille roue pittoresque, de près de six mètres de haut, était toujours là, bien que la rivière qui la faisait fonctionner autrefois fût tarie depuis longtemps. Ils furent dirigés vers leur table favorite par Derek Cuttlebrink, un grand diable d'un mètre quatre-vingt-quinze.

— Salut ! dit-il. Devinez la nouvelle : nous allons peut-être retrouver notre rivière. C'était une branche de la Rocky Burn, qui s'est tarie dans les années 40. Maintenant la Rocky Burn monte si haut qu'elle pourrait revenir jusqu'ici et remettre la roue en marche.

— Où l'eau irait-elle, d'ici ? demanda Qwilleran.

— À travers No Man's Gully et dans l'Ittibittiwassee... Que désirez-vous ? Un sherry sec et une eau de Squunk ?

En le regardant se diriger vers le bar sur ses longues jambes, Polly remarqua :

— Je suis contente que Derek semble se stabiliser. Rencontrer cette jeune fille a été une bonne chose pour lui.

À diverses époques, il avait voulu être flic, acteur, chauffeur professionnel ou simple vagabond. Maintenant il suivait des cours à l'école hôtelière.

En revenant avec les boissons, il annonça :

— Et pour en venir aux mauvaises nouvelles... Je ne suis pas censé en parler, mais les grosses légumes du Festival de la glace ont une réunion urgente dans une des salles privées. Ça ne se présente pas bien.

Entre les interruptions amicales de ce serveur bien intentionné, ils arrivèrent à parler de l'automatisation de la bibliothèque, d'un article sur l'illettrisme, du nouveau Brutus et de l'obsession d'Herman Melville pour le bien et le mal.

— J'ai l'impression que Lynette va nous téléphoner ce soir. Elle doit avoir assisté aux défilés. Savez-vous si Carter Lee a reçu la commande pour restaurer l'hôtel et le manoir Limburger ?

— Le Fonds K. n'a pas encore pris de décision. Comme les moulins de Dieu, ils moulent lentement.

Il avait l'impression de mener une double vie. Il pouvait parler avec Polly de ses enregistrements de Fauré et de la nouvelle voiture des Riker, mais non de ses soupçons dérangeants. Il évita de mentionner Danielle, le poignard au manche d'argent, la poupée trouvée dans les affaires de Lenny, l'opinion de Wetherby sur Carter Lee et son plan tordu pour se procurer le press-book de Carter Lee. Cela ne ferait qu'inquiéter Polly. De plus, les soupçons de Qwilleran ne reposaient que sur des on-dit et des bavardages.

Après du saumon poché avec une sauce aux poireaux pour elle et du filet de porc aux raisins secs pour lui, ils retournèrent au Village Indien à temps pour recevoir l'appel téléphonique de Lynette.

— Nous pensions justement à vous, dit Polly en faisant signe à Qwilleran de prendre l'autre récepteur. Qu'avez-vous fait aujourd'hui ?

Lynette paraissait fatiguée.

— Nous sommes allés regarder le défilé dans Canal Street. Vous n'imaginez pas la beauté des chars, la musique, les costumes et les masques ! Ils lancent des chapelets de perles dans la foule, qui se répand ensuite dans les rues, en criant, buvant, chantant et je ne sais quoi d'autre ! Certains se déshabillent. C'est fou !

— Rendez-vous toujours justice à la cuisine ? demanda Qwilleran.

— Oh ! Bonjour, Qwill. Eh bien, mon estomac proteste un peu, la cuisine cajun est terriblement épicée. Carter Lee est sorti pour m'acheter un médicament.

— Soyez prudente avec les crustacés, conseilla Polly.

Avec un soupir perceptible, Lynette répondit :

— Encore trois jours de carnaval, puis tout va s'arrêter et nous rentrerons à la maison. Je serai heureuse de me retrouver à Pickax.

Polly remarqua un peu plus tard :

— C'est l'excès, qui ne lui vaut rien.

— Et l'excitation, ajouta Qwilleran. Passer du comté de Moose au Mardi gras de La Nouvelle-Orléans en quelques heures d'avion, c'est comme recevoir quelques milliers de volts d'électricité.

Dans l'ensemble, ce fut un week-end agréable : lecture à voix haute chez Polly, écoute de musique chez lui, discussion sur Jane Austen, bref, tout ce qu'ils aimaient. Brutus se comporta comme un noble Romain. « Je vous l'avais bien dit ! » aurait voulu remarquer Qwilleran, mais il tint sa langue. L'omelette du petit déjeuner fut préparée avec de vrais œufs et du vrai fromage.

Tard le dimanche après-midi, Qwilleran retourna finalement chez lui. Yom Yom était joyeusement occupée avec une souris tricotée, tirée du tiroir à jouets, mais Koko était nerveux et déconcentré. Il se promenait sans but, reniflait des taches invisibles, sautait et descendait des sièges, regardait le plafond.

— Si tu cherches Mosca, elle ne vit plus ici, lui dit

Qwilleran. On ne peut avoir le beurre et l'argent du beurre.

Tout ce qui contrariait le chat le contrariait aussi. Les problèmes oubliés pendant le week-end refaisaient surface. Découragé, il se laissa tomber dans son grand fauteuil et écouta la pluie — toujours la pluie — fouettant la terrasse, éclaboussant les vitres. À l'intérieur, on n'entendait que Yom Yom poursuivant sa proie et Koko grommelant pour lui-même. Maintenant, il était grimpé sur la table basse et il examinait le press-book en cuir de Carter Lee. Ce chat était un véritable maniaque du cuir !

Sur une impulsion, Qwilleran sauta de son fauteuil et alla chercher un numéro de téléphone. Elle vivait au Village. Elle avait des opinions. Elle avait la tête dure et ne se gênait pas pour donner son avis. Parfois elle pouvait sembler un peu folle. Elle était parfaite ! Il savait qu'elle serait chez elle. Elle n'était pas du genre à courir les routes inondées en voiture, sauf pour des raisons financières, et on était dimanche.

La voix gutturale qui lui répondit avait de plus une note d'impatience.

— Oui ? Qui est-ce encore, bon sang !

Sur son ton le plus doucereux, il déclara :

— Amanda, c'est l'un de vos plus fidèles admirateurs et un client régulier de votre atelier.

— Oh ! c'est vous, scélérat ! Je croyais que c'était encore l'avoué de la ville. Il n'a pas cessé de m'appeler toute la journée. Il y a une poursuite contre la ville en raison de l'inondation ! Ces stupides électeurs n'arrêtent pas de s'opposer à l'amélioration des égouts, mais ils se plaignent quand il pleut. Arrgh !

— Vous avez ma sympathie, Amanda. C'est très généreux de votre part de continuer à siéger au conseil municipal, comme vous le faites.

Mais en lui-même il pensait : « Vous vous présentez à chaque élection parce que c'est bon pour votre commerce ! »

— Alors, de quoi vous plaignez-vous ?

— Je n'ai aucune plainte à formuler. Je vous demande seulement trois minutes de votre temps précieux. Puis-je venir vous voir ? Et vous sentiriez-vous offensée si j'apportais une excellente bouteille de cognac ?

Quelques minutes plus tard, elle le recevait dans son duplex, qui était rempli jusqu'au plafond de meubles de la maison Goodwinter.

— Soyez ma Valentine, dit-il en lui tendant une bouteille ornée d'un ruban rouge venant du paquet de Celia.

Elle ne remarqua pas qu'il avait été perforé par des crocs acérés.

— Assez bonne marque, dit-elle en regardant l'étiquette. Êtes-vous sûr de pouvoir vous le permettre ?... Asseyez-vous, si vous trouvez une place. Posez ces magazines par terre. Voulez-vous boire ?

— Non, pas cette fois, merci. Je voudrais seulement que vous regardiez ces coupures de presse.

Elle prit le livre avec étonnement et se renfrogna en voyant les photos en couleurs.

— Est-ce là votre nouvelle manie ? Découper des photos dans des magazines ?

— Vous regardez là le press-book que Carter Lee James montre à ses futurs clients. Je l'ai emprunté sans qu'il le sache.

— Prétend-il avoir fait tout ce travail de restauration ?

— Les clients ont l'impression que c'est bien le cas.

— Eh bien, j'ai l'impression que c'est un fameux

bluffeur ! Vous remarquerez qu'aucune de ces maisons n'est identifiée — où et à qui ? — et regardez celle-ci ! Une Reine Anne victorienne. Elle a été restaurée par une amie dans le Sud et son nom n'est pas Carter Lee James ! Je suis allée dans cette maison. Je reconnais le radiateur à gaz, les pochoirs au plafond, je reconnais même la peau d'ours devant la cheminée !

Qwilleran avait conscience qu'elle n'avait jamais aimé Carter Lee, dès le début.

— Avez-vous obtenu du travail sur sa recommandation, Amanda ?

— Pas un penny ! Deux membres du conseil habitent Pleasant Street. Chacun lui a versé vingt mille dollars d'avance. Comment se fait-il que mes clients ne me versent jamais rien d'avance ?

— C'est un charmeur professionnel. Vous devriez essayer de vous montrer plus aimable.

— Arrgh ! J'ai remarqué qu'il n'y avait eu aucune publicité sur Pleasant Street dans votre journal, comment expliquez-vous cela ?

— Il ne veut pas de publicité tant que toute la rue n'aura pas signé. Lynette Duncan va faire sa promotion dès qu'ils seront de retour de voyage de noces.

— La pauvre fille aurait mieux fait de rester célibataire !

Comme Qwilleran arrivait devant chez lui, son voisin s'avança en agitant une enveloppe. Il baissa la vitre de sa portière.

— Cette lettre est pour vous, dit Wetherby. Elle était dans ma boîte aux lettres. Je viens de relever mon courrier de samedi. Navré du retard.

— Merci. Pas de problème.

C'était une large enveloppe du cabinet Hasselrich,

Bennett et Barter, ce qui impliquait souvent de mauvaises nouvelles et toujours des ennuis.

— Voulez-vous entrer prendre un verre et parler longuement des précipitations ?

— J'accepte le verre. Attendez que je donne à manger au chat.

Quand Wetherby arriva et retira ses bottes, Qwilleran demanda :

— Bourbon ?

Et ils entrèrent tous dans la cuisine, l'hôte, l'invité, le chat mâle, le chat femelle. Dans cet ordre.

— Aimez-vous ces portes de placard ? demanda Wetherby en montrant les portes légères à claire-voie. Un mur entier en fermait le placard à balais, à linge et à provisions.

— Jet-boy les ouvre avec son nez. Il sait exactement où il faut pousser. Quand je rentre à la maison, ils sont tous entrouverts.

— Je pense que Don Exbridge a obtenu un rabais sur les portes à claire-voie, dit Qwilleran. Il y en a dans toutes les pièces de la maison !

— Et en plus, elles ont des ressorts qui grincent comme des poulets auxquels on tord le cou, surtout quand Jet-boy fait ses rondes la nuit.

— Ne parlons pas de cela devant les siamois, dit Qwilleran. Il est inutile de leur donner des idées.

Ils portèrent leurs verres au salon et discutèrent des dernières nouvelles. Après une réunion de crise qui avait duré toute la nuit, les promoteurs du Festival de la glace avaient été forcés d'annuler l'événement. C'était une décision difficile, mais la neige se transformait en eau et la glace tournait en boue, les cabanes de pêche s'effondraient dans le lac. C'était une déception pour tout le monde, une perte sèche pour beaucoup et un grand embarras pour toute la communauté.

— Le journal s'est engagé à couvrir les frais, dit Qwilleran, mais je suis navré pour Hixie Rice. C'était son idée. Heureusement, elle est indomptable. Même maintenant, elle est probablement en train de trouver un moyen d'utiliser ses quinze mille badges représentant un ours polaire.

— Voulez-vous apprendre une nouvelle vraiment surprenante ? dit Wetherby avec enthousiasme. Le club de bridge a découvert qui avait envoyé le chèque anonyme couvrant le vol de deux mille dollars !

— Qui ? demanda Qwilleran, s'attendant à entendre citer le nom de Willard Carmichael.

— Une charmante petite dame qui vit au Village et ne joue même pas au bridge. Elle est issue d'une très vieille famille et donne beaucoup aux œuvres de charité. Sarah Plensdorf.

— Je la connais ! Comment l'avez-vous découvert ?

— C'est le plus drôle. Son comptable est MacWhannell, qui est membre invité du club de bridge. En établissant sa déclaration de revenus, il a relevé les deux mille dollars attribués au club de bridge. MacWhannell a dit que la somme était une donation au Centre pour la jeunesse, déductible de ses impôts !

— Bravo à Big Mac ! dit Qwilleran. Puis-je vous resservir ?

Quand il revint, Yom Yom était assise sur les genoux du visiteur, jouant le grand jeu et ronronnant de tout son cœur en le regardant avec des yeux énamourés.

— Gentil chat, dit Wetherby. Vous recevez toujours des cartes postales avec des noms de chat ? Je connais une fille à Horseradish qui a baptisé les siens Allegro et Adagio. L'un est très vif, l'autre tranquille. Qu'allez-vous faire de toutes ces cartes ?

— J'envisage un feu de joie dans le parking du journal.

— Quelqu'un a-t-il reçu une carte postale de nos nouveaux mariés ?

— Je l'ignore. Lynette a appelé Polly hier soir, elle a hâte de rentrer à la maison. Elle va travailler avec Carter Lee, à promouvoir la restauration dans le comté.

— J'espère pour elle que son projet est honnête, dit Wetherby.

— Avez-vous des doutes ?

— Ma profession fait de moi un sceptique permanent. De nombreux nigauds à Pickax semblent avoir vingt mille dollars à parier. Je suppose que ce n'est pas beaucoup si l'on considère la valeur totale de la propriété sur le marché de nos jours, mais que vont-ils avoir pour leur investissement ?

— L'avis d'un expert, la supervision du travail, l'inscription de leur propriété au registre des Monuments historiques.

Wetherby était invité à dîner. Après son départ, Qwilleran sortit le papier officiel emprunté à Mitch Ogilvie. Il le déplia et l'étala sur le sol. Il mesurait bien six mètres. Il le lut entièrement, se lissa plusieurs fois la moustache et envoya parfois Koko promener.

Ensuite il ouvrit l'enveloppe envoyée par le notaire, jeta un coup d'œil sur les papiers à signer et remit le tout dans le dossier en attente. Il n'était pas d'humeur à travailler. Il donna alors à manger aux chats, se fit un sandwich et décida de passer la soirée sur son projet Melville. Cela écarterait de son esprit tous ces événements singuliers survenus en ville depuis l'arrivée de Willard Carmichael. Demain il irait voir Brodie et lui exposerait les incidents bizarres, les soupçons, les on-dit, ses propres doutes et même le comportement particulier de Koko. En attendant, il lirait.

Qwilleran lisait les œuvres de Melville par ordre chronologique, espérant pouvoir retracer l'évolution de l'auteur. D'abord il y avait les récits d'aventure, puis un livre comique, écrit pour des raisons purement alimentaires, ensuite l'arrivée du symbolisme avec *Moby Dick*, enfin une sorte de pessimisme rampant et de cynisme. Koko était également fasciné par les livres. Il reconnaissait une bonne reliure quand il en sentait une ! Mais le chat avait ses idées personnelles sur les textes eux-mêmes. Qwilleran était sur le point de commencer le volume sept, l'histoire d'un écrivain, intitulé *Pierre* ; Koko voulait lire le tome dix et le fit tomber de l'étagère avec son nez.

— Non, je te remercie, lui dit Qwilleran en ouvrant le tome sept.

Le chat fouetta l'air de sa queue comme un mauvais perdant.

À 23 heures, les siamois eurent leur gâterie habituelle et tous les trois montèrent à l'étage. Qwilleran continua à lire dans sa chambre. Il était près de 1 h 30 quand le téléphone sonna. Une mauvaise heure pour téléphoner dans le comté de Moose.

Son appréhension se changea en colère quand il entendit la voix qu'il détestait.

— Qwill, c'est Danielle. Je viens d'avoir un appel de Carter Lee, il est terriblement inquiet et...

— Qu'est-ce qui ne va pas ? coupa-t-il en éprouvant une sensation désagréable sur sa lèvre supérieure.

— C'est au sujet de Lynette. Elle est vraiment malade. Il a pensé qu'il était trop tard pour appeler Polly, aussi...

— Dans quel état est-elle ?

— Elle est à l'hôpital. Il l'a conduite aux urgences.

— Dans quel hôpital, le savez-vous ? Il doit y en avoir plusieurs.

— Il ne me l'a pas dit. S'il rappelle...

— Vous a-t-il parlé de la nature de sa maladie ?

— C'est son estomac.

— Avez-vous le numéro de téléphone de votre cousin ?

— Eh bien, il m'a téléphoné de l'hôpital et je suppose qu'il y est encore. S'il rappelle...

— Et l'auberge où ils sont descendus ? demanda Qwilleran avec impatience.

— Il ne m'a jamais donné son nom.

— Formidable ! ironisa-t-il. Prévenez-moi si vous apprenez quelque chose de plus. À n'importe quelle heure du jour ou de la nuit. Et maintenant raccrochez pour que je puisse faire quelques recherches.

Il resta assis avec la main sur le récepteur, réfléchissant. Il ne voulait pas déranger Polly, cela ne servirait qu'à la tenir éveillée toute la nuit. Il se remémora le dernier appel de Lynette. Elle s'était plainte de nourriture trop épicée et de maux d'estomac, et avait parlé d'un médicament que Carter Lee était allé acheter. Celui-ci avait-il aggravé son état ? Ou l'avait-il suffisamment amélioré pour la pousser à sortir, à se mêler à la foule et à manger encore Dieu sait quoi ?

Il pensa à appeler le Dr Diane, mais auparavant il téléphona au journaliste de service de nuit du journal de La Nouvelle-Orléans. Il se présenta comme un reporter du *Milwaukee Journal*, qui lui parut plus crédible que le *Quelque Chose du Comté de Moose*. Il prétendit que son rédacteur voulait retrouver la trace d'un blessé grave — un citoyen de Milwaukee qui avait assisté au Mardi gras. Il expliqua qu'il avait besoin du nom des hôpitaux et de leur numéro de téléphone.

— Je vous les envoie par fax ?

— Non. J'attends.

Une minute plus tard, le journaliste lui transmit l'information.

— Merci, dit Qwilleran. Navré de vous avoir dérangé. Mon patron est un véritable tyran.

— Ne le sont-ils pas tous ? Quel temps fait-il à Milwaukee ?

— Pas aussi beau qu'à La Nouvelle-Orléans.

Alors seulement Qwilleran appela le Dr Diane — avec ses excuses — et lui expliqua toute l'histoire.

— Si j'appelle moi-même l'hôpital, on ne me répondra pas. En tant que médecin personnel d'une personnalité importante de Pickax, vous pourrez poser les bonnes questions. J'ai les numéros de téléphone de tous les centres médicaux. Pouvez-vous essayer ?

— Naturellement. Je serai heureuse de le faire.

Diane possédait le caractère serviable des Lanspeak.

— C'est peut-être bénin, comme une allergie. Je vous rappellerai dès que je saurai quelque chose de précis.

Qwilleran s'étendit sur son lit et attendit. Il avait perdu tout intérêt pour la lecture. Il sommeilla peut-être parce qu'il fut soudain catapulté hors de son lit par un terrible vacarme au-dessus de sa tête. D'énormes grêlons s'abattaient sur le toit et rebondissaient sur la terrasse. Les siamois réagirent eux aussi en se plaignant jusqu'à ce qu'ils fussent admis dans la chambre. Ils se calmèrent alors, hormis une violente protestation de Koko sans raison apparence.

Il était quatre heures et demie quand le Dr Diane appela enfin et lui dit d'une voix grave :

— Je l'ai trouvée, Qwill. Elle était dans un état critique. J'ai rappelé l'hôpital à plusieurs reprises, à intervalles réguliers, et...

— Elle n'est plus ? balbutia Qwilleran.

— Elle est morte il y a une heure.

— Vous a-t-on donné la cause du décès ?

— Complications gastro-intestinales, aggravées par abus d'alcool.

— Non ! dit-il.

C'était impossible, pensa-t-il. Elle avait à peine touché au champagne à la soirée de son anniversaire et elle ne buvait jamais de boissons fortes. Carter Lee l'avait-il poussée à boire un Sazerac ou quelque autre boisson exotique ?... Puis il se rappela l'anxiété des miaulements de Koko, une heure plus tôt.

— Qwill, êtes-vous toujours là ?

— Je suis là, Diane. Je ne sais que dire. Comment vais-je apprendre cette nouvelle à Polly ?

— Voulez-vous que je le fasse ?

— Merci, mais je crois qu'il vaut mieux que ce soit moi. Je vais seulement attendre qu'elle soit réveillée. J'irai chez elle et le lui dirai en personne... Oui, cela vaut mieux. Diane, vous ne pouvez savoir combien nous apprécions votre aide.

— C'est pour cela que je suis là, dit-elle.

Après avoir raccroché, il fit les cent pas. Il était surpris par la soudaineté de la nouvelle... attristé par la perte d'une femme jeune, dynamique, généreuse et très aimée à Pickax... submergé de compassion pour Polly qui allait perdre son dernier lien avec « la famille »... Il était furieux aussi. Il était à peine 5 heures, mais il composa le numéro de Danielle. La ligne était occupée. Il continua à aller et venir, et Koko le regardait avec cette expression anxieuse qui agrandit les yeux des chats. Qui pouvait appeler Danielle à cette heure de la nuit si ce n'était Carter Lee ? Au bout de quelques minutes, il composa à nouveau le numéro. La ligne était toujours occupée. Que pouvaient-ils se raconter qui prenait si longtemps ? Ou bien avait-elle décroché son téléphone ? Il descendit à la cuisine pour se faire du café, puis il appela encore.

Quand le téléphone sonna chez elle, il était d'humeur à lui crier : « Où est votre cousin ? Pourquoi est-il si secret sur ses faits et gestes ? Est-ce à lui que vous parliez ? Votre ligne est occupée depuis une heure ! Que vous êtes-vous raconté, pour l'amour de Dieu ? »

Quand elle répondit de sa voix ridicule, il dit avec calme :

— Danielle, je viens juste d'apprendre la terrible nouvelle. Nous avons perdu Lynette. Carter Lee vous a-t-il appelée pour vous le dire ?

— Oui, à l'instant même. Comment l'avez-vous appris ?

— Notre médecin a pris contact avec l'hôpital de La Nouvelle-Orléans.

— N'est-ce pas terrible ? Mon cousin est effondré, j'essayais de lui remonter le moral.

— J'aimerais l'appeler et lui exprimer ma sympathie. Je suis certain que quelques mots aimables l'aideraient dans un moment pareil. Avez-vous son numéro de téléphone à l'auberge ?

— Il en est déjà parti. Il revient. Je lui ai conseillé de revenir avant que l'aéroport ne ferme. Il rentre aujourd'hui. Il a dit qu'il partirait dès que possible.

— Je serai à l'arrivée du vol de 17 heures...

— Il m'a demandé d'aller le chercher. Il veut me confier certaines choses. Avant de mourir, Lynette lui a recommandé de continuer leur travail. Il veut faire de Pleasant Street une sorte de mémorial à son souvenir.

— A-t-il parlé des dispositions prises pour ses obsèques ? Il existe un très bel endroit où quatre générations de Duncan reposent. La dernière tombe attend la dernière Duncan. Est-il au courant ?

— Je l'ignore.

— Des funérailles grandioses pour les gens importants sont une tradition à Pickax.

— Il ne m'a rien dit à ce sujet.

— Je vois. Eh bien, appelez-moi si je peux faire quelque chose.

— Il m'a dit d'annoncer la nouvelle à Polly, mais je ne sais pas comment m'y prendre.

— Je m'en suis occupé, dit vivement Qwilleran. Ne vous inquiétez pas à ce sujet.

Satisfait de ce mélange de demi-vérités et de petits mensonges, Qwilleran redressa les épaules et prépara ses plans pour la journée, but un autre café et nourrit les chats, les brossa, prit une douche, se rasa et attendit que sonnent 7 heures.

À cette heure-là, il appela la résidence des Riker. Mildred lui dit qu'Arch était sous la douche.

— Dites-lui d'attraper une serviette et de venir au téléphone. C'est très important !

Riker prit l'appareil, grognon mais curieux.

— Réservez la première page du journal, dit Qwilleran, j'ai une nouvelle capitale.

— Il vaut mieux qu'elle le soit, grogna Riker. Je suis tout mouillé.

— C'est une mauvaise nouvelle. Nous venons d'apprendre de La Nouvelle-Orléans que Lynette a été transportée à l'hôpital cette nuit. Elle est morte ce matin.

— Quoi ? Que racontez-vous là ?... Que lui est-il arrivé ?

— Complications gastro-intestinales. Le Dr Diane s'est entretenue avec l'hôpital là-bas.

— En d'autres termes, empoisonnement alimentaire, dit Riker avec cynisme. Mais on ne lui donne pas ce nom dans la ville de la gastronomie ! Avez-vous d'autres détails ?

— Je sais seulement qu'elle a téléphoné deux fois à Polly en disant que la cuisine était trop riche et trop épicée pour elle.

— Comment pouvons-nous joindre Carter Lee ?

— Il prend l'avion pour rentrer. Danielle va le chercher à l'aéroport à 17 heures.

— J'espère que la WPKX n'aura pas vent de l'affaire. J'aimerais avoir la primeur de la nouvelle, pour une fois.

— Bien sûr. Retournez sous votre douche, Arch. J'espère que vous n'inondez pas le tapis neuf de Mildred.

Cela avait été facile. Annoncer la nouvelle à Polly serait une tout autre affaire.

CHAPITRE XVII

— Puis-je venir vous voir quelques minutes ? demanda Qwilleran au téléphone à Polly. J'ai besoin de discuter avec vous.

— Voulez-vous prendre votre petit déjeuner avec moi ? La bibliothèque est fermée aujourd'hui.

— Non, merci, j'ai un article à terminer.

En se rendant chez elle, il réfléchit à la façon de s'y prendre pour lui annoncer la mauvaise nouvelle sans l'effrayer.

Elle l'attendait à la porte, avec curiosité, mais sans inquiétude.

— Asseyons-nous sur le divan, dit-il. J'ai une confession à vous faire.

Ils entrèrent dans le salon et il lui prit la main avec affection.

— Je suis coupable d'avoir voulu vous épargner inquiétude et insomnie, et, ce faisant, je ne vous ai pas tenue au courant de ce qui se passait.

— Est-ce si grave ? demanda-t-elle avec légèreté.

— Eh bien... peut-être. Quand Lynette a appelé samedi soir, elle s'est plainte de douleurs d'estomac.

C'était plus grave qu'elle ne le pensait. Carter Lee a dû la conduire à l'hôpital...

— Oh ! mon Dieu, dit-elle aussitôt alertée. Comment l'avez-vous appris ?

— Il a appelé Danielle pour lui demander de nous prévenir. Il était plus de 1 heure du matin, trop tard pour vous déranger. Alors j'ai téléphoné au Dr Diane pour lui demander son aide. Elle s'est mise en rapport avec l'hôpital et a appris que Lynette était dans un état critique avec des complications gastro-intestinales. Diane a gardé le contact toute la nuit et a fini par apprendre la mauvaise nouvelle.

— Oh ! Qwill ! Êtes-vous en train de me dire... ? cria Polly en portant ses deux mains à sa bouche.

— Elle est morte vers trois heures et demie, ce matin.

— Elle n'avait que quarante ans ! gémit Polly. Elle était en bonne santé ! Y a-t-il quelque chose que l'on ne nous dit pas ?

— Je l'ignore, dit Qwilleran.

Il n'avait pas l'intention de mentionner l'abus d'alcool pour le moment. Il serait toujours temps d'en parler plus tard.

— On peut perdre l'esprit à essayer de trouver une explication, dit-il avec bonté, espérant l'écarter de ses propres soupçons. Rappelez-vous seulement combien elle a été heureuse durant ces quelques dernières semaines et quelle femme généreuse et charitable elle a toujours été.

— Vous avez raison, dit Polly en poussant un gros soupir. Après la pénible déception qu'elle a connue, elle ne s'est jamais attendrie sur elle-même mais a continué à aider les autres, à apprécier la vie, mais...

Sa voix se brisa.

— Je ne peux pas en parler maintenant, Qwill. J'ai besoin de rester un peu seule.

Il y avait un appel sur son répondeur téléphonique quand il rentra. Il appela le Dr Diane à son cabinet.

— J'avais un doute, dit-elle, aussi je suis venue à mon cabinet de bonne heure pour consulter le dossier de Lynette. Elle a signé une autorisation de prélever ses organes pour d'éventuelles transplantations, elle faisait don de son corps à la science. J'ai appelé l'hôpital, mais ils n'avaient pas été informés de ces dispositions. Comme le veut la loi, son corps a été remis au plus proche parent. J'ai téléphoné à la morgue, mais il était déjà trop tard, même pour une autopsie. Son mari avait signé les papiers pour la crémation !

— Ce n'était pas ce que voulait Lynette ! protesta Qwilleran. Même moi, je savais qu'elle voulait être enterrée en haut de la colline dans le carré des Duncan.

— Apparemment, son mari n'était pas au courant, dit Diane.

« Ce n'est pas un sujet dont on discute en voyage de noces », pensa-t-il. Mais il reprit :

— Diane, j'ai annoncé la nouvelle à Polly et elle m'a demandé de la laisser seule un moment, pourtant je pense que vous devriez lui apprendre ce nouveau développement.

— Je m'en charge, dit-elle. Je ne sais pas exactement comment, mais je vais trouver un moyen. Mes parents seront bouleversés en apprenant ces nouvelles.

— Ils ne seront pas les seuls.

— Où est donc son mari ?

— Il revient par avion aujourd'hui. J'ai l'intention

de l'appeler ce soir. Peut-être me donnera-t-il une explication. En attendant, il va y avoir un article en première page du journal d'aujourd'hui.

Qwilleran avait besoin de sommeil. Deux ou trois heures de repos le remettraient en forme. Il brancha son répondeur téléphonique et, à dix heures et demie, il se réveilla prêt à agir. Il avait une chronique à écrire, mais le sujet qu'il avait prévu lui sembla inapproprié. Ce devait être une dissertation sur les céréales du petit déjeuner, pour ou contre, hier et aujourd'hui, froid ou chaud, avec ou sans raisins secs. Il téléphona à Polly.

— Comment vous sentez-vous ? lui demanda-t-il.

Elle lui répondit d'une voix lasse, comme quelqu'un qui vient de surmonter une crise de larmes :

— Je me sens plus calme, maintenant. Y a-t-il quelque chose que je puisse faire ? Je ne suis plus sa plus proche parente, n'est-ce pas ? Diane m'a téléphoné. Aucune des dernières volontés de Lynette n'a été respectée. Peut-être les ignorait-il.

— Il y a quelque chose que vous pourriez faire, Polly. Ce serait très utile. Aidez-moi à écrire une chronique sur la Lynette dont tout le monde se souvient : dansant la gigue, visitant des malades à l'hôpital, gagnant des tournois de bridge, s'occupant de la kermesse de l'église, faisant son pèlerinage d'hiver en haut de la colline, retrouvant la trace de ses ancêtres jusqu'au XIe siècle.

— Je pourrais le faire, mais il me faut y réfléchir.

— Réfléchissez vite. Je dois rendre ma copie. Je viendrai vous voir avec mon magnétophone à 13 heures.

Il savait que cela ferait du bien à Polly de s'activer à quelque chose de concret. Pour lui, ce serait un bon moyen de rédiger son article en vitesse.

Finalement, les souvenirs de Polly étaient si intéressants et elle s'exprimait si bien qu'il les retranscrivit directement sur sa machine à écrire. Toutes les interviews devraient être aussi simples !

Pendant qu'il tapait son article, il y eut de l'animation dans son bureau. Yom Yom grattait le tiroir à jouets, Koko s'acharnait sur l'autre. C'était la première fois qu'il s'intéressait à ce tiroir en particulier et Qwilleran sentit un frémissement tel sur sa lèvre supérieure qu'il se leva pour y jeter un coup d'œil. Le dossier en attente contenait toutes sortes de documents, mais au-dessus se trouvait la grande enveloppe venant du notaire. Prenant son temps, malgré l'urgence de sa chronique, il en examina le contenu et trouva les documents à signer et à renvoyer par courrier. Bart s'arrangeait toujours pour lui faciliter la tâche, mais cela pouvait attendre, et il remit tout dans le tiroir.

— Yao-o-o ! protesta fermement Koko, fouettant l'air de grands battements de queue.

Il y avait urgence.

Qwilleran décida de regarder le document plus attentivement et lut les instructions de Bart :

> Qwill, ne négligez pas d'apposer vos initiales aux paragraphes G, K et M, et envoyez ce document le plus vite possible... Je pars pour St. Paul pendant que l'aéroport est encore ouvert. Je serai de retour mercredi pour discuter les références de CLJ. Le Fonds K. n'a pas trouvé le moindre lien dans le domaine de la restauration et de la préservation... Je vais peut-être devoir rentrer à la nage. Bart.

Qwilleran téléphona au poste de police de Pickax et demanda à parler à Brodie.

— À quelle heure terminez-vous aujourd'hui ?
— 16 heures.
— Ne partez pas ! Je vais venir. C'est important.

Lorsque Qwilleran alla au journal pour porter sa copie, il prit un exemplaire de l'édition du lundi avec la nouvelle en première page, illustrée par des photographies.

Le jeune rédacteur en chef exultait de joie.

— Pour une fois, nous annonçons la nouvelle avant la station de radio WPKX. Je ne sais pas comment nous avons fait pour que rien ne transpire.

— Ma chronique est remplacée par un article nécrologique. Tout le crédit en revient à Polly.

Il prit plusieurs exemplaires du journal pour les porter à Polly.

LA DERNIÈRE DES DUNCAN MEURT
À QUARANTE ANS

Lynette Duncan de Pickax, la dernière Duncan en ligne directe du comté, est morte ce matin à l'âge de 40 ans, moins d'une semaine après avoir épousé Carter Lee James. Le couple était en voyage de noces à La Nouvelle-Orléans quand elle a succombé à des complications gastro-intestinales, selon le certificat de décès. Elle laisse derrière elle son mari, qui était auprès d'elle au cours des dernières heures, et Polly Duncan, veuve de William Wallace Duncan.

Suivant la coutume écossaise, Mrs. Duncan a conservé son nom de jeune fille en se mariant en dehors de son clan. Elle était extrêmement fière de son héritage, représentant la quatrième génération d'une famille qui avait émigré dans le comté de Moose dans les années 1850 et avait prospéré dans le commerce. Leur tombe au cimetière de la colline se trouve à côté du jardin des méditations, créé par la famille Duncan comme lieu de recueillement pour toutes les familles en deuil de la communauté.

Diplômée du collège de Pickax, Mrs. Duncan a suivi des cours à l'école de commerce de Lockmaster et a commencé une carrière dans la comptabilité. Durant les cinq dernières années, elle a été employée à la clinique médicale Goodwinter, où elle s'occupait des assurances maladie des patients.

Après la mort de son frère Cameron, il y a un an, elle a hérité de la maison familiale des Duncan dans Pleasant Street et a été la première propriétaire à souscrire au projet de restauration de Pleasant Street.

Mrs. Duncan œuvrait pour le bien de la communauté : elle fut décorée l'année dernière pour avoir servi un total de mille heures comme bénévole à l'hôpital, à la bibliothèque municipale, au musée historique et d'autres institutions. Elle était également membre actif de la Vieille Église de Pierre.

« C'était une femme généreuse et compatissante, nous a dit le révérend Wesley Forbush, toujours prête à aider et n'épargnant jamais son temps. »

Le maire Gregory Blythe nous a déclaré : « Elle a été un modèle pour notre communauté et manquera même à ceux qui ne l'ont pas connue. »

Au moment de sa mort, Mrs. Duncan était présidente du club de bridge de Pickax, qu'elle avait contribué à fonder, et trésorière de la Société généalogique du comté de Moose.

Les arrangements pour ses funérailles n'ont pas encore été communiqués.

Après avoir lu cet article, deux pensées vinrent à Qwilleran : Lynette aurait été consternée de voir son âge publié en titre... et le maire Blythe était une des rares personnes qu'elle détestait vraiment. Puis il se demanda comment allait réagir la fille d'Ernie Kemple en apprenant que Carter Lee était de retour et célibataire. Voudrait-elle toujours prendre la défense de Lenny Inchpot ? Était-il trop tard pour se rétracter ? Elle avait confessé sa complicité à sa mère, mais elle n'avait pu la confesser à G. Allen Barter. Il était parti pour St. Paul vendredi. Il était encore temps de se dédire. Elle pourrait dire à sa mère qu'elle avait menti dans un moment de folie pour se venger. Toutes ces réflexions tourbillonnaient dans l'esprit de Qwilleran. *À suivre*, se disait-il en gravissant les marches de l'hôtel de ville.

Brodie l'attendait avec le *Quelque Chose du Comté de Moose* sur son bureau.

— Terrible nouvelle, dit-il en tapant sur la première page du journal.

Dans la hiérarchie de Pickax, les Brodie avaient toujours respecté les Duncan et il avait joué de la cornemuse au mariage de Lynette.

— Que doit ressentir son jeune mari ? demanda-t-il.

— Nous allons bientôt le savoir. Il arrive par le vol de 17 heures.

— Je jouerai de la cornemuse à ses funérailles s'il le désire. Je l'ai fait pour les funérailles de Cameron. Il y avait plus de cinquante voitures pour aller au cimetière. Le corps va-t-il revenir aujourd'hui ? L'aéroport ne va pas tarder à fermer.

— Son mari a opté pour la crémation.

— Quoi ? Vous ai-je bien entendu ? À la mort de Cameron, Lynette m'a dit qu'il ne restait plus qu'une tombe en haut de la colline. Elle a ajouté qu'elle serait fière de rejoindre ses ancêtres sur la colline. Elle était sentimentale pour tout ce qui touchait son clan... Une charmante femme !

— Elle pourra quand même avoir des funérailles, dit Qwilleran, en commençant par un service commémoratif à l'église, une procession de voitures jusqu'au cimetière et l'enterrement de ses cendres sur la colline avec une cérémonie traditionnelle.

Devant le silence du policier, il comprit qu'il n'était pas très convaincu par cette idée. Finalement Brodie déclara :

— Vous deviez connaître ce James assez bien, pour avoir été son témoin. Pourquoi n'a-t-il pas suivi ses dernières volontés ?

— Croyez-vous que ce soit un sujet que l'on discute en voyage de noces ?

Jusque-là, Qwilleran avait suivi le courant ; maintenant il changea de cap :

— Je ne connais pas du tout Carter Lee James. J'ai accepté de lui rendre service à la demande expresse de Lynette. Willard Carmichael l'avait invité pour les fêtes parce que sa femme s'ennuyait. Ils prétendent être cousins. Tous trois ont rencontré Lynette au club de bridge et elle les a invités à visiter sa maison. Ce fut le début du projet de rénovation de Pleasant Street, comme on l'appelle.

— J'en ai entendu parler, dit Brodie, mais rien n'a paru dans le journal.

— Le projet s'est répandu de bouche à oreille. Carter Lee prétend que c'est la meilleure façon. Les propriétaires le paient vingt mille dollars pour ses services de consultation et de supervision, avec la possibilité de faire classer le quartier au registre des Monuments historiques. Tous ceux qui ont signé sont enthousiastes et ceux qui ne l'ont pas fait sont littéralement mis à l'index par leurs voisins. Ce gars plaît et inspire confiance.

Le chef de la police approuva :

— Je lui ai parlé au mariage. Il semble être un type convenable.

— J'ai même suggéré que le Fonds K. l'engage pour restaurer l'hôtel et le manoir Limburger et c'est là que les choses se gâtent. Ses références ont été contrôlées. Il n'y avait que dalle ! Cependant il prétend avoir restauré des demeures historiques partout sur la côte est. J'ai vu le press-book qu'il montre à ses éventuels clients et je doute qu'il soit authentique. Je connais également le processus pour être classé par les Monuments historiques et un conseiller en restauration ne peut rien garantir à ses clients. Il peut seulement éveiller leurs espoirs.

Le visage de Brodie devenait plus attentif à mesure qu'il écoutait.

— Cela ressemble à une entourloupe. Le procureur devrait se pencher sur cet individu.

— Pas si vite, Andy. Barter revient mercredi et pourra nous en dire davantage sur l'enquête du Fonds K. Et demain après-midi j'ai l'intention de tendre un petit piège à Carter Lee, juste pour voir comment il va réagir. Je reviendrai vous voir avec les résultats demain à peu près à la même heure.

— Bonne chance, grogna Brodie sans enthousiasme, puis il ajouta avec un gros rire : Et que pense votre chat si brillant de ce type ?

— Eh bien, Koko s'est emparé un jour de sa toque de fourrure et a essayé de la mettre en pièces. Mais cela ne veut peut-être rien dire. Pour un chat, la saison de la chasse est toujours ouverte.

Après son entretien avec Brodie, il attendit une heure convenable pour téléphoner à l'appartement des Carmichael. Danielle répondit que son cousin venait d'arriver mais qu'il était complètement épuisé, après quarante-huit heures passées sans dormir. Il était couché et ne pouvait être dérangé.

— Très bien, dit Qwilleran. Je voulais seulement lui exprimer ma sympathie et vous inviter tous les deux, demain, pour une discussion d'affaires et un verre. Cela lui remontera peut-être le moral de parler de deux intéressants projets de rénovation dont il pourrait s'occuper. Croyez-vous qu'il serait prêt à entreprendre quelque chose d'important... dans un moment pareil ?

— Certainement. Je suis sûre qu'il le fera. À quelle heure demain ?

— Disons deux heures et demie ? J'habite le bâtiment 5. Il y est déjà venu... Et qu'aimeriez-vous boire, tous les deux ?

— Des margaritas, répondit-elle aussitôt.

Après cette mascarade de bonne volonté et d'hospitalité, Qwilleran se prépara — avec un sentiment d'exaltation — à piéger sa proie. Comme appât il se servirait de quelques verres, de beaucoup de sympathie et d'une fausse proposition d'affaires. Ensuite il refermerait le piège. Il y avait la possibilité que Carter Lee fût assez malin pour éventer le piège. Bien qu'il ait déclaré au club théâtral n'avoir aucun talent d'acteur, il était, dans l'esprit de Qwilleran, le Laurence

Olivier, le Gielgud et l'Alec Guinness du jeu de l'escroquerie.

Ce pouvait être, ou non, une coïncidence que le tome dix des livres de Melville, celui qui obsédait Koko, fût *Le Grand Escroc*. Le chat était aussi très attiré par les recherches savantes d'I. Diot sur le *canular* d'Ossian ! Qwilleran se rendait compte maintenant qu'il aurait dû prendre les excentricités du chat plus au sérieux.

Sa tâche la plus urgente était de préparer le piège. Son idée, encore un peu imprécise, était de parler à ses visiteurs des *Contes brefs et longs* et de leur passer « Le Trou du Diable ». Après cela il pourrait leur faire écouter sa propre histoire, à propos d'une arnaque dont Pickax aurait été la victime cent ans plus tôt. Ce serait d'une si transparente analogie avec le projet de Pleasant Street que ses auditeurs se sentiraient mal à l'aise. Du moins, il supposait que Danielle le serait, même si son « cousin » restait calme. Tout ce qui lui restait à faire était de composer cette délicate et sordide fiction.

Cependant, quand il s'installa devant sa machine à écrire, les événements des dernières vingt-quatre heures lui obscurcirent l'esprit. Pour s'éclaircir les idées, il avait besoin d'un complet changement d'ambiance. Que pouvait-il faire ? Il regarda Koko. Le chat le regarda. Un opéra, pensa-t-il.

— Yao ! dit Koko.

Adrienne Lecouvreur, pensa-t-il.

— Yao ! répéta Koko.

C'était le disque compact que Polly lui avait offert pour Noël. Il ne l'avait jamais écouté. Se sentant un peu coupable, il glissa le disque dans l'appareil et le mit en marche. Puis il s'allongea sur son grand fauteuil, les jambes croisées sur l'ottomane, une tasse de café à la main.

Le premier acte était une scène animée qui se situait dans les coulisses de la Comédie-Française, avec des acteurs et des visiteurs s'agitant, complotant et flirtant. Koko était confortablement assis près de là, mais Yom Yom avait disparu. Elle n'était pas amateur d'opéra !

La musique était riche, les voix émouvantes. Dans l'histoire, en 1730, une actrice célèbre et une méchante princesse rivalisaient pour l'amour d'un noble seigneur. C'était une histoire d'intrigue, de passion, de trahison et de vengeance. Il était question d'un collier mis en gage, d'un bouquet de violettes, d'un bracelet perdu. Koko s'agitait de temps en temps. Qwilleran suivait le livret en anglais, mais le chat écoutait en italien. Comme s'il savait de quoi il était question, il émettait des miaulements de désapprobation quand la tension montait. Au dernier acte, quand Adrienne mourait dans les bras de son amant, Koko hurla comme un damné.

— Tu as gâché le finale, lui reprocha Qwilleran tandis que Yom Yom rampait hors de sa cachette.

Cependant le miaulement de Koko n'était pas un miaulement ordinaire. C'était un gémissement profond, torturé. Qwilleran repassa le quatrième acte et sauta à la scène finale quand Adrienne recevait la boîte de violettes fanées, croyant qu'il s'agissait d'un cruel message de son amant, enfouissant son visage dans les fleurs flétries, ignorant qu'elles venaient de la princesse et qu'elles étaient empoisonnées. Koko miaula à nouveau lugubrement. Il avait eu la même réaction angoissée à l'écoute de « L'Affaire de la mine Dimsdale » quand on avait mentionné les pâtés... Les pâtés empoisonnés !

CHAPITRE XVIII

Après avoir entendu la réaction de Koko à l'opéra, Qwilleran s'assit devant sa machine à écrire avec un sombre dessein. Terminé, le petit jeu du chat et de la souris pour tendre un piège à un escroc. Fini de jouer, se dit-il. L'attitude de Koko devant les violettes empoisonnées confirmait les soupçons d'un journaliste cynique. Cela expliquait aussi les sensations grandissantes sur sa lèvre supérieure.

Comme les petits plaisantins aimaient le dire dans les cafés du coin : « Si vous voulez assassiner votre femme, faites-le au Pays d'En-Bas et vous vous en tirerez. » Rétrospectivement, Qwilleran trouvait maintenant les récents événements douloureusement évidents : ce mariage hâtif, le transfert des biens de Lynette au régime de la communauté, la rapide incinération, sans autopsie, le secret qui entourait les activités de Lee Carter après la mort, empêchant toute ingérence de qui que ce soit à Pickax.

Cependant existait-il une preuve qu'il l'ait assassinée ? Le miaulement d'un chat — à des centaines de kilomètres de là — au moment de la mort pouvait difficilement passer pour une preuve ou même donner matière à une arrestation. Le cri déchirant de Koko à la mention du poison était également un bien faible indice. Ses pouvoirs supranaturels de détection et de communication étaient connus de Qwilleran, mais qui d'autre y croirait ?

Il était sûr d'une chose : à la première alerte, Carter Lee et sa prétendue cousine disparaîtraient en emportant leurs fausses identités et l'argent de vingt propriétaires trop confiants et tout ce qu'ils pourraient tirer de la maison Duncan.

Qwilleran appela le chef de la police chez lui :

— Andy, navré de vous déranger. L'affaire dont nous avons discuté est plus sérieuse que je ne l'imaginais. Je vais tendre le piège, mais je voudrais que vous vous teniez prêt. N'importe quoi peut se produire.

Puis il s'installa devant sa machine à écrire et dactylographia deux ou trois cents mots pour mettre noir sur blanc son projet. À un moment donné, les phares d'une voiture tournant dans l'allée le poussèrent à téléphoner à Wetherby. Il lui déclara sur un ton solennel :

— Joe, avez-vous entendu les nouvelles de La Nouvelle-Orléans ?

— Oui, hélas, et je suis fou furieux ! Cela n'aurait jamais dû arriver ! J'ai envie de tout casser !

— Eh bien, c'est ce que j'ai l'intention de faire, et j'ai besoin de votre aide.

— Que puis-je faire ?

— Donnez-moi quinze minutes de plus sur ma machine à écrire et venez chez moi.

Qwilleran termina son scénario et eut le temps de préparer un bourbon pour Wetherby avant qu'il n'arrive.

— Asseyez-vous, Joe, et je vais vous expliquer.

Il attendit que son hôte ait avalé une première gorgée.

— Vous et moi avions des soupçons sur Carter Lee, pour une chose ou une autre, et j'ai été amené à croire qu'ils n'étaient pas loin de la vérité. J'ai l'intention de le confondre d'une façon détournée, juste pour voir quelle sera sa réaction.

— Où est-il ?

— Il voulait revenir avant la fermeture de l'aéroport et il est maintenant dans l'appartement de Danielle.

Qwilleran décrivit son scénario et sortit le récit de sa machine.

— Lisez ceci.

Wetherby lut les pages avec étonnement.

— Est-ce que c'est vrai ?

— Pas un mot.

— Ce dernier point est assez fort de café. Comment avez-vous l'intention de le présenter ?

— Ce sera enregistré, comme les autres récits que j'ai recueillis, et je voudrais que ce soit lu par une autre voix que la mienne.

— Voulez-vous que je le fasse ? Laissez-moi le lire une fois à haute voix, sans micro.

Quand il arriva à la dernière ligne, Koko miaula.

— Il applaudit ou il critique ? demanda Wetherby.

Qwilleran fit sortir les deux chats de la pièce et les conduisit dans leur appartement dont il ferma la porte.

— Il ne faut pas de bruits extérieurs sur l'enregistrement, expliqua-t-il.

— Vont-ils rester là-haut ? Jet-boy sait comment ouvrir les portes.

— Jusqu'ici ils n'y sont pas arrivés, mais je croise les doigts !

Quand l'enregistrement fut terminé, Wetherby dit qu'il aimerait bien assister à la confrontation.

— Je pourrais me cacher dans un placard, suggéra-t-il.

— Vous n'y entreriez pas. Il y a à peine assez de place pour un cintre. Mieux vaut vous cacher dans ma chambre en haut avec la porte entrouverte. Ils seront là à 14 heures 30.

— Je viendrai à 14 heures. Dois-je prendre mon revolver ?

— Faites comme bon vous semble... Encore un point, Joe. Avez-vous de la tequila ?

— Non, navré, seulement du bourbon.

En fin de soirée, la radio WPKX diffusa un flash. Le barrage sur la rivière Rocky Burn avait cédé sous la pression de l'eau, des troncs d'arbres, des pierres et des détritus de toute sorte entraînés par les flots tumultueux. La roue géante du *Vieux Moulin*, sèche et friable après tant d'années d'immobilité, avait été arrachée et ses morceaux étaient emportés par le courant.

Immédiatement Don Exbridge et son équipe commencèrent à téléphoner aux résidents pour leur dire qu'il n'y avait pas d'urgence d'évacuation, mais que la situation était prise en charge par la Commission des désastres naturels. Le bureau du directeur serait ouvert toute la nuit pour répondre aux questions. De plus, le club-house était mis à la disposition des résidents comme abri pour quiconque désirait de la compagnie. Dans l'éventualité où une évacuation deviendrait nécessaire, la sirène de l'entrée serait actionnée et les troupes se tiendraient prêtes à intervenir pour apporter leur aide.

Qwilleran téléphona à Polly. Elle avait l'intention de veiller en compagnie des sœurs Cavendish.

— Ce sont des femmes intéressantes, dit-elle. Elles sont originaires du comté de Moose, mais leur carrière de professeurs les a fait voyager dans tout le pays. Comment pensez-vous que Don Exbridge dirige l'état d'urgence ?

— Il s'y prend mieux que pour construire les duplex, dit Qwilleran.

Lui-même se retira dans sa chambre mais dormit à moitié déshabillé. Ses objets de valeur et un minimum de vêtements étaient dans une valise près de la porte d'entrée avec le panier des chats et leurs affaires de première nécessité.

Il laissa les portes des chambres ouvertes et, à un moment de la nuit, deux corps velus se glissèrent dans son lit et ne furent découverts qu'au matin.

Ce fut le grondement de l'eau qui le réveilla. La rivière était turbulente mais non dangereusement haute — du moins pas encore. De temps en temps un arbre passait comme une galère avec ses voiles baissées.

En buvant son café du matin, Qwilleran se rappela combien Carter Lee avait repoussé toute publicité sur son projet et avec quel art il avait prévu leurs plans de retour de voyage de noces. Ils poseraient pour leur portrait, travailleraient ensemble au projet de restauration, iraient rendre visite à sa mère en France, achèteraient une maison de vacances à Purple Point... et Lynette s'était innocemment réjouie d'avance.

Son premier soin de la journée serait de trouver les ingrédients des margaritas. Dans ses jeunes années, Qwilleran s'était distingué comme barman, et maintenant qu'il était riche, il se faisait un point d'honneur d'avoir toujours un bar bien rempli pour ses amis et se flattait de pouvoir offrir toute une variété de cocktails. Cependant, il n'était pas prêt pour les margaritas. Il n'avait que le sel à mettre au bord des verres.

Il téléphona pour se voir confirmer que le magasin de vins et liqueurs de Pickax était fermé, ainsi que tout établissement similaire. Le bar du club-house était également fermé, le barman étant bloqué chez lui en raison du déluge. Quand il appela Hixie Rice, elle lui conseilla de s'adresser à Susan Exbridge, qui le renvoya à son ex-mari. De Don Exbridge il obtint la surprenante information que les sœurs Cavendish avaient vécu dans le sud de la Californie et en avaient rapporté le goût des margaritas. Quand Qwilleran sonna à leur porte, il fut accueilli comme un héros et elles lui fournirent tout ce qui était nécessaire pour la préparation de la boisson.

Wetherby Goode arriva à l'heure dite et fut séquestré dans la chambre, porte entrouverte.

— Essayez de ne pas éternuer, lui recommanda Qwilleran.

Les siamois, gavés par un repas substantiel qui les inciterait à faire la sieste, furent enfermés dans leur chambre avec la télévision allumée, son coupé.

Peu après 14 heures 30, la Land Rover vint se garer devant le duplex et Qwilleran accueillit ses invités avec autant de solennité que d'hospitalité. Carter Lee paraissait accablé, mais Danielle était aussi volubile et étourdie que d'habitude.

— Oh ! regarde ! fit-elle en désignant les armes exposées dans le hall.

Son cousin se détourna dans un silence réprobateur.

L'hôte des lieux profita de la situation. Obligeamment, il expliqua :

— Ce sont les poignards écossais de la collection de Gil MacMurchie. Il en avait cinq, mais le plus précieux lui a été volé durant l'épidémie de larcins qui a ravagé Pickax il y a quelques semaines.

Il en détacha un et poursuivit ses explications en les faisant entrer au salon.

— Le poignard écossais est plus long qu'une dague et plus court qu'une épée. C'est une arme très utile. Il est intéressant de savoir que les rainures de la lame sont appelés « sillons du sang ». Ce manche est orné d'un chardon, l'emblème de l'Écosse, mais le plus apprécié est le lion rampant.

Il le posa sur la table basse dans son étui. Puis, ayant discuté le sujet assez longtemps, il demanda :

— Puis-je vous offrir des margaritas ? On a bien voulu me dire que je les préparais bien.

Les deux visages s'éclairèrent. Ils étaient assis sur le divan, en face des fenêtres, et Qwilleran pourrait étudier leurs expressions. Il se demandait si Wetherby appréciait sa performance. Il proposa un toast à la mémoire de Lynette, provoquant chez le mari affligé un hochement de tête douloureux. Danielle fit la moue en regardant le sel au bord de son verre.

— Vous avez eu raison de revenir à la maison et de vous plonger dans le travail, dit Qwilleran sur le ton d'un oncle débonnaire. On dit que le travail est le meilleur des remèdes.

— C'est douloureux, mais cela a un effet thérapeutique à long terme, reconnut Carter Lee. Je sais que Lynette aurait voulu me voir continuer. Je rêve de faire de Pleasant Street un mémorial à sa gloire et peut-être d'appeler la rue Parc historique Duncan.

— Une noble pensée, murmura Qwilleran avec le sentiment d'être hypocrite.

Il savait que les propriétaires du voisinage n'apprécieraient pas une telle appellation.

— J'espère que vous vous rendez compte, continua-t-il, que le comté possède suffisamment de propriétés historiques pour vous occuper une vie entière. Il existe deux projets auxquels je porte un intérêt personnel. De très importantes sommes d'argent seront investies dans ces restaurations. D'abord il y a l'hôtel historique au centre-ville, condamné depuis sa destruction partielle par une explosion l'année dernière.

— Je l'ai remarqué, dit Carter Lee. Combien y avait-il de chambres ?

— Vingt chambres, plus de nombreuses pièces publiques. L'autre projet porte sur le manoir Limburger à Black Creek, dont on pourrait faire une auberge de campagne... Puis-je vous resservir ?

Jusque-là tout allait bien, pensa Qwilleran en préparant deux autres margaritas. Ses invités se détendaient. Ils parlèrent de l'inondation, du rôle de Danielle dans la pièce et du futur du Club des gourmets. Ils écoutèrent poliment les projets de Qwilleran pour ses *Contes brefs et longs*. Oui, certainement, ils aimeraient en entendre un.

— J'adore les histoires de fantômes, dit Danielle en frissonnant déjà par anticipation.

Ils écoutèrent « Le Trou du Diable » et le trouvèrent sensationnel. En servant une troisième tournée, Qwilleran déclara :

— Et maintenant je vais vous passer une histoire que personne n'a encore entendue. J'aimerais avoir votre opinion.

> Il y a cent ans, le comté de Moose était florissant et dix mines fonctionnaient à plein rendement. Les riches propriétaires firent construire

des hôtels particuliers à Pickax et vécurent sur un grand pied dans Goodwinter Boulevard. Mais ils avaient un problème ennuyeux. Leurs maisons étaient hantées par les esprits des mineurs décédés, enterrés par des effondrements de mine ou tués dans les explosions. Des bruits suspects tenaient les familles éveillées toute la nuit et terrifiaient les enfants. Un journal du Pays d'En-Bas alla jusqu'à envoyer un reporter à Pickax en diligence pour enquêter. Il témoigna des gémissements, grincements et autres bruits incessants venant d'invisibles pics.

Peu après la publication de ce reportage, un homme du nom de Charles Louis Jones arriva à Pickax dans un chariot bâché. Il était accompagné d'une jolie jeune femme coiffée d'un chapeau de soleil, sa sœur Dora... Il prétendait posséder un don pour conjurer les fantômes et s'engagea à débarrasser les environs de ses esprits. Il affirmait avoir accompli ce miracle dans de nombreuses communautés au Pays d'En-Bas. Il réclamait une somme importante, mais les propriétaires harassés étaient prêts à lui donner n'importe quoi. Pour faire ce travail, il demanda un pic, un casque de mineur et plusieurs sacs en toile remplis de sable.

Les contrats furent signés et il se mit au travail avec sa sœur — la nuit, quand les familles se furent retirées. La jeune femme tenait le pic et chantait des incantations tandis que son frère portait le casque de mineur et répandait le sable dans la cave et au grenier. Deux semaines plus tard, les clients se déclarèrent plus ou moins soulagés et signèrent de nouveaux contrats, ceux-ci plus onéreux.

Pendant tout ce temps, les deux étrangers étaient traités royalement, formant l'un et l'autre un couple sympathique. Charles Louis était particulièrement charmant. Personne ne voulait les voir partir et moins que tout autre Lucy Honeycut. Son père était propriétaire de la mine Honey Hill. Bien qu'elle ne fût pas la plus jolie fille du boulevard, elle avait une belle dot. Quand Charles Louis demanda sa main, Mr. Honeycut fut flatté et Lucy enchantée. Avec son beau mari intelligent, elle voyagerait dans le monde, aidant les communautés persécutées par les fantômes à s'en débarrasser. Dora lui apprendrait les chants incantatoires. Le mariage eut donc lieu — un peu rapidement, dirent les mauvaises langues.

Tandis que le ruban magnétique se déroulait dans la pièce silencieuse, avec seulement le son de la rivière comme bruit de fond, Qwilleran observait ses visiteurs. Danielle s'amusait à ce récit, son cousin écoutait avec un air plus critique. À la mention du nom de Charles Louis Jones, ses sourcils se froncèrent. À mesure que le récit se poursuivait — le mariage de Lucy, le brillant mari, le mariage rapide —, il croisa et décroisa ses genoux à plusieurs reprises, posa son verre, regarda Danielle. Peu à peu il comprenait où l'on voulait en venir, pensa Qwilleran. Mais l'histoire n'était pas terminée.

Après le mariage, les rituels nocturnes continuèrent, ainsi que le versement de l'argent, mais on commença à se plaindre. Les résultats semblaient devenir moins heureux. Puis, une nuit, après avoir mangé un repas préparé par sa belle-sœur, Lucy tomba malade. La même nuit, Charles Louis et Dora disparurent dans le chariot bâché, avec la dot de Lucy, de l'argenterie et des bijoux provenant des maisons hantées, probablement cachés dans les sacs en toile.

On pourrait rire de ce récit de maisons hantées et de gens trop crédules, de la sympathique crapule, de la jolie fille passant pour sa sœur et de l'habile supercherie... s'il n'y avait cette fin tragique : Lucy mourut, et la cause de sa mort, selon l'autopsie, n'était pas le ragoût de poisson mais l'arsenic.

La mâchoire de Carter Lee se contracta et il fixa Qwilleran, sans parler. Celui-ci demanda aimablement :

— Avez-vous aimé ce conte ? Aimeriez-vous l'écouter une seconde fois ?

L'homme assis sur le divan se tourna vers sa compagne et tonna :

— Retourne à la voiture !

— Pourquoi ? gémit-elle en regardant son verre à demi plein.

— Va immédiatement dans la voiture ! ordonna-t-il. Fais ce que je te dis !

À contrecœur elle se rendit dans l'entrée et commença à mettre ses bottes.

— Laisse ces bottes ! Sors d'ici !

Puis, comme la porte claquait, il dit à Qwilleran :

— Très drôle ! À quel jeu jouez-vous ?

Il y eut un cliquètement à l'étage supérieur et la porte de l'appartement des chats s'ouvrit. L'autre porte grinça.

— À un vieux jeu bien connu du comté de Moose sous le nom de « Appelez le procureur ».

D'un rapide mouvement Carter Lee fut sur ses pieds et tendit la main vers le poignard.

Qwilleran bondit de son fauteuil :

— Attendez, il y a un témoin là-haut !

Il désigna la mezzanine. Koko se trouvait sur la rambarde. Wetherby sortit de la chambre.

Carter Lee hésita une fraction de seconde. Un objet volant tomba sur lui comme un aigle sur un lapin. Il hurla tandis que des griffes lui labouraient le crâne. À demi aveuglé par les filets de sang, il avança en trébuchant vers l'entrée, butant sur les meubles, cherchant la porte d'entrée, avec Koko toujours sur sa tête et miaulant sauvagement. Qwilleran lui criait de lâcher prise, Yom Yom poussait des cris d'effroi et Wetherby grondait en descendant l'escalier. Ce fut une minute de chaos total jusqu'à ce que Koko saute par terre et que Carter Lee réussisse à ouvrir la porte.

— Suivons-le ! cria Qwilleran.

— Prenons ma camionnette, elle est devant la porte !

Ils saisirent leurs vestes et laissèrent Koko lécher ses griffes.

La Land Rover descendait River Lane et tourna à gauche vers la loge d'entrée, et encore à gauche sur Ittibittiwassee Road, avec le véhicule de Wetherby non loin derrière.

— Où pensent-ils aller ? dit Qwilleran en cherchant le téléphone de la voiture.

— C'est elle qui conduit, voyez comme la voiture zigzague !

Au téléphone, il dit :

— Qwilleran appelle. Le meurtrier présumé et sa complice roulent vers l'ouest sur Ittibittiwassee dans une Land Rover blanc et rouge. Le suspect a des blessures à la tête. La femme a une conduite mal assurée. Nous sommes à quatre kilomètres à l'est du pont. Terminé.

La réponse était inaudible, avec leurs pneus qui hurlaient dans les flots. Des gerbes d'eau de la voiture des fuyards éclaboussaient leur pare-brise, et les essuie-glaces s'agitaient frénétiquement pour maintenir la visibilité.

Qwilleran cria à travers le vacarme :

— S'ils traversent le pont, ils vont tomber en plein sur la police !

— Je vais ralentir un peu, Qwill, c'est du suicide !

Ils roulèrent encore trois kilomètres sans parler, puis Qwilleran s'écria :

— Ça a marché ! Le piège a fonctionné !

— J'ai tout entendu.

— Bravo pour Koko !

— Le pont est juste après le prochain tournant, dit Wetherby.

— Arrêtez-vous au sommet de la colline.

Arrivés sur la crête, ils se rangèrent sur le côté. De là, ils pouvaient voir les fugitifs approcher du pont submergé, à l'exception du garde-fou. La rivière roulait en cascadant bruyamment.

— Ils n'y arriveront jamais !

— Ils vont essayer.

Comme ils regardaient, une énorme vague roula sur le courant, amenant des troncs d'arbres, des morceaux de béton arrachés au canal, des fragments de la roue du moulin. La vague se brisa sur le pont dans un bruit infernal alors que la Land Rover accélérait.

— Ah, les fous ! cria Wetherby.

Le pont craqua et souleva le véhicule blanc et rouge, qui roula par-dessus le garde-fou pour être entraîné dans l'eau turbulente jusqu'à ce qu'il heurte les branches d'un chêne déraciné et reste pris entre les fourches de l'arbre et un énorme bloc de pierre.

— Pouvez-vous les voir, Joe ?

— Aucun signe de vie. J'espère qu'ils avaient bouclé leurs ceintures de sécurité.

Les gyrophares des voitures de police apparurent de l'autre côté de la rivière, et l'on entendit au loin les sirènes des ambulances. Qwilleran appela le journal pour demander que l'on envoie un reporter et un photographe. Wetherby dit qu'il faudrait une grue pour dégager la voiture, mais l'équipe des sauveteurs pourrait probablement atteindre les passagers.

— Rentrons et allons voir si l'inondation n'a pas provoqué d'autres dommages, dit Qwilleran.

— Oui, et je crois que je pourrais boire un de ces margaritas, ajouta Wetherby.

Le niveau de l'eau avait monté mais il n'y avait toujours pas de menace d'inondation pour les immeubles.

Tandis que Wetherby se préparait un verre, Qwilleran appela Polly.

— Qwill, où étiez-vous ? demanda-t-elle avec anxiété. J'essaie de vous joindre depuis un moment !

— J'ai dû m'absenter.

— On vient d'annoncer à la radio qu'une vague descendant la Rocky Burn a été détournée par l'effondrement de la mine Buckshot, du moins temporairement. C'est pourquoi nous ne sommes pas inondés.

— Restez à l'écoute, conseilla-t-il. Vous pourriez apprendre des nouvelles encore plus surprenantes.

Wetherby lui proposa :

— Je vous sers une eau de Squunk ?

— Non. J'ai besoin de quelque chose de plus fort, dit Qwilleran. Je prendrai une limonade.

CHAPITRE XIX

Le dernier centimètres carré de neige du comté de Moose fondit à 14 h 7 le 15 février, un record inégalé. La pluie cessa de tomber, le niveau des rivières baissa et bientôt les fermiers s'inquiéteraient de la menace de sécheresse. Sur les ondes, le météorologue annonça : « Viens, viens, joli printemps ! douceur éthérée, viens ! »

— Lynette aurait aimé cette citation, dit Polly à Qwilleran.

— Cela me paraît familier. Qui l'a écrite ?

— Coleridge, je crois.

Depuis qu'il avait rencontré Wetherby Goode, il avait cessé de faire des remarques désagréables sur ses allusions littéraires. Maintenant les deux hommes partageaient un secret. Ils étaient convenus de ne pas révéler leur rôle dans la fuite de Carter Lee James. Lorsque Brodie l'avait questionné, Qwilleran avait haussé les épaules :

— J'ai simplement confronté Carter Lee avec ce que je pensais être la vérité. Il m'a menacé et Koko l'a chassé de la maison.

Miraculeusement, les fugitifs avaient survécu à la

chute dans la rivière en furie, mais ils étaient encore hospitalisés sous contrôle de la police. L'homme serait accusé de meurtre et d'une vingtaine d'abus de confiance. La femme, une cleptomane avérée, accepterait d'être témoin à charge contre lui en échange de son immunité. Les commérages allaient bon train :

— Ce n'est pas son véritable nom. Au Pays d'En-Bas ils fabriquent de faux permis de conduire, cartes de crédit, numéros de sécurité sociale, n'importe quoi.

— Il avait l'air d'être un homme si bien élevé. Toutes ces chemises avec ses initiales ! Je ne puis croire qu'il ait commis un meurtre !

— Tout le monde disait qu'elle n'aurait jamais dû se marier en dehors de son clan. Et si rapidement ! Elle le connaissait à peine !

— Oui, mais elle avait quarante ans, il ne lui restait plus de temps à perdre.

— CLJ devaient être ses véritables initiales, ou alors il aurait dû s'acheter un nouvel assortiment de chemises chaque fois qu'il changeait d'identité. Cela lui aurait coûté cher !

Un soir, Qwilleran et Polly se rencontrèrent pour leur dîner hebdomadaire. Cette fois, la recette faisait appel à des échalotes, un zeste de citron, des épinards hachés et du fromage bleu.

— Salut, noble Brutus ! dit-il quand l'ex-Bootsie le reçut à la porte.

Le chat allait et venait, paradant la queue en l'air pour prouver sa noblesse.

— Il attend avec impatience de rencontrer sa future petite compagne, dit Polly. Son nom est Catta. Elle doit rester auprès de sa mère pendant deux semaines encore... Qwill, qu'est-il arrivé à tous ces noms de chats que vos lecteurs vous ont envoyés ?

— Il y a eu des milliers de cartes postales et finalement j'ai engagé Wilfred Sugbury et son amie pour les relever sur ordinateur. Ils m'ont remis des listes et des listes classées selon le nombre de syllabes. Les noms à une seule syllabe sont minoritaires. Apparemment, deux syllabes sont plus efficaces pour attirer l'attention des chats.

— Allez-vous écrire une chronique sur ce sujet ?

— Plutôt un article scientifique sur la nomenclature féline pour la revue *Climats du Nord*. Il se trouve que j'ai justement quelques notes sur moi.

1. Dans le comté de Moose, avec son importante population de chats dans les granges aussi bien que d'animaux familiers, un large pourcentage portent des noms de comestibles : Potiron, Pêche, Patate Douce, Biscuit, Gelée Royale, Airelle, Poivre, Marmelade, Réglisse, Strudel, Pop-corn, etc.
2. Les noms ne sont pas toujours flatteurs : Tom Trouble, Boule Puante, Paresseux...
3. Des chats portent le nom de célébrités, réelles ou fictives : Socrate, Walter Mitty, Reine Juliana, Maggie et Jiggs, Eleanor Roosevelt, George Washington.
4. Des chats d'une même famille ont souvent des noms qui riment : Mingo et Bingo, Cuddles et Puddles, Noodle et Yankee Doodle.

Polly lut les notes et lui demanda d'aborder le sujet lors de la prochaine réunion des Amis de la bibliothèque municipale. Il répondit qu'il allait réfléchir à la question.

Après dîner, il demanda :

— Savez-vous quelque chose à propos du poignard écossais dont Lynette s'est servie pour couper son gâteau de mariage ?

— Oui, c'était un cadeau de Danielle. Il portait le lion rampant d'Écosse.

— Eh bien, j'ai appris que cette Danielle à la main preste l'a volé dans la maison des MacMurchie quand elle faisait ces prétendues évaluations avec Carter Lee. Gil en a été très affecté, parce que c'était le dernier cadeau de sa défunte épouse.

— Oh ! c'est vraiment terrible, Lynette en aurait été très mortifiée si elle l'avait su. Les MacMurchie étaient de si bons voisins ! À la moindre fuite, il se précipitait avec son chalumeau.

Tous deux restèrent un moment silencieux. Qwilleran méditait. Danielle savait-elle qu'elle récupérerait son cadeau après le voyage à La Nouvelle-Orléans ? Était-elle une véritable névrosée avec une propension à voler ? Ou bien ces larcins étaient-ils destinés à forcer l'attention du public sur des vols mineurs alors que Carter Lee se livrerait à des actions plus graves ? Cela expliquerait le « vol » du blouson, qui n'avait pas disparu pour longtemps. Quant au vol de la jarre, même pour une épouse de banquier, une telle somme n'était pas négligeable. Mais qu'avait-elle fait des vêtements usagés, volés dans le coffre de l'église ?

Polly rompit le silence :

— Je n'ai jamais soupçonné aucun d'eux. Et vous, Qwill ?

Il réfléchit à ce qu'il devait dire et à ce qu'il ne devait pas dire.

— Eh bien, quand Carter Lee a parlé de l'inscription des maisons au registre des Monuments historiques, cela a éveillé ma curiosité. Comment s'y prend-on ? J'ai découvert que c'était un système très compliqué, aussi bien sur le plan technique que professionnel. Il faut des renseignements documentés sur l'architecture, les matériaux et l'histoire du bâtiment, tout cela doit être contrôlé et approuvé au niveau de l'État. Comment pouvait-il s'engager auprès des clients ? Cependant, vingt familles se sont laissé convaincre. Je fus le seul à douter, comme saint Thomas... Quand j'ai découvert qu'il était un imposteur, il était trop tard.

Polly soupira.

— Pour la paix de Lynette, je voudrais que nous restituions le poignard à MacMurchie. Elle l'aurait souhaité. Vous savez, Qwill, j'ai une clé de sa maison. Elle m'avait demandé de garder un œil sur sa propriété pendant qu'elle était en voyage de noces. Supposez-vous que... serait-ce mal si... si j'allais là-bas simplement...

— Oui, ce serait mal, dit-il avec calme. Ce serait voler, vous approprier le bien d'autrui, une conduite déplacée pour la directrice de la bibliothèque municipale. Cependant... si vous alliez là-bas pour contrôler... et découvriez... par exemple, une fuite mystérieuse sous l'évier de la cuisine... vous pourriez faire appel à Gil. Il viendrait immédiatement avec son chalumeau... Il n'y a pas vol si vous récupérez quelque chose qui vous appartient.

Un autre soir, Qwilleran était chez lui quand on sonna. Devant lui se dressait un homme portant un masque à gaz et tenant une jarre en verre.

— Qu'est-ce que cela ? s'étonna Qwilleran.

Du cou aux pieds, la silhouette était celle de Wetherby Goode.

— Entrez, plaisantin, et retirez cette horreur de votre tête. Qu'avez-vous dans cette jarre ?

— Du raifort de mon grand-oncle de Lockmaster.

Il le cultive et le râpe lui-même. Une seule bouffée est suffisante pour tuer un rhinocéros.

— J'en cours le risque, dit Qwilleran qui adorait le raifort. Que diriez-vous d'un bourbon ?

Koko fit son apparition, l'air royal, et Yom Yom entra dans la pièce avec cette attitude coquette qui était la sienne.

— Attrapent-ils jamais des souris ? demanda Wetherby.

— C'est le rêve secret de Yom Yom, mais Koko est davantage un chat intellectuel. Sa spécialité est la transmission de pensées. Il me dit qu'il voudrait que nous retournions dans la grange. Ce beau temps va-t-il durer ?

— Ne me parlez pas du temps. Je ne suis qu'un simple météorologue. Adressez-vous aux chenilles velues.

— Polly dit que vos auditeurs vous adressent des suggestions pour vos citations quotidiennes.

— Tout à fait exact, et j'apprécie. Polly m'envoie régulièrement des citations sur le temps — de Shakespeare et de tous les autres vieux types.

— Elle connaît le Barde par cœur, remarqua Qwilleran distraitement.

Mais il était stupéfait. Pourquoi ne le lui avait-elle jamais dit ? Bien sûr, il lui cachait ses enquêtes et la collaboration de Koko parce qu'elle aurait découragé les premières et ri de la seconde. Cependant, c'était une surprise que Polly puisse lui cacher quelque chose.

Le météorologue bavard poursuivit :

— Fran Brodie reprend le rôle principal dans *Hedda Gabler*, nous sommes tous heureux de l'apprendre. La mauvaise nouvelle est que Danielle n'a jamais réglé sa note de décoration. Le Dr Diane dit que les deux fugitifs ne s'en seraient jamais tirés s'ils n'avaient pas bu tous ces margaritas. Ils étaient tellement détendus qu'ils étaient comme du caoutchouc... Êtes-vous allé chez Loïs depuis que Lenny a été innocenté et a repris son travail ?

— Oui, et elle était si contente qu'elle offrait de la tarte aux pommes à tous ses clients !

— Au club de bridge, tout le monde pense que c'est Danielle qui a piégé Lenny. Connaissiez-vous bien Willard Carmichael ? Je me suis demandé s'il ne faisait pas partie de la bande. C'est lui qui a fait venir Carter Lee ici et il encourageait son projet.

— C'est parce que sa banque voulait faire des prêts pour les restaurations. À mon avis, il ignorait tout de l'affaire. Il a rencontré Danielle dans un nightclub et il ne la connaissait guère quand il l'a épousée. En revanche, je crois qu'elle et Carter Lee étaient de vieux associés dans l'arnaque, et ils ont dû penser qu'un riche mari ne ferait pas mal dans le décor.

Wetherby regardait Koko qui battait le sol à grands coups de queue.

— Que fait-il ?

— Il communique. J'étudie ce langage caudal depuis des années.

Puis il prit un ton confidentiel :

— Polly m'a offert les œuvres complètes de Melville pour Noël et Koko est obsédé par le tome dix. Si vous voulez voir quelque chose de bizarre, regardez le titre de ce volume.

Wetherby se leva pour aller prendre le livre sur l'étagère.

— *Le Grand Escroc* ! Vous moquez-vous de moi ?

— Pas du tout.

— Est-ce une coïncidence, ou quoi ?

— Votre conclusion est aussi bonne que la mienne.

Après le départ du météorologue avec son masque à gaz, Qwilleran regarda Koko frapper de sa queue — droite, gauche, droite, gauche. Il essayait de dire quelque chose d'autre. Il n'avait pas tout raconté. Ou, plus vraisemblablement, Qwilleran n'avait pas tout compris.

— Qu'est-ce qui te tracasse, mon petit vieux ? lui demanda Qwilleran.

Koko cessa son manège et traversa la pièce de la démarche féline du siamois, s'arrêtant en chemin pour lancer à Qwilleran un coup d'œil que l'on ne pouvait décrire que comme méprisant. Il s'arrêta à l'endroit où Yom Yom était installée sur sa poitrine, pattes repliées, apparemment très satisfaite, et il la frappa sur la tête avec sa patte.

— Arrête ! cria Qwilleran. Cesse de la tourmenter !

Koko le regarda avec impudence et la frappa encore, en ajoutant un méprisant « Yao-o-o ! » en direction de Qwilleran.

Qwilleran se dirigea immédiatement vers le téléphone et appela Andrew Brodie chez lui. Il entendit le « Allô » passif d'un homme que l'on dérange devant son poste de télévision.

— Que donne-t-on à la télé, Andy ?

— Regardez dans le journal, grogna Brodie.

— Ne coupez pas, Andy ! J'ai une information. Vous rappelez-vous quand Willard Carmichael s'est rendu à ce séminaire à Detroit ? Carter Lee s'y trouvait au même moment pour ses propres affaires.

Qwilleran caressa sa moustache de son poing fermé.

— Ses affaires consistaient à engager un tueur à gages pour éliminer Willard !

Le procès de Carter Lee James allait durer tout le

printemps : arguments préliminaires, renvoi de l'affaire, conflit d'intérêts, sélection des jurés. Les caméras de télévision du Pays d'En-Bas seraient là pour ce qu'aux nouvelles on appelait « une affaire très bizarre ». Seul Qwilleran savait à quel point elle était bizarre, et il prit grand soin de cacher l'implication de Koko.

Un après-midi ensoleillé, il était allongé sur son grand fauteuil et fantasmait : le chat brillant à la barre des témoins, mordant l'avocat de la défense, interrompant le juge par ses miaulements, courant dans la salle d'audience dans une de ses crises félines, se balançant sur le lustre.

En réalité, les deux siamois étaient parfaitement tranquilles, Yom Yom allongée au soleil et Koko se promenant, reniflant des taches invisibles, se grattant une oreille, se léchant l'omoplate. Il était inquiet. Il avait perdu tout intérêt pour Herman Melville. Il regardait tout et rien, secouant la tête sans raison, se mettant brusquement à courir, regardant le vide.

Qwilleran réfléchit. Koko avait plus de vibrisses que les chats ordinaires et plus de sens que les humains ordinaires, mais à la base il n'était qu'un chat. À ce moment, Koko exécuta un saut d'un mètre en l'air, et Qwilleran leva la tête. Il aperçut un petit point noir qui parcourait la pièce en faisant des cercles.

— Mosca ! cria-t-il.

Imprimé en France sur Presse Offset par

BRODARD & TAUPIN

GROUPE CPI

La Flèche (Sarthe), 7197
Dépôt légal : juillet 1997
N° d'édition : 2786
Nouveau tirage : avril 2001